와세다 글쓰기 표현 강의

기타무라 가오루 지음
조소영 옮김

xbooks

차례

머리말

|

강의에 앞서

와세다대학 문학부에서 2005년부터 2006년까지 2년에 걸쳐 표현 수업을 담당했습니다. 이 책은 그 일부를 활자화한 것입니다. 주로 2클래스(월요일)에서 한 수업의 녹음을 재구성했습니다.

본문에서도 언급하고 있지만 수업 시간의 60~70퍼센트는 학생들이 쓴 엽편소설을 함께 읽고 검토하는 데 사용했습니다. 말하자면 그쪽은 각론인 셈입니다. 이에 비해 주로 전반부에는 표현 일반에 관련된 내용을 다뤘습니다. 이 책에 정리한 것은 그 '일반론'이라고 할 만한 부분입니다.

먼저 강의 형식으로 시작했습니다. 그 후 단카(短歌)[1] 시인 아마노 게이 씨를 초대해 조별로 이야기를 듣고 각자 쓴 600자

---

1) 일본 고유의 시 와카(和歌)의 한 형식으로 5, 7, 5, 7, 7의 5구 31음을 기준으로 삼는다. 31자로 된 와카라는 의미로 미소히토모지(三十一文字)라고도 부른다.[옮긴이]

칼럼을 다 함께 검토했습니다. 인터뷰를 하는 것, 그 자료를 가지고 어떤 식으로 자신의 칼럼을 쓰는가, 타인의 칼럼을 어떻게 평가할 것인가 등이 모두 자기 표현에 해당되기 때문입니다.

'무엇을 들었는가'도 '무엇을 읽어 내는가'와 마찬가지로 결코 수동적인 작업이 아닙니다. 학생들 모두가 일련의 흐름 속에서 능동적으로 두뇌와 마음을 움직일 수 있는 방법이 없을까 생각한 끝에 이러한 형태를 취하게 되었습니다.

'소설을 쓰고 싶다'고 해서 소설가의 이야기를 듣는 것만이 능사는 아닙니다. 단카를 자기 표현 수단으로 삼은 사람의 목소리를 듣는 것은 오히려 기반을 넓힐 수 있는 좋은 기회가 됩니다. 물론 야구선수 이치로나 옆집에 사는 아저씨를 불러 이야기를 들어도 좋습니다.

아마노 씨는 수강하는 학생들과 나이 차이가 별로 나지 않았습니다. 그럼에도 이미 자신의 표현 수단을 가지고 여러 가지 형태로 활약하고 있는 분입니다. 그러한 의미에서 더욱 받아들이기 쉬운 자극을 느꼈을 것이고, 얻는 것도 많았을 겁니다.

이에 더해 제가 워낙 타인의 이야기를 듣는 것을 좋아해 '이런 기회를 놓칠 수 없다'는 생각에 출판 관계자를 초대하기도 했습니다. 이러한 기획을 한 것 또한 저의 개성이라고 생각합니다. 이 모두를 포함해서 이 수업은 저의 '표현'이었습니다.

와세다
글쓰기 표현
강의

일러두기

1 이 책은 北村 薰, 『北村薰の創作表現講義—あなたを読む、わたしを書く』, 新潮社, 2008를 완역한 것입니다.

2 외래어 표기는 원칙적으로 국립국어원의 〈외래어 표기법〉을 따랐습니다.

3 주석은 지은이 주와 옮긴이 주 모두 각주로 처리했으며, 옮긴이 주의 경우 주석 뒤에 [옮긴이]라고 표시하여 지은이 주와 구분했습니다.

1.
쓰고 싶은 것이 무엇인가

무엇을 쓸지 발견하는 것

가가와 현에 갔습니다. 가가와 현 출신인 사람 있나요? 없군요.
하지만 곤피라 상(金毘羅さん)[1]이라는 건 들어 본 적이 있을 겁
니다. 그곳에 곤피라다이곤겐(金毘羅大権現)이라는 유명한 신
사가 있습니다. 돌계단으로 유명하죠.

　그곳에 올라가 봤습니다. 경내에 거울이 있었는데요. 그냥 평
범한 거울이 아니라 표면이 물결처럼 울퉁불퉁했습니다. 왜 이

---

1) 곤피라는 악어를 의미하는 말이다. 약사여래를 모시는 열두 명의 호법신을 이르는 약
  사십이신장(藥師十二神將) 중 하나. 일본에서는 오모노누시(大物主, 뱀의 신이며 물 또
  는 번개의 신으로서의 성격을 가지며 벼농사 풍작, 역병 퇴치, 주조의 신으로 모셔졌다)가 바
  다의 신으로 환생해 받들어졌다. 가가와 현의 조즈산(象頭山) 고토히라궁(金刀比羅
  宮)에 모시고 있다. 참배길의 돌계단은 신사 안까지 1,368계단에 이른다.

런 거울이 있는지는 모르겠지만, 표면이 울퉁불퉁하니 사람의 모습이 일그러져 보입니다.

그 거울을 보며 '앗' 하고 놀랐습니다. 예전에 바로 이 거울 앞에 섰던 기억이 떠올랐기 때문입니다. 고등학생 시절, 수학여행 때 그곳에 갔는데요. 그때 친구와 함께 이 거울 앞에 서서 사진을 찍었습니다. 그 기억을 떠올리자 신기한 기분이 듦과 동시에 나를 '기다려 준' 그 거울과의 만남이 '필연'이라는 느낌이 들었습니다.

올여름부터 신문에 우정소설²⁾을 쓰려고 구상하고 있습니다. 초등학생 시절 친구가 되어 중년이 된 지금도 연결되어 있음을 느껴 온 두 사람의 이야기입니다. 연애도 나오지만 그 부분은 곁가지입니다.

'고등학생 시절 수학여행 갔을 때 친구와 함께 앞에 섰던 거울'을 중년이 되어 재회하다— 그야말로 '써 주세요'라고 하는 듯한 소재입니다. '한순간의 기습'으로 과거를 떠올리게 되는 것입니다. 게다가 '거울'은 사물을 비추는 물건입니다. 여러 사람을 비춰 왔을 겁니다. 그 중에는 젊은 시절의 나도 있고, 지금의 나도 있습니다. 거울 자체도 이제 낡아 틀에서 빠져 바닥에 놓여

2) 「히토가타나가시」(ひとがた流し, 종이로 만든 인형에 사람을 대신해 병이나 재해 또는 죄를 옮겨 강에 떠나보내는 의식[옮긴이]), 『아사히신문』 석간 2005년 8월 20일~2006년 3월 23일 연재.

있습니다. 그러한 시간의 흐름을 상징하는 소재이기도 합니다.

주인공이 이 거울을 발견하는 장면을 이야기의 도입부에 넣어야겠다는 생각이 들었습니다.

∞

이렇게 무언가를 쓰려고 할 때에는 신기하게도 쓰고 싶은 소재와 만나게 됩니다. 혹은 '그 얘기는 언젠가 써야지' 하고 기억 속에 남겨 두는 경우도 있습니다.

그 소설 속에는 병원이라는 공간도 등장할 예정입니다. 나는 어머니가 몸이 약해서 간호나 병원에는 인연이 있는 편입니다.

내가 입원했던 적은 두 번 정도입니다. 한 번은 고등학생 시절 맹장이 터져서, 그 좀 전에는 간이 안 좋아서였습니다. 간이 안 좋았을 때에는 발열이 심했습니다. 지독한 여름감기라고만 생각하다 고열이 계속되기에 결국 병원에 갔는데, 의외로 큰 병이었음을 알게 되었습니다. 그때 대기실에 있을 때 극심한 추위를 느껴[3] '왜 이렇게 이 병원은 에어컨을 세게 튼 걸까' 하고 생

---

3) 이 경험이 소설에서 다음과 같이 쓰였다. 「히토가타나가시」에서는 장이 바뀔 때마다 어떤 물건이 어떤 등장인물로부터 다른 인물에게 전달된다. 그와 동시에 '시점'이 옮겨 간다. 여기에 인용한 부분은 어머니의 병세가 악화되었음을 딸 사키가 실감하는 장면. 사키의 시점에서 서술되는 제2장·4의 일부이다:

마키코는 지나미의 도움을 받아 가로줄무늬 블라우스를 입었다. 여름이니까 그 정도로 충분할 텐데 마치 겨울에 바깥에 나간 사람 같은 얼굴로 중얼거렸다. "도대체 왜…… 이렇게 에어컨을 틀어 대는 거야……." 사키는 아무렇지 않게 "그래?" 하고 대답하다

각했습니다. 하지만 보름 정도 입원해 몸이 좋아지니 대기실에 가도 아무렇지 않았습니다. 병원 대기실 온도는 적절하게 설정되어 있었습니다. '아, 그렇구나. 에어컨을 너무 세게 틀었다고 느꼈던 건 내 몸 상태가 좋지 않았던 탓이구나' 하고 깨달았습니다.

이것이 무언가를 '쓴다'는 행위입니다.

∞

즉, '아무래도 몸 상태가 좋지 않다'라고 쓰는 것은 하얀 곳에 하얀 글자를 쓰는 것과 다름없습니다. 사건을 부각하기 위해서는 이런 요소를 찾아내야 합니다. 평소와 다름없는 온도의 대기실에 갔는데 함께 온 환자가 이상할 정도로 추위를 느낀다. 보호자로 온 사람은 걱정하게 됩니다. 그 이야기를 쓰면 절박한 불안감이 느껴지겠죠. 사태는 읽는 이에게 전해질 것입니다.

즉, 형태로서의 문장을 다듬기 전에 '무엇을 써야 자신이 쓰고 싶은 것이 전달될까', 그것을 찾아내야 합니다. 그것이 바로 가장 먼저 '써야 할 것'입니다.

신기하게도 작가들은 그러한 '써야 할 것'을 고생해서 찾기보다는 불쑥 마주치는 경우가 많다고 합니다. 마주친 부분이 무척

곧 뼛속이 떨리는 듯한 느낌이 들었다. 추워서가 아니다. 춥지 않았기 때문이다. 대기실 온도는 어제 왔을 때와 다르지 않았다.

생생하게 살아 있는 겁니다. 반대로 말하자면 '써야 할 것'을 마주치게 되는 그런 부류의 사람이 작가가 되는 것이지요. 보통 사람이라면 그것과 마주쳤는지 알아챌 필요도 없습니다. 고양이에 아무 관심도 없는 사람이라면 고양이가 지나가도 '엥, 고양이가 지나갔던가' 하는 게 전부겠죠.

하이쿠를 짓게 되면 계절마다 피는 꽃이 무엇인지 알게 됩니다. 하지만 하이쿠를 짓기 위해 궁리하지 않더라도 이미 하이쿠를 짓는 사람의 눈을 가진 사람은 있습니다. 본능적으로 그러한 것을 잡아내는, '고양이'를 붙잡아 버리는 사람 말입니다.

글의 서두에 대해

자, 오늘 저는 이 교실에 들어와 먼저 "가가와 현에 갔습니다"라는 말을 꺼냈습니다. 의식적으로 '무슨 소리지' 하고 주의를 끌기 위한 발언입니다. 아니, 의식적이라기보다는 사실 자연스럽게 그런 말을 먼저 꺼내게 됩니다.

교실이라는 공간도 하나의 극장이나 다름없습니다. 교사란 연기자입니다. 전달하고 싶은 것이 있는 수업이라는 연기를 어떻게 관객의 가슴에 스며들게 할 것인가, 교사는 늘 생각합니다.

고등학교 교사를 하던 시절, 역 신문 가판대에서 스포츠신문의 표제가 'ㅇㅇ, 따다'라고 되어 있는 것을 발견했습니다. 문어(文語)입니다. 구어(口語)라면 'ㅇㅇ, 땄다'입니다. 이건 써먹을 수 있겠다 싶어 신문을 샀습니다.

물론 수업은 신문을 확 펼쳐 보이면서 시작합니다.

혹은 역 광고 간판 중 한방약 광고문[4]에 "센나, 자주쓴풀, 율무, 하코차, 사향, 웅담, 삼지구엽초, 효과가 뛰어난 황벽나무,[5] 이질풀, 이 십약을 먹고 다시 여행을 떠나자"라고 쓰인 문구를 보면 이 말의 재미를 어떻게든 써먹고 싶은 마음에 전철이 올 때까지의 시간을 이용해 외워 두게 됩니다. 의욕이 있으면 어떻게든 외울 수 있습니다. 그러다 보니 이 말을 아직도 기억하고 있습니다.

글을 쓸 때에도 똑같습니다. 어떻게 시작하는지가 문제죠. 앞서 '자연스럽게'라고 말했는데, 실제로 애써서 하는 것과는 다릅니다. 어떤 마음의 움직임에 이끌려 나도 모르게 그렇게 되는 것이죠. 표현하는 사람은 모두 그럴 거라고 생각합니다.

∞

같은 주제의 글이라 하더라도 도입부는 제각각입니다. 예를

---

4) 십약(十藥)── 센나, 자주쓴풀, 율무, 하코차(발아율무, 맥아, 결명자차, 구기자잎, 얼룩조릿대를 섞은 차), 사향, 웅담, 삼지구엽초, 황벽나무, 이질풀, 십약(여기에서의 십약은 '삼백초'를 이르는 말. 또한 '이것까지 포함해 한방 생약 10종'이라는 의미. '이 십약을 먹고 다시 여행을 떠나자'라는 의미의 문구).
5) 원문은 황벽나무('기하다쓰'라고 발음)와 '뛰어나다'는 의미의 '기와다쓰'가 비슷한 음임을 이용했다.[옮긴이]

들어 보겠습니다.

이것은 『현대작가와 문장』[6]이라는 책입니다. 열여덟 명의 작가가 문장에 대해 이야기하고 있습니다. '산세이도 신서 65', 1969년에 간행되었습니다.

이 책을 손에 든 데에는 계기가 하나 있습니다. 사실 제가 쓴 글이 처음 실린 책은 『고등학생의 문장 표현』[7]입니다. '사키타마 출판회'라는 곳에서 1982년에 나왔습니다. 이 책에 칼럼을 몇 편 썼습니다. 그때 이 『현대작가와 문장』에 대해 언급했습니다. 「처음 한 줄」이라는 제목의 칼럼입니다. 그때 썼던 내용을 옮기는 형태로 말씀드리겠습니다.

∽

『현대작가와 문장』은 말 그대로 작가가 문장에 대해 쓴 책이며, '현대작가문례집'이기도 합니다. 이 책에서 평론가이자 소설가 스기우라 민페는 이렇게 이야기를 시작하고 있습니다.

소설이든 평론이든 도입부를 쓰는 것이 가장 어렵다.

그렇기에 더욱, '글에 관한 글'인 만큼 도입부를 비교하는 것

---

6) 야스오카 쇼타로 편집, 산세이도, 1969.
7) 스즈키 료이치 편집, 사키타마 출판회, 1982.

도 흥미롭습니다. 소설가 세토우치 하루미는 이렇게 썼습니다.

솔직하고 알기 쉬운 글이 최고라고 생각한다.

내용에 맞는 표현입니다. 극작가이자 소설가 기노시타 준지는 지금까지를 되돌아보며 이렇게 씁니다.

글을 쓴다는 행위를 처음 의식하게 된 것은 구제고등학교에 다닐 무렵이었다.

물론 이런 식의 이른바 직구만 있는 건 아닙니다. 소설가 하세가와 시로가 쓴 도입부는 이렇습니다.

어린 시절 읽은 소년 잡지에 '개집 만드는 법'이라는 기사가 나왔는데, 나는 그 기사를 읽고 개집을 어찌어찌 만들 수 있었다.

어떻게 이어질지는 분명합니다. '개집을 어찌어찌 만들 수 있었다'라는 문장 다음이니까요. '글은 그렇게 잘 풀리지 않는다'와 같은 흐름을 떠올릴 수 있습니다. 하지만 실제로 읽을 당시에는 생각하는 것보다 손이 앞서 나갑니다. '개집'이라는, '글'과는 거리가 먼 이미지가 제시되어 있으므로 독자는 자기도 모르게 '뭘까' 하며 페이지를 넘기게 됩니다.

소설가 시이나 린조가 쓴 도입부도 인상적입니다.

나는 '악문가(惡文家)'란 소릴 듣는다.

가슴팍으로 날카로운 변화구가 파고드는 느낌입니다.

∞

이러한 문장을 본 초보 투수는 문득 '나도 (쓰고 싶다)'라고 생각하게 됩니다. 소년 야구를 하는 아이가 변화구를 던지고 싶어 하는 것[8]과 비슷하죠. 그러다 보면 폭투를 하거나 어깨가 망가지기도 합니다.

어떤 길이든 똑같습니다. 처음엔 솔직하게, 알기 쉽게, 올곧게 던지도록 주의해야 합니다. 소년 야구 코치라면 누구나 그렇게 할 것입니다. 그게 옳습니다.

하지만 문장은 생물이기에 천성적으로 그냥 던졌을 뿐인데 변화구가 되어 버리는 사람도 있습니다. 그 문장이 '좋은 변화구'인지 아닌지를 판단하는 게 문제입니다. 자기 생각에는 프로에서도 통할 수준의 커브를 던졌다고 생각해도 사실 그 공은 타

---

8) 자식이 소년 야구를 하고 있는 분이 "예전에는 몰래 변화구 던지는 법을 연구하는 아이도 있었지만, 요즘 아이들은 유순해서 '직구만 던져라'라는 소릴 들으면 순순히 그 말을 따르지요"라는 얘기를 해주셨다. 한 분에게 들은 이야기이니 모두에게 적용할 수는 없겠지만.

자 머리 위를 지나가고 있는지도 모릅니다. 자기 수준을 가늠하기는 어렵습니다.

작가의 문장도 가지가지입니다. 이해하기 어렵지만 개성이 있어 그게 매력인 사람도 있습니다. 술술 읽히지 않고, 읽을수록 괴로워지는 글. 그런 글을 쓰는 사람도 있습니다. 단 한 문장만 봐도 저도 모르게 첨삭하고 싶어집니다. 하지만 그 사람은 측량할 수 없는 역량을 가지고 있습니다. '그 세계'는 '그 문장'이 아니면 쓸 수 없습니다.

그래서 경우에 따라서는 코치가 붙어 지도하다가 모처럼의 재능을 망쳐 버리기도 합니다. 공이 머리 위를 통과하는 것처럼 보일지라도 그 사람에게 그 공은 스트라이크인 겁니다. 정말 어려운 문제죠.

∞

어쨌든 여기에서는 먼저 도입부의 예를 몇 가지 봤습니다. 재밌죠? 나는 재밌네요.

많은 이들에게 널리 읽히는 시집 『샐러드 기념일』로 유명한 단카 시인 다와라 마치 씨가 단카 수업이란 건 결국 작품을 다 읽고 "좋다~, 정말 좋아~"라고 감탄하는 것밖에 없다는 취지의 글을 쓴 적이 있었습니다. 이것저것 해설은 덧붙일 수 있습니다. 왜 좋은지, 일단은 말로 설명할 수도 있습니다. 하지만 가장 깊은 부분은 설명해 낼 수 없습니다. 내가 '좋다'고 생각하는 것이

제대로 전달될지 어떨지는 알 수 없습니다.

이는 교사에게 있어 두려운 일입니다. "좋다~, 정말 좋아~"라고 하기 위해서는 먼저 정말 좋은 것을 '정말 좋다'고 느낄 수 있는 힘이 있어야 합니다. '진심'으로 말하는지 아닌지, 자신을 건 말인지 아닌지는 바로 알 수 있습니다. 진심으로 말할 때에는 제대로 말해야 합니다. 그 선생님은 좋지 않은 것을 '좋다'라고 하는 사람이야 —— 이것도 쉽게 알 수 있습니다. 무서운 일이죠.

요컨대, 여러분도 경험이 있으시겠지만 수업을 듣는 것은 '선생님을 듣는' 것입니다. 싫어했던 교과목이 어떤 선생님이 가르쳐 준 덕분에 좋아지기도 합니다. 그런 경험은 드물지 않습니다. 그래서 저는 이런 도입부를 몇 개 늘어놓고 보는 것만으로도 충분히 재미있다고 생각합니다.

'표현'이 곧 '개성'임이 보입니다. 그러한 것을 '읽는' 것이 재밌습니다. '읽는' 것 또한 중요한 표현입니다. 쓰는 것만이 자기 표현이 아닙니다. 어떻게 읽을 것인가. 어떻게 읽어야 거기서 기쁨을 건져 낼 수 있는가.

같은 이야기의 파도 밑에 잠수해도 파도 밑이 익숙하지 않으면 아무것도 건지지 못합니다. 물고기를 양팔에 가득 안고 돌아오는 다른 사람들을 보며 실망하게 될 수도 있습니다. 다른 사람이 아무리 칭찬해도 평생 자신과는 연이 닿지 않는 작품도 있습니다. 한편, 젊은 시절엔 뭐가 좋은지 잘 몰랐는데 나이를 먹고 다시 읽어 보니 번개를 맞은 듯 울림을 주는 경우도 있습니다.

그저 활자를 쫓는 행위가 읽는 행위는 아닙니다. 앞서 거울 이야기를 해드렸는데, 그러한 의미에서 책은 확실히 '거울'과 같은 존재라고 할 수 있습니다.

쓰고 싶은 것이 있는가

자, '도입부'에 대한 이야기를 이어서 합시다. 마지막으로 한 사람, 소설가 고지마 노부오의 예를 들어 보겠습니다. 그는 이렇게 썼습니다.

한마디로 말해 나는 글이라는 것은 무척 간단하게 정의 내릴 수 있다고 생각한다. 즉, 말하고 싶은 것을 충분히 말하고 있는지, 아니, 그것보다 말하고 싶은 것이 있는지의 여부다.

쓰는 방식이라고 하면 아무래도 '기술'이라는 이미지가 먼저 떠오릅니다. 하지만 여기에서는 훨씬 근본적인 문제를 짚고 있습니다.

물건이 없다고 해봅시다. 없는 물건을 팔 수 없습니다. 없는 케이크를 "잘 먹겠습니다" 하며 먹을 수는 없습니다.

어떤 평론가가 젊은이가 쓴 소설에는 학교와 찻집밖에 나오지 않는다고 말했습니다. 세계가 좁다고요. 하지만 절실하게 쓰고 싶은 것이 있다면 그런 것은 문제가 되지 않습니다. 단칸방을 무대로 해도, 혹은 이불 위를 무대로 해도 이야기는 성립합니다.

그런데 말입니다, 세계가 좁은 데다 사실 쓰고 싶은 것도 없다. 혹은 단지 '쓰고 싶다'라는 욕구밖에 없다면 어떨까요. 쓰고 싶은 게 없는데 쓰고 싶어질까 싶겠지만, 그런 경우도 있습니다.

몇 십 년도 더 지난 얘긴데요, 제가 대학에 진학하길 잘했다고 생각하는 이유는 좋은 선배들을 만날 수 있었기 때문입니다. 과방에서 선배들이 나누는 대화에 귀를 기울였습니다. 선배들은 모두 열성적인 독서가였습니다. 연간 수백 권은 가볍게 읽는 사람들이었죠. 어떤 선배가 『산 루이스 레이의 다리』⁹⁾라는 소설 이야기를 하면, 저는 그 이야기를 듣고 바로 찾으러 갔습니다.

그런 나날이었습니다.

자, 그러던 어느 날, 과방에 들어온 한 사람. 나중에 평론가로 유명해진 세토가와 다케시 씨였는데, 그는 "가가미, 『무지개를 잡은 남자』는 읽었나?" 하고 큰 소리로 물었습니다. 그러자 몸집이 큰 선배가 일어서더니 손을 쳐들며 이렇게 말했습니다.

"걸작!"

이 사람이 나중에 번역가, 평론가로 활동한 가가미 아키라 선배였습니다. 그래서 그 책도 찾아서 읽어 봤습니다. 미국의 소설

---

9) 미국의 소설가이자 극작가 손튼 와일더의 소설(1927년). 퓰리처 상 수상작.

가 제임스 서버의 작품 『무지개를 잡은 남자』.[10] 나루미 시로의 명 번역. 틀림없는 걸작이었습니다. 그 후 다른 사람의 번역본도 사 모아 집에는 총 네 가지 번역본이 있습니다.

주인공은 별 볼일 없는 중년 남성인데, 이 주인공이 이런저런 망상을 하는 이야기입니다. 일상생활에서는 아내에게 혼나지만, 망상 속에서는 데즈카 오사무의 블랙잭처럼 기적적인 수완을 갖춘 의사가 되기도 하고, 비행기 조종사가 되기도 합니다. 거기에 독특한 유머와 페이소스가 있습니다. 보편적인 인간이 느끼는 존재의 슬픔이 그려져 있습니다. 그 점이 공감을 불러일으킵니다.

그런데 말이죠, 사람들의 생각은 다양합니다. 어떤 도서관에서 이 단편이 수록되어 있는 단편집을 빌려 본 적이 있는데요. 목차를 보니 전에 빌려 본 사람이 단편마다 평가를 적어 두었더군요. 그런데 「무지개를 잡은 남자」[11]에는 아무 표시도 없었습니다. 깜짝 놀랐어요.

---

10) 국내에서는 『월터 미티의 은밀한 생활』로 출간되었다. [옮긴이]

11) 「무지개를 잡은 남자」의 원제는 "The Secret Life of Walter Mitty". 대담한 의역인데, 이는 당시 이 작품이 데니 케이 주연으로 영화화되어 일본에서도 개봉했기 때문이다. 「무지개를 잡은 남자」는 영화 제목을 따른 것이다. 예전에는 영화 타이틀 번역에도 맛이 있었다. 요새는 「더 시크릿 라이프 오브 월터 미티」 같은 식으로 원제 그대로 사용하는 경우가 많다. 영화를 기억하는 사람이 적어진 후에는 「월터 미티의 은밀한 생활」(고단샤문고 『공중그네를 탄 중년남자』에 수록) 등으로 번역되었다. 개인적으로는 이 제목이 바람직하다고 생각한다.

읽는 사람에 따라 느끼는 방식도 달라집니다.

∽

사람은 공상을 하는 생물입니다. '너무나 쓰고 싶은 것'은 없어도 글을 쓰는 자신을 상상할 수 있습니다. 상은 받지 못했어도, 아니, 아직 작품도 쓰지 않았지만 수상 소감은 생각해 둘 수 있죠.

요즘은 글을 쓰고 싶어 하는 사람이 많습니다. 문예지의 발행 부수보다 그 잡지에 응모하는 사람이 더 많기도 합니다. 그런 와중에 수상에 대한 동경으로, 혹은 쓰고 싶은 것은 딱히 없지만 작가는 되고 싶어 펜을 드는 사람도 있을 것입니다. 그건 알지만 확실히 '이것을 쓰고 싶다'라는 것이 없으면 역시 기름 없이 차를 움직이려 하는 것과 다름없다는 느낌이 듭니다. 그래서야 쓰기 어렵겠죠.

쓰고 싶은 것은 '슬로건이 있는가'의 문제가 아닙니다. 궁극적으로 생각해 보면 쓰고 싶은 것은 바로 '자기 자신'입니다. 쓰지 않고는 견딜 수 없는 사람인지 아닌지는 그 사람의 글을 읽다 보면 알 수 있습니다. 어떤 책을 읽다 보면 '아, 이 사람은 이것을 쓰기 위해 이 세상에 태어났구나' 하고 생각하게 될 때가 있습니다.

서버라면 '쓰고 싶은 건 없지만 쓰고 싶다는 마음에 얽매여 있는 인간'의 이야기를 쓸 수 있을 것입니다. 그것은 그의 본질에 다가선, 서버의 이야기가 될 수 있습니다. 한편으로 '이 책은 다른 누구라도 쓸 수 있겠군' 하는 생각이 드는 이야기라면 그걸 굳이 쓸 필요가 있을까요.

엄청나게 히트한 작품이 나오면 응모 원고로 그와 비슷한 종류의 글이 잔뜩 몰립니다. 혹은 상의 경향에 맞춰 글을 쓰기 위해 고심하기도 합니다. 그래서야 좋은 글은 나오지 않습니다.

∽

하지만 오래 살다 보면 쓰고 싶은 것은 어떻게든 나오기 마련입니다. 그렇지만 자신이 '이런 생각으로 썼다'는 것이 읽는 이에게 전달될지 묻는다면 꼭 그렇지도 않습니다. 아니, 대체로 전달되지 않는다고 봐도 좋습니다.

그게 꼭 그렇게 나쁜 것만은 아닙니다. 무언가를 있는 그대로 전달하고 싶다면 명세서를 쓰면 그만입니다. 그렇게 쓸 수 없는 이유는 '소설로밖에 말할 수 없는 메시지'가 확실히 있기 때문입니다.

대체로 쓰고 싶은 것이란 당사자에게 있어서 하나의 '혼돈'이기도 합니다. 그 혼돈에서 태어난 작품과 어떻게 맞붙을 것인가. 거기서부터는 읽는 이의 창작력이 중요해집니다.

미야베 미유키 씨가 소설 『화차』를 냈을 때 여러 가지 평이 나왔습니다. 그때 미야베 씨는 "제가 전혀 생각지도 못한 해석이 나오기도 했고, 여러 가지로 칭찬해 주셔서 황송할 따름입니다.

괜찮은 걸까요"라고 제게 말했습니다. 그래서 "물론이죠, 걱정 마세요. 나쓰메 소세키의 작품도 시대와 함께 여러 가지 견해가 나왔습니다. 그런 여러 해석에도 버틸 수 있을 만큼 무게가 있다는 거죠. 작품을 풍성하게 하는 해석이 나온다는 것은 그 작품이 그만큼 큰 그릇을 갖고 있다는 겁니다. 그러니까 자랑스러워해도 됩니다"라고 말씀드리니, "그렇네요, 긍정적으로 생각해야겠어요"라며 웃었습니다.

이것은 좋은 예이지만, '왜 저런 이상한 해석을 하는 거지?' 하고 고개를 갸웃거리게 되는 비평도 있습니다. 작품에 아무 영향도 미치지 못하고 빼앗아 가기만 하는 논평이죠.

소설은 명세서나 매뉴얼이 아니기 때문에 매우 기상천외한 견해를 갖게 되는 경우도 있습니다. 소설을 쓰는 이상 이상한 논평에 의한 행패를 당해도 어쩔 수 없습니다. 반대로 비평이 작품을 풍성하게 하는 경우도 있으니 동전의 양면과 같다고 할 수 있군요.

∞

소설가 요시무라 아키라 씨가 잡지 『별책 분슌』(別冊文春)에 「소년의 편지」라는 글을 썼습니다.

요시무라 아키라 씨는 중학교 2학년인 소년이 보낸 소포를 받았다고 합니다. 소설가가 되고 싶었던 거겠죠. '읽어 보고 소설가의 싹이 보이면 제자로 삼아 주십시오.' 소포에는 40매 가

량의 원고가 들어 있었습니다.

소설을 세상 밖으로 내보내기 위해서는 신인상에 응모하는 방법이 있습니다. 요시무라 씨는 소포를 뜯지 않고 돌려보냈습니다. '만담가 같은 사람들은 스승의 가르침을 받아 대를 잇지만 소설가의 경우 자신을 둘러싼 모든 것이 스승이다.' 그래서 먼저 중학생으로서의 지금의 삶을 제대로 사는 게 먼저다──라는 뜻이었습니다. 결국 표현한다는 것은 자기 자신을 쓰는 것이기에, 자기 자신을 만들어야 한다는 것이겠죠.

소년은 요시무라 씨의 뜻을 받아들였지만 그래도 편지를 교환하고 싶어 했다고 합니다. 하지만 작가와 독자는 책으로 연결되어야지 그런 관계가 되어서는 안 됩니다. 그렇게 되면 '친구'가 되고 맙니다.

좋아하는 작가의 책을 반복해서 읽거나 문장을 모방하는 것부터 소설 수업이 시작될 수는 있을 겁니다. 하지만 누군가의 카피(copy)가 되는 게 목적은 아니겠지요. 결국 표현이란 '나는 어떤 사람인가'를 보여 주는 것입니다.

2.
창작의 실마리를 찾다

불꽃이 튀는 재미

「라스트 사무라이」라는 영화를 봤습니다. 톰 크루즈가 주연을 맡았던 화제작이죠. 아이와 함께 보러 갔습니다.

무대는 메이지 정부 탄생 즈음의 일본. 그야말로 '사무라이' 다운 사무라이로 와타나베 켄이 나옵니다. 극중 인물 이름은 가쓰모토. 일본에서 가쓰모토라고 하면 먼저 떠오르는 역사상 인물이 두 명 있습니다. 누구일까요?

네, 호소카와 가쓰모토. 오닌의 난(応仁の乱)[1] 때 전투를 벌인 2대 세력이 호소카와와 야마나였는데, 그 중 한쪽의 수장이었습

---

1) 일본 무로마치 시대인 1467년부터 1477년까지 계속된 내란으로 전국시대가 시작되는 계기가 되었다.[옮긴이]

니다. 이건 고등학교 교과서에도 나옵니다.

또 한 명은? 조용~하네요. 가타기리 가쓰모토겠죠. 도요토미 정권 말기의 인물입니다. 역사상 인물이라기보다 그 시대를 그린 드라마의 등장인물로 유명합니다. 종말을 앞둔 도요토미 가를 떠받치던 사람입니다.

∞

와세다 문학부 하면 반사적으로 떠오르는 사람 중 한 명이 쓰보우치 쇼요[2] 박사입니다. 문학평론가 에토 준이 문학부에서 명 강연을 한 적이 있는데, 그때도 강연에 앞서 쇼요 선생에 대한 이야기를 했습니다. 그렇다 해도 요즘 사람들은 별로 쇼요 선생의 글을 읽지 않겠지요. 그저 '문학사의 상식'으로 알고 있을 뿐이고요.

제가 여기에서 수업을 받던 시절은 쇼요 선생에 대한 얘기가 자주 나왔습니다. 선생은 외국인에게 셰익스피어를 배웠습니다. 그때 셰익스피어의 대표작 「햄릿」의 등장인물 거트루드에 대해 서술하라는 문제가 나왔다고 합니다. 햄릿의 어머니이자 왕비죠. 쇼요 선생은 에도 시대에 태어나신 분이라 '와, 이 인간은 말도 안 되는 작자다'라고 썼다고 합니다.

---

2) 1859~1935. 소설가, 평론가, 극작가, 번역가, 교육가.

옛날에 들었던 수업 내용을 그대로 말한 거예요. 이렇게 되면 '수업을 한다'는 것도 무서운 일이네요. 학생들 중에는 몇 십 년이 지나도 그 내용을 떠올리며 마치 자기 얘기처럼 하는 사람이 있으니 말이죠. 거참.

음, 어쨌든 썼다고 합니다. '말도 안 되는 작자다'라고요. 그도 그럴 것이 거트루드는 자신의 남편을 죽인 남자, 시동생인 클로디어스와 결혼합니다. 그러니 이렇게 쓰는 게 '당연'하다고 생각하며 조금도 의심하지 않았습니다.

그런데 이 답안이 완전히 부정됩니다. 거트루드의 인간으로서의 고뇌는 전혀 생각하지 않은 무척 얕은 답안이라는 겁니다. 뭐, 영어로 말했겠죠. '얕~아'라고.

쇼요 선생, 그 말에 항복하고 맙니다.

∞

선생은 에도 문학을 읽으며 자랐기에 '권선징악을 바탕으로 말한다면 틀리지 않는다'라고 생각했습니다. 착한 사람은 복을 받고 악당은 파멸한다는 거죠. 하지만 그게 절대적인 기준은 될 수 없다는 사실에 놀라고 맙니다. 상식이 파괴된 겁니다.

프로야구 경기에서 롯데의 에이스가 던진 공을 상위 리그의 명 타자가 맞췄습니다. 홈런. 그때 해설자가 말했습니다.

"저건 절대 칠 수 없는 공입니다."

공이 그 전에 던진 공과 완전히 똑같은 코스로 들어와 뚝 떨어집니다. 이렇게 던질 줄은 몰랐지? 싶은 회심의 투구입니다. 타자의 눈이 쫓아올 수 있을 리가 없는, 인간이라면 백 퍼센트 헛스윙하는 볼인 듯합니다. 그렇지만 상위 리그에는 백십 퍼센트, 백이십 퍼센트의 눈이 있습니다. 몸이 바로 반응해 버립니다. 쇼요 선생도 그런 선수에게 홈런을 맞아 마운드에 주저앉아 버린 겁니다.

　　──이러기 있어?

　이때 야구 만화의 주인공이라면 산에 처박혀 마구를 생각하겠지만, 쇼요 선생은 문학자이기에 도서관으로 갑니다. 수많은 서양 서적을 읽으며 문학이론을 연구해서 그 유명한 『소설신수』(小說神髓)[3]를 썼습니다. '소설의 중심은 인정(人情)이며 세태 풍속이 그 뒤를 따른다'라는 선언입니다.

　이 책이 일본근대문학의 여명기에 커다란 영향을 미쳤다는 것이 대학생이 문학부에서 듣는 상식 중 하나입니다.

∞

　쇼요 선생은 소설 외에도 셰익스피어 번역으로 유명합니다. 자신의 번역을 감정을 담아 낭독하는 영상도 있습니다. 목소리만이라면 CD로 쉽게 들을 수 있습니다.

---

3) 쓰보우치 쇼요의 문학론. 메이지 18~19년 간행.

번역뿐만 아니라 연극 연구에 입각해 희곡을 쓰기도 했습니다. 대표적인 작품으로 「기리히토하」(桐一葉, 오동잎 한 잎)나 「호토토기스 고조노라쿠게쓰」(沓手鳥孤城落月)가 있습니다. 이른바 '요도기미(淀君)[4]물'로, 유명한 가부키 배우 나카무라 우타에몬 5세와 6세, 두 대배우의 주연으로 무대에 걸리기도 했습니다.

'낙엽 한 잎을 보고 가을이 왔음을 안다'라는 말이 있습니다. 오동잎이 떨어진 것을 보고 가을을 느끼게 되었다는 말인데, 「기리히토하」는 그 오동잎에 가타기리 가쓰모토를 연결시키고 있습니다.

──여기에서 앞에서 언급한 가쓰모토로 이야기가 이어지는 겁니다. 도요토미 가문이 영락을 맞게 될 무렵, 충신 가타기리 가쓰모토[5]가 정원 오동나무의 낙엽을 보는 유명한 장면이 있습니다. 저도 오래 전에 TV에서 본 거지만요.

슌요도에서 나온 『메이지 다이쇼 대학 전집』에 실려 있는 내용을 확인해 보니 실제와는 다를지도 모르지만 "내 이름을 기념한 뜰 앞의 벽오동 전부 흔들려 떨어져, 쓸쓸한 가을"이라고 한

---

4) 도요토미 히데요시의 측실 아자이 차차의 호칭. 「기리히토하」 상연 이후 악녀 이미지와 함께 매춘부의 호칭과 결부시켜 정착되었다. [옮긴이]

5) 1556~1615, 아즈치 모모야마 시대·에도 전기의 무장. 도요토미 히데요시를 섬기며 공로를 세웠다. 히데요시 사후 히데요리의 보좌가 되지만 그 후 도요토미, 도쿠가와 양자 사이에 끼어 옴짝달싹 못하게 된다.

탄하고 있습니다.

절절한 글과 함께 팔랑팔랑 오동잎이 집니다.

∽

그 가타기리 가쓰모토와 또 한 사람, 호소카와 가쓰모토. 이들이 일본 2대 가쓰모토입니다. 그나저나 그렇게 흔한 이름은 아닙니다.

저는 「라스트 사무라이」를 보면서, 흐음, 와타나베 켄이 '가쓰모토'인가. 왜 이런 이름으로 한 걸까. 이름의 울림이 어쩐지 서양 사람들 귀에는 확 와닿아서 그런 걸까. 어쨌든 상상만으로는 지을 수 없는 이름이야. '사무라이'의 이미지에 맞을 듯한 가쓰모토가 어딘가 기록에 남아 있는 건 아닐까…… 등등을 멍하니 생각했습니다.

그로부터 몇 주 지나서 어떤 비디오를 보다가, 이런 대사를 말하는 일본의 '가쓰모토(勝元)'를 만나게 되었습니다.

본인이 생각하는 무사의 본분이란 다만 죽는 것. 승패의 행방 따위 안중에 두지 않고, 패배를 알게 되는 경우에도 목숨을 꽃처럼 여겨 죽음으로써 명예를 남기고자 미친 듯이 죽으러 가는 것이 무사입니다. 살아가면서 죽음을 선택하기 전에는 주인도 대의도 무용(無用), 그저 고고하게 견딜 수 있기를 바라는 내가 있을 뿐입니다.

와아, 완전 뒤로 넘어갔어요. '대의도 무용'이라는 부분은 다르지만 그걸 빼면 그야말로 '라스트 사무라이'의 '가쓰모토(カ ツモト)'와 겹칩니다. '가쓰모토(勝元)'와 '가쓰모토(カツモト)'가 부딪혀 불꽃이 튑니다. 이러한 순간을 만나면 저는 무척 가슴이 뛰고 쾌감이 느껴집니다.

「라스트 사무라이」를 만들 때 일본의 다양한 시대극 관련 자료 등을 참고했을 겁니다. 혹시 이 '가쓰모토(勝元)'가 영화에 나오는 '가쓰모토(カツモト)'의 이미지에 메아리처럼 울렸던 것은 아닐까요.

하이쿠에는 배합이라는 것이 있습니다. 어떤 소재와 소재가 배합되어 자리 잡음으로써 하나의 독자적 세계가 만들어집니다. 여기에서도 그러한 공명을 느낄 수 있었습니다.

이 장면은 NHK의 대하드라마의 한 장면입니다. 1994년 작품. 옛날에는 일요일 밤이면 대부분의 가정에서 대하드라마를 봤습니다. 1994년이라면 여러분들도 철이 들었을 무렵이겠죠. 집에서 본 사람이 있을지도 모르겠습니다. 그해 방영된 대하드라마 「화의 난」(花の乱). 오닌의 난 시절을 무대로, 미타 요시코가 히노 도미코 역을 맡았습니다.

드라마에서 호소카와 가쓰모토의 젊은 시절 역할을 교겐(狂言) 배우 노무라 만사이가 연기했는데요. 이치카와 모리이치 씨가 쓴 각본의 대사가 바로 그 대사였습니다.

그 시절 신문 기사에 젊은 여성을 대상으로 요즘 맘에 드는 연예인이 누군지 꼽는 내용이 있었습니다. 그 기사에 「화의 난」에 나오는 노무라 만사이도 거론되었습니다. 슬쩍 본 게 전부지만, 꼽은 이유가 재밌었기 때문에 아직도 기억이 납니다. '그 짓궂어 보이는 눈빛을 보면 뭐라 형언할 수 없는 감정이 든다'라는 코멘트였습니다. ……과연.

만사이 씨는 폭넓게 활약하고 있습니다. 최근에는 「햄릿」을 공연하기도 했습니다. 저도 보러 갔습니다. 워낙 인기가 많아서 못 볼 수도 있다고 생각했지만 추가 티켓을 산 덕분에 겨우 볼 수 있었습니다. 좋았어요.

「햄릿」은 해외에서 공연하기도 했습니다. 만사이 씨 개인도 영국이나 미국에 가 교겐을 알리는 등 여러 가지 활동을 하고 있습니다.

만사이 씨의 활동을 모은 「교겐 배우 노무라 만사이: 첫 무대부터 이름 계승까지」라는 비디오가 도서관에 있었습니다. NHK 제작 비디오입니다. 빌려 와서 보았는데 'TV 드라마에도 출연하고 있다'라는 부분에서, 그 대사를 말하는 '가쓰모토'가 나왔습니다. 가쓰모토에 대한 잔상이 머리에 남아 있던 시절이라 깜짝 놀랐습니다.

만사이 씨는 영국과 미국에서 공연한 경험이 있어 그곳의 연극인들에게 유명할지도 모릅니다. 이 비디오를 「라스트 사무라이」 관계자가 봤을 가능성도 있습니다. 혹은 쓰타야 서점 주변에 가면 대하드라마 DVD가 진열되어 있는데, 톰 크루즈가 와서 「화의 난」을 빌려 갔는지도 모릅니다. 쓰타야 카드를 내밀며, "이거, 빌릴게요"라고 하지는 않았을까요.

∞

정말 쓰타야 서점에 톰 크루즈가 왔을 거라고 생각지는 않습니다. 하지만 그런 상상을 해보는 것도 재밌잖아요.

이 '가쓰모토 문제'에 대해 저는 어디에도 쓰지 않았습니다. 사실관계를 확인하기도 어려울뿐더러 그렇게까지 할 일도 아니니까요.

자, 이를 통해 하고 싶은 이야기가 뭐냐, 그건 말이죠, 이런 식으로 생각하게 되는 정신이랄까 마음의 자세에 대해서입니다. 마음이 자연스럽게 무언가를 받아들일 자세를 갖추고 있으면 거기에 무언가가 부딪혀 불꽃이 튀는 경우가 있습니다. 무엇이든 그저 막연히 보고만 있으면 그걸로 끝입니다.

이 불꽃은 '읽을' 때에도 일어납니다. 거기에서부터 자기만의 '읽기'가 생겨납니다. 문예 쪽의 작품론 같은 것도 이러한 발견에서 전개되는 경우가 있습니다. 거기에서 새로운 무언가가 보이는지가 중요합니다. 실제로 어떤지에 대한 문제 이상으로 거기에서 어떻게 자기 자신에 대해 이야기할지가 승부처가 됩니다. 자기 자신을 이야기하면서 대상의 진실을 파고들 수 있다면 좋겠지요.

동양의 표현, 서양의 표현

이어서 '만사이 씨를 통해 연상되는 것'도 있었습니다. 앞서 말했던 비디오에 이런 장면이 있었습니다. 만사이 씨가 런던의 일본 대사관에서 교겐에 대해 말하는 장면이었습니다.

교겐에는 '모기 정령'[6]도 나옵니다. 모기가 바람에 날립니다. 말로 표현하기 어렵지만 만사이 씨는 그걸 연기로 보여 줍니다. 모기 연기라는 것이 의표를 찔러 재미있었습니다.

서양 연극에서 같은 것을 하면 어떨까요. 만사이 씨는 이것도 연기로 보여 줬습니다. 서양식으로 하면 아무래도 의인화가 됩니다. 바람에 날려 모기가 슬퍼하거나 몸부림치는 식이죠. 관객은 박수갈채를 보냈습니다.

이것을 보고 바로 떠오른 문장이 있었습니다. 무척 유명한 작

---

6) 교겐 「모기 스모」에 등장. '우소부키' 가면을 쓰고 스모를 할 때에는 종이를 꼬아 만든 주둥이를 가면의 입에 꽂는다.

품의 한 구절입니다. 연극이나 소설은 아무래도 인정(人情)을 떼어 낼 수 없습니다. 서양이라면 시도 '인간사가 근본'이 되어 '어디까지나 동정이나 사랑, 정의나 자유 같은' 것이 화제가 됩니다. 그런데 말입니다.

다행스럽게도 동양의 시가는 그 부분을 해탈한 것이 있다. 동쪽 울타리 밑에서 국화를 꺾다가 물끄러미 남산을 바라본다. 단지 그것뿐인데 갑갑한 세상을 전부 잊은 광경이 나온다. 울타리 건너편에서 옆집 처녀가 엿보는 것도 아니고, 남산에서 친구가 벼슬을 살고 있는 것도 아니다.

바로 이것이 동양적 시경(詩境)입니다. 인간사와 거리를 두면서 표현이 성립하는 것이죠.

∽

주인공은 이러한 '비인정(非人情)'의 감흥이 '파우스트보다, 햄릿보다 고맙다'고 말합니다.

누구의 작품일까요? 백 년도 전에 런던에서 유학하며 동양과 서양 문학에 대해 생각했던 사람, 나쓰메 소세키의 『풀베개』의 한 구절입니다. 소세키가 고뇌의 나날을 보냈던 영국의 수도 런던에서 일본인 만사이 씨가 세월이 흘러 동서양의 표현의 차이에 대해 말하고 있습니다.

『풀베개』에서는 시이고, 만사이 씨가 거론한 것은 연극입니다. 그러나 말하고자 하는 것에 공통점이 있습니다.

소세키는 말합니다. "20세기에 수면(睡眠)이 필요하다면 20세기에 이 출세간적(出世間的)인 시미(詩味)는 소중하다. 애석하게도 오늘날 시를 짓는 사람, 시를 읽는 사람 모두 서양인의 영향을 받고 있기 때문에" 그렇지 못하다고 말이죠. 『풀베개』가 출간되던 시절, 이미 이런 얘기가 나오고 있습니다. 21세기인 지금 일본은 이미 서양 그 자체가 되었죠. 이에 비해 동양의 고전적인 표현은 서양적인 표현과 다른 특질을 갖고 있습니다.

런던의 일본 대사관에 몰려든 관객이 신선한 체험을 했습니다. 그 서양인의 눈은 지금 우리들의 눈이기도 합니다. 톰 크루즈에서부터 노무라 만사이, 노무라 만사이에서 나쓰메 소세키와 이러한 상황까지, 무언가가 다음을 부르고, 그 사고의 이동 과정에서 여러 가지를 생각하게 됩니다.

읽는 행위도 표현이라고 말씀 드렸습니다. 막연히 사물을 바라보거나 활자를 쫓기만 해서는 알아챌 수 없는 것이 있습니다. 그래서야 아까운 일입니다. 이런 식으로 다양하게 연관지어서 생각하는 것은 무엇보다도 무척 즐거운 일입니다.

3.
연상하고, 상상하며 창조한다

일상과 비일상

지난 수업에서 교겐 배우 노무라 만사이 씨의 이야기를 했습니다. 오늘은 가부키 「나쓰마쓰리나니와카가미」(夏祭浪花鑑)[1]의 한 장면을 봅시다. 인기 있는 상연 목록 중 하나입니다. 가부키 배우 나카무라 간자부로 씨가 간쿠로로서 마지막 뉴욕 공연에서 연기하기도 했습니다.

지금부터 볼 것은 그 중에서도 「나가마치우라 단락」이라는 특히 유명한 부분입니다. 여기에서는 선대 나카무라 간자부로 씨가 주인공 단시치를 연기하고 있습니다. 나쁜 장인어른이 은

---

1) 전통 인형극 닌교조루리에서 가부키화된 작품.

혜를 입었던 여성을 꾀어내 팔아넘기려고 합니다. 단시치로서는 내버려 둘 수 없습니다. 그러면서 이런저런 일이 벌어지다 살해하기에 이르는 장면입니다. 장인이라 해도 부모. 에도시대, 부모를 죽이는 것은 상상할 수도 없는 큰 죄입니다. 죄를 범한 순간, 인간 실격의 낙인이 찍힙니다.

가부키에는 이러한 '파멸의 순간'을 훌륭하게 그린 무대가 이밖에도 있습니다. 바로 떠오르는 것은 지카마쓰 몬자에몬[2]의 「명도의 비각」(冥途の飛脚),[3] 「고이비캬쿠야마토오라이」(恋飛脚大和往来)라는 이름으로 가부키화됩니다. 나카무라 간지로 등이 연기했던 주인공 주베에는 타인의 돈을 맡는 파발꾼. 봉인을 뜯으면 참수에 처하게 됩니다.

일신의 파멸을 가져올 그 삼백 량의 봉인을 내친 김에 뜯어버리는 주베에. 인간이 나락을 향해 발을 디디는 순간이 무대 위에 펼쳐집니다. 그곳에 격렬한 스릴이 있습니다.

∞

「나쓰마쓰리나니와카가미」는 실제 살인사건을 모델로 삼고 있습니다. 원래는 인형극입니다. 주신구라 등이 전형적인 예인데요, 예전에는 실제로 일어난 사건을 극화해 상연하는 경우가

---

2) 1653~1724, 에도 전기의 조루리·가부키 교겐 작가.
3) 1711년 초연한 세태 조루리.

많았습니다.

그래서 재밌는 게 이 사건, 원래 겨울에 일어난 일이었습니다. 『명작 가부키전집 제7권』(도쿄소겐신샤)에 쓰인 도이타 야스지의 해설에 의하면 봄이 되어 눈이 녹으면서 시체가 발견된 것 같습니다. 무섭죠. 이 이야기의 바탕에는 훨씬 전에 일어난 다른 살인사건도 있었다고 합니다. 하지만 직접적으로는 전년도에 일어난 그 사건을 바탕으로 하고 있습니다. 그 계절을 여름으로 옮겨 축제와 연결한 점이 중요한 점입니다.

나미키 센류, 미요시 쇼라쿠, 다케다 고이즈모의 합작. '살인'을 음양(陰陽)으로 말한다면 보통은 '음'이겠죠. 그들은 그 배경에 '여름 축제'를 이용했습니다.

단시치는 앞서 말했듯이 복잡한 사정이 더욱 꼬여 장인 기헤이지와 옥신각신합니다. 그러다 마침 칼이 칼집에서 빠져나와 기헤이지에게 상처를 입히고 맙니다.

"칼을 휘둘렀어. 살인자, 부모 죽인 놈, 살인자야!"라고 소리지르는 기헤이지. 단시치는 당황하며 "아니에요, 아니라고요." "사, 살인자야!" "아니에요, 정말 아니에요" 이렇게 절박한 공방이 이어집니다.

단시치 할 말이 있고 못 할 말이 있소. 부모 죽인 놈이라니 무슨 소립니까. 다른 사람이 들었다가는 정말 큰일 나요. 아버지를 벨 정도라면 저는 좀 전에 죄송하다고 사과하지도 않았을 거예요…… 아버지를 벨 정도라면…….

기헤이지 살……인…….

단시치 크, 큰일 났다. 손이 헛돌았나. 장인어른, 용서해 줘요.

깊은 상처를 입히고 말았습니다. 이제 돌이킬 수도 없습니다. 장인어른에게 아무리 변명을 해도 전혀 통하지 않습니다.

싸우는 사이 연못에 빠져 피투성이 진흙투성이가 된 살인 현장입니다. 축제를 즐기는 소리와 음산한 살인 현장이 겹쳐지면서 엄청난 효과를 낳습니다. 단시치는 결국 기헤이지를 죽이고 맙니다. 용서 받을 수 없는 큰 죄를 범하게 됩니다.

그곳에 축제 가마가 옵니다. "영차, 영차" 하며 화려하게, 잔뜩 들떠 반복되는 구호. 장인을 죽인 단시치는 가마를 둘러싼 인파에 섞여 범행 현장에서 도망칩니다.

어떻습니까. 축제와 살인이 무척 효과적으로 대비되어 있습니다. 이것이 1745년 작품입니다.

∞

저는 여기에서 구로사와 아키라의 영화 「들개」의 마지막에 이르는 부분이 떠올랐습니다.[4] 미후네 도시로가 연기하는 형사

---

4) 편집자가 『아카가와 지로의 분라쿠 입문』(쇼각칸문고)에 아카가와 지로 씨도 "「나쓰마쓰리나니와카가미」의 살인 현장에 덮이는 흥겨운 소리를 들으며 떠오른 영화가 있다.

가 기무라 이사오가 연기하는 흉악범을 쫓아갑니다. 헉헉 거친 숨이 울립니다. 점점 밤이 걷힙니다. 두 사람이 달려 들어간 곳은 전혀 범죄와는 무관한 주택지입니다. 일요일인지 여름방학인지 멀리에서 한가로운 피아노 소리가 들려옵니다.

범인이 총을 쏩니다. 그 소리에 고개를 갸우뚱하며 피아노를 치던 여성이 창가로 갑니다. 고개를 갸우뚱하며 의자로 돌아가 다시 피아노를 치기 시작합니다.

평화로운 일상이 제시됨으로써 비일상적인 추격전이 저절로 강조됩니다.

범인은 숲 속으로 도망칩니다. 격투 끝에 쓰러진 범인. 결국 손목에 수갑이 채워지고, 모든 상황이 종료됩니다. 그때, 거친 숨을 쉬며 서 있지도 못할 정도로 지친 두 사람의 바로 옆 오솔길을 아이들이 동요를 부르며 지나쳐 갑니다. 노랫소리가 들려옵니다.

"……나비야 나비야 유채꽃에 앉아라"

거기에 갑자기 흉악범이 "우와악!"하며 몸을 떨며 소리 내어

구로사와 아키라의 「들개」다'라고 썼다고 알려 줬다. 그런 만큼 연상하는 것도 무리는 아니라고 할 수 있지 않을까. 좀 다른 예를 들자면 내가 어린 시절 TV에서 봤던 「언터처블」이라는 방송. 아마 '광란의 카니발'이라는 회차였던 것 같다. 갱단의 보스가 차에 강력한 방탄유리를 설치한 후 안심하고 카니발에 간다. 하지만 축제로 붐비는 사이 믿고 있던 방탄유리가 바뀌치기되어 있음을 알게 된다. 배경이 되는 카니발의 미친 듯한 소음이 효과적이었다. 한편 가장 비슷한 것으로 「카르멘」의 살인 장면 등이 바로 떠오른다. 투우장의 환성과 흥분, 그 투우장 밖에서 살인이 일어난다.

울기 시작합니다. 온몸을 던지듯이, 체면이고 뭐고 따질 것도 없이 그저 흐느껴 웁니다.

그때 우리들은 큰 감동을 받게 됩니다. 왜일까요. 흉악범의 마음에 떠오른 것이 무엇인지 아플 정도로 알 수 있기 때문입니다. 그는 그 순간에 '이렇게 될 줄 몰랐던 나의 인생'을 떠올렸겠죠. 그런 대사는 없습니다. 설명도 없고요. 하지만 너무나 사무치게 와닿습니다.

꽃이 한들거리고 따뜻한 빛이 흘러넘칩니다. 아이들의 소리가 들려옵니다. 그 아이들에게는 인생이 있습니다.

자신은 어른이 되어 지금까지 살아왔습니다. 여러 모퉁이를 돌아 겨우 이곳까지 왔습니다. 지금 이 손에는 엄연한 사실로서, 움직일 수 없는 인생의 '결과'로서 수갑이 채워졌습니다. 범인을 동정할 필요는 없지만 '이 마음'을 생각하면 우리들은 그에게 공감할 수밖에 없습니다. 돌이킬 수 없다는, 지나간 시간은 돌아오지 않는다는 허무의 감정은 인간 모두에게 공통되는 것이기 때문이겠지요.

관객의 마음을 그곳으로 옮기는 데는 '평온한 일상과 비일상의 대비'가 무척 효과적입니다. 「나쓰마쓰리나니와카가미」의 「나가마치우라」의 배경이 된 축제는 '화려한 일상'이었습니다. 그리고 살인이라는 것은 '음산한 비일상'이겠죠.

봄의 슬픔

아까 「나쓰마쓰리나니와카가미」는 1745년에 만들어졌다고 말씀드렸습니다. 엔쿄(延享)[5] 2년, 18세기 중반입니다. 에도시대 중기. 꽤 옛날이죠.

천 년도 전에 이런 대비를 사용한 대표적인 작품이 나왔습니다. 사실 '천 년도 전'이라고 말했지만 엄청나게 옛날입니다.

화창하게 봄볕이 빛나는 날에 종달새 날아오르니
슬프다 홀로 생각에 잠겨

교과서에도 자주 실리기 때문에 아마 기억하고 있는 사람도 많을 것입니다. 『만요슈』(万葉集),[6] 오토모노 야카모치의 유명한 노래입니다.

이 노래는 '춘수(春愁)', 봄의 슬픔을 다룬 노래라고 평합니다. 재미있죠. '수(愁)'라는 한자는 '가을[秋]의 마음[心]'입니다. '가을의 마음'이 봄날 가운데에 놓여 있습니다.

한가로운 봄날, 종달새도 목 놓아 노래하고 있습니다. 그렇지만, 아니 그렇기에 더욱 슬픔이 솟아오르는 겁니다. 이런 근대적

---

5) 1744~1747년 에도 시기 일본의 연호.[옮긴이]
6) 현존하는 가장 오래된 가집. 『신편일본고전문학전집』(쇼각칸)에서 인용.

인 센스를 갖춘 노래가 이미 『만요슈』가 나오던 시절, 만들어지고 있었습니다.

∞

이러한 시를 보면 또 거기서부터 시간과 공간을 넘어 다른 작품에 대해 생각하게 됩니다.

'극단 시키(劇団四季)'[7]는 잘 알고 있죠? 「라이온 킹」이나 「오페라의 유령」 같은 작품을 광고로 자주 접했을 겁니다. '시키'는 설립 당시 '아누이=지로두 극단'이라고 불렸다고 합니다. 프랑스의 극작가 장 아누이, 장 지로두의 작품을 자주 상연했기 때문입니다.

제가 젊은 시절 '시키'가 설립 몇 십 년인가를 기념해서 설립 당시에 했던 작품을 앙콜 상연했습니다. 그때 본 한 장면이 강렬하게 남아 있습니다.

몇 십 년도 전에 한 번 봤을 뿐이라 누구의 어떤 작품인지는 기억나지 않습니다. 와세다에는 연극박물관이 있잖아요. 좋은 기회라는 생각이 들어 그곳에 가서 조금 찾아봤습니다.

우여곡절이 있었지만 결국 확실한 증거를 잡아내지 못했습

---

7) 1953년, 도쿄대학과 게이오기주쿠대학의 학생(아사리 게이타, 구사카 다케시)으로 결성된 학생연극집단. 점점 프로화되어 뮤지컬 공연도 하게 된다. '시키'라는 이름은 아쿠타가와 히로시가 붙었다.

니다. 하지만 아마 아누이의 「아르델 혹은 성녀」라는 극이 아니었을까 싶습니다.

거기까지 알아내면 이제 책을 보면 확실해지겠다고 생각했겠죠? 하지만 아누이의 작품집이 세 권 있었는데 「아르델」은 수록되어 있지 않았습니다. 다른 프랑스 희곡집에서도 발견하지 못했습니다. 그래서 추측인 채로 이야기를 진행하겠습니다.

아누이라고 하면 걸작 「앙티곤」을 쓴 사람입니다. 이 얘기까지 시작하면 끝이 없습니다. 그건 넘어가고, 「아르델」로 돌아가겠습니다. 「앙티곤」은 찾아 읽어 보거나 언젠가 공연을 한다면 꼭꼭 보러 가세요.

∽

자, 지금 말한 대로 삼십 년 정도 전의 기억에 의존하고 있기 때문에 '틀렸다면 미안'합니다. 세세한 부분은 기억나지 않아요. 단 제1막 마지막 장면만큼은 기억에 선명합니다.

어느 집에 무척 먼 곳에 다녀왔던 남동생이 돌아옵니다. 동생은 무대 왼쪽의 문을 엽니다. 문을 여니 마침 집에 있던 형수가 동생을 맞이합니다.

남동생은 역에 도착하고 나서 여기에 오기까지의 여정을 이야기합니다. 봄날의 화창한 정경을 말합니다──역에서 이어지는 오솔길을 걸어오다 목장에 들어갑니다. 클로버 꽃이 흐드러지게 피어 있습니다. 꿀벌이 바쁜 듯 날갯소리를 내며 힘껏 일하고 있습니다. 이윽고 맑은 시내에 이릅니다. 외나무다리를 건넙니다. 눈 밑에는 얕은 여울물이 봄볕을 받아 반짝반짝 빛납니다. 그리고 — 이런 식입니다.

너무나 평온한, 평화 그 자체라고 할 수 있는 시골 정경에 대한 묘사가 끝없이 이어집니다. 여러분들이 연출가라고 한다면 이러한 대사는 어떤 느낌으로 말하게 하겠습니까?

∞

드디어 고향에 도착해 안심하는 느낌, 느긋한 말투, 느슨한 느낌. 뭐, 그런 느낌일 겁니다. 그게 '보통'이겠죠.

그런데 말이죠, 남동생은 무척 딱딱하고 굳은 말투로 이 긴 대사를 말합니다. 말하는 내용과 말하는 사람의 모습이 맞지 않습니다. '무슨 일일까' 하고 생각하게 되겠죠. 눈은 형수를 노려보고 있습니다. 그리고 "모든 게 옛날 그대로였어" 하고 말합니다. 그리고 한 박자를 두고 그는 말합니다.

"왜 형과 결혼한 거야."

앗 하고 놀란 순간에 팟 하고 무대가 캄캄해지고 제1막이 끝납니다. 훌륭하다고 생각했습니다. 혀를 내둘렀습니다. 그래서 아직까지 잊을 수 없습니다.

그는 "무엇무엇은 아름답다, 무엇무엇은 아름답다"라고 말하고 있었습니다. 그가 입에 담고 있던 것은 '아름다운 과거'입니다. 꽃이나 꿀벌은 변하지 않습니다. 하지만……, 하고 이어지는 것이죠.

『이세 모노가타리』(伊勢物語)[8]에 아래와 같은 유명한 노래가 있습니다.

달도 없고 봄도 옛날 봄이 아니네. 나 홀로 그대로구나.

전반부를 의문, 즉 '달도 봄도 옛날 그대로가 아닌 걸까?'라고 해석하는 것과 반어적으로 '아니, 달도 봄도 옛날 그대로다'라고 해석하는 두 가지 설이 있습니다. 무엇이 정답인지는 제쳐 두고, 후자로 가정하면 '달도 봄도, 두 사람이 사랑하던 그 시절과 같다. 나는 변함없이 같은 마음을 가슴에 품고 있지만 그 사람만이 변해 버렸다'가 됩니다.

이 장면과 같아집니다.

∽

남동생 가슴의 격분은 억누르기 어려울 것입니다. 하지만 여기에서 쿵쾅거리며 "으악, 왜 형과 붙어먹은 거야아!"라는 대사를 했다고 합시다. 그랬다면 제 기억에 남아 있지 않았을 겁니다. '오호, 그런 건가' 하고 넘어갔겠죠.

---

8) 헤이안 전기의 우타 모노가타리. 아리와라노 나리히라답게 호색한을 주인공으로 한 시에 관련된 단편집.

딱히 '공들여 만드는 게 좋다'라고 말하려는 게 아닙니다. 다만 당사자가 열심히 외치면 외칠수록 오히려 듣는 사람은 흥이 식어 버리는 경우가 있습니다. 소설도 연극도 어떤 사물의 취급 설명서와는 다릅니다. 표현이란 무엇인가. 설명이 아닙니다.

알기 쉽게 예를 들어 보자면 등장인물이 슬프다고 해서 겨울의 홋카이도에 가서 찬바람을 맞는 것만이 능사는 아니라는 겁니다. 그 내용이 이렇게 표현해 달라고 바라는 형태가 무엇인지는 단순하게 생각할 일이 아닙니다. 그렇다고 해서 억지로 쥐어짜낼 것도 아닙니다.

여기에 든 예는 관점에 따라 기교적이라고 여겨질지도 모릅니다. 하지만 모두가 필연적으로 그런 형태를 갖추게 됩니다.

4.
이야기의 시선—시점과 문체

'그들은 서로 싸우기만 한 게 아니다'

지난 수업에 구로사와 아키라 감독의 영화 「들개」에 대해 말했었죠. 거기에서 연상되는 다른 영화도 있습니다. 저는 그 영화를 보지는 않았습니다. 보지 않고 입에 담는다는 건 당치 않은 일이지만요. 하지만 학생 시절에 읽은 어떤 하드보일드론 중에 그 영화의 한 장면이 나왔습니다. 그때의 인상이 무척 강렬해서 잊을 수 없었죠.

　대학 시절 우리들은 저녁이 되면 『고서점지도첩』이라는 가이드북을 한손에 들고 도쿄의 헌책방을 돌아다녔습니다. 어두워지면 거미가 슬금슬금 나올 듯한 곳이었습니다. 단행본뿐 아니라 오래된 잡지도 많이 찾아다녔습니다. 그러던 중에 발견했던 글이었던 것 같습니다. 어떤 책에 실려 있었는지 정확하지는 않지만 확실히 기억하고 있습니다. 쓴 사람은 쓰즈키 미치오(都筑道夫), 쓰즈키의 즈키(筑)는 밑에 나무 목(木)이 없습니다. 都築가 아니라 都筑입니다. 이것을 잘못 쓰는 걸 선생은 무척 싫어했다고 합니다.

자, 쓰즈키 선생은 젊은 시절부터 다방면에서 다양한 활동을 했습니다. 소설뿐만 아니라 후세에 남는 평론도 많이 썼습니다. 그 중에 유명한 하드보일드론이 있습니다. 원고지로 하면 겨우 7~8매 정도인 「그들은 서로 싸우기만 한 게 아니다.」[1] 사실 '쓰즈키 선생의 유명한 하드보일드론'은 이밖에도 여러 개가 있습니다. 하지만 이 글은 가장 초기에 쓰인 것입니다. 1956년, 반세기도 전입니다.

제목이 '그들은 서로 싸우기만 한 게 아니다'. 뒤집어 보면 그 당시 '그들은 서로 싸우는 게 전부다'라는 견해가 일반적이었음을 알 수 있습니다. 하드보일드 하면 '폭력과 섹스 소설' 취급을 받았습니다.

그에 대해 쓰즈키 선생은 헤밍웨이의 예 등을 들어 하드보일드란 인간에 대해 마주보는 방법이며, 그리는 방법이라는 견해를 밝힙니다. 그리고 이 유명한 구절이 들어갑니다.

---

1) 『쓰즈키 도시오 콜렉션 탐정은 잠들지 않는다』(고분샤문고, 2003)에 수록.

저는 하드보일드 문학에 대해 설명해 달라는 요청을 받게 되면 늘 그 사람에게 어떤 영화의 한 장면을 떠올려 보게 합니다.

「네이키드 시티」라는 미국 영화가 있습니다. 유명한 영화라 많은 분들이 보셨을 겁니다. 그 영화 마지막에 경관에게 쫓기던 범인이 브루클린 다리의 철골 위로 도망치는 부분이 있습니다. 절망한 범인은 불안에 떨며 밑을 내려다봅니다. 카메라는 저 멀리 밑에 있는 테니스 코트에서 한가롭게 게임을 즐기는 사람들의 모습과 범인의 모습을 함께 잡고 있습니다.

무척 짧은 컷이지만 쓰무라 히데오 씨도 격찬했듯이, 무정한 만큼 보는 사람들의 가슴에 인간 존재의 서글픔을 한층 더 날카롭게 느끼게 하는 장면입니다. 그것이 하드보일드입니다. 주인공은 감동을 자아내려는 행동을 하지 않습니다. 그저 흘낏 절망의 눈빛을 던질 뿐입니다. 소리 내어 감정을 남김없이 말하는 일은 없습니다. 말해 버리면 지루한 감상으로밖에 들리지 않겠죠. 행동만을 정확히 묘사한다는 이 종류에 해당하는 문학에서의 기교적인 비밀은 바로 그런 부분에 있는 게 아닐까요.

어떻습니까, 한 번 읽어도 기억에 남을 만하죠? 제가 「들개」를 보며 「네이키드 시티」의 한 장면을 연상한 것도 무리는 아닙니다. 도망치는 범인과 아침식사 후 피아노 소리가 들리는 주택지. 이 장면은 그대로 이 문장에 대입할 수 있습니다.

「들개」는 이어지는 장면에서 범인의 감정이 폭발합니다. 그러나 오열의 의미가 무엇인지 말로 설명하지 않는 부분, 즉 '행동'으로 설명한다는 문법은 이어지고 있습니다.

하드보일드의 문체와 시점 문제

이 '행동'으로 설명한다는 것, 좋은 예는 아니지만 '선생님은 화가 났다'라고 쓰지 않고 '문을 세차게 닫으며 밖으로 나갔다'라고 씁니다. 선생님 기분이 별로 안 좋으신 것 같은데, 하고 충분히 전달되겠죠. 이렇게 쓰는 방법입니다.

본래 사람의 내면 같은 건 알 수 없는 법입니다. 하지만 소설에서는 그곳에 들어갈 수 있습니다. 잭이 베티를 기다리고 있다고 합시다.

베티는 아직도 오지 않았다. 잭은 역에 걸린 시계를 쳐다보며 눈살을 찌푸렸다.

음, 이 정도면 기다리다 지쳐 짜증이 나고 있음을 알 수 있겠죠. 하지만 여기에서 내면으로 들어간다고 해봅시다. 즉,

베티는 아직도 오지 않았다. 잭은 역에 걸린 시계를 쳐다보았다.

시간에 맞춰 올 수 있을까.

  이런 식으로 쓰면 이 '시간에 맞춰 올 수 있을까'는 잭이 생각한 내용이죠. 그렇게 되면 이 이야기는 잭의 시점으로 쓰이게 됩니다. 하지만 그곳에 지각한 베티가 나타나 '그 사람은 화를 내고 있을까' 같은 내용이 지문으로 쓰인다고 합시다. 그렇게 되면 두 시점이 혼재하게 됩니다.

∽

  신인상 등의 심사평에서는 실제로 자주 이 문제가 거론됩니다. 심사위원이 보기에 '지적하기 쉽다'는 점도 있겠죠. 그러나 읽다 보면 위화감이 느껴지는 예가 많기 때문입니다.

  극단적으로 말하자면 '여우 사냥'이라는 하나의 사건을 사람의 시점으로 쓰는 것과 여우의 시점으로 쓰는 것은 전혀 감촉이 다른 이야기가 될 것입니다. 이 이야기가 영화로 만들어져 음악을 넣는다고 합시다. 여우 시점에서 넣는 것과 사람 시점에서 넣는 것에는 곡조가 물과 기름만큼 다를 것입니다. 물론 두 곡조를 효과적으로 조합한 작품이 있을 수는 있습니다. 그러나 그렇게 하는 데에는 꽤 역량이 필요합니다.

  초심자가 쓴 경우 대부분은 그저 실수였을 뿐—작가가 서 있는 위치 즉, 누구의 입장에서 사물을 생각하고 있는지 혼란에 빠져 있을 뿐—입니다.

마침 오늘 손에 든 잡지에도 신인상 심사평이 실려 있었습니다. 거기에서도 "시점의 일탈을 맞물리게 하는 데에는 역량이 부족했다"는 등의 평이 있었습니다. 삼인칭 다시점(多視点)으로 쓰여 있는데도 제대로 처리되어 있지 않았던 겁니다. 또 삼인칭으로 쓰여 있는데 경어가 들어가 있는 것에 대해 '문장의 개념을 모른다'고 지적하는 목소리도 있었습니다. 즉 '야마다가 왔다' '스즈키가 왔다'라고 썼으면서 '사장님도 오셨다'라고 쓰는 식입니다. 경어를 쓴다는 것은 그곳에 '나'가 들어가게 되는 겁니다. 그러나 글은 삼인칭으로 쓰여 있습니다.

그리고 말이죠, 독백이 많은 삼인칭으로 쓰인 작품에 대해 '그럴 거면 왜 일인칭으로 쓰지 않는가'라는 지적도 있었습니다. 삼인칭을 쓰는 의미가 없다는 거죠. 이건 수긍이 갑니다.

시점 일탈이 일어날 수 없는 것이 '저는……', '나는……' 같은 일인칭입니다. 이렇게 쓰면 충분히 주인공의 내면을 묘사할 수 있습니다. 글쓰기가 익숙지 않을 때에는 먼저 일인칭을 사용하는 게 무리 없는 선택입니다.

쓰고 있을 때에는 자기 작품을 객관적으로 볼 수 없습니다. 그러나 쓰고 난 다음에는 그 작품이 어떤 식으로 쓰이는 게 적합했을지 생각해 보는 것도 좋겠지요.

소설가 오쿠이즈미 히카루 씨가 「폭포」라는 작품을 쓴 시기를 회상하며 "작가를 하고 있는 이상, 삼인칭의 복수 시점으로 꼭 써야겠다는 생각이 들었다"고 썼습니다. 그래서 "도전해 봤다"고 합니다. 그 오쿠이즈미 히카루가 '도전했다'는 겁니다. 삼인칭이라는 것은 의식하며 꽤 준비를 단단히 하고 써야 하는 방식이라고 할 수 있습니다.

∞

인류가 한 최초의 이야기는 일인칭이겠죠. '내가 산속에 들어갔더니……'같이요.

대하소설의 경우 대체로 삼인칭 다시점을 사용합니다. 부모 세대 이야기부터 쓴다고 하면 일단 주인공인 '나'가 없습니다. 긴 시대에 걸쳐 여러 인물을 등장시키려면 아무래도 그렇게 될 수밖에 없습니다. '나'가 없는 장면이 필연적으로 나옵니다. 이른바 전지적 시점으로 쓰는 소설입니다.

제가 대학 시절에 읽으며 '재미있다'고 생각했던 책은 무척 많지만, 그 중 영국의 소설가이며 비평가인 올더스 헉슬리의 『연애 대위법』이라는 책이 있습니다.

여기에서 이 소설을 떠올린 이유는 수많은 가족과 등장인물이 나와 수많은 선율을 조합해 가며 진행되기 때문입니다. 이른바 대하소설은 아니지만 이 정도가 되면 삼인칭 다시점이 아니고는 쓰기 힘듭니다. 작품이 그렇게 쓰기를 요구하는 겁니다. 이를테면 연애 장면이 전개되는 것과 같은 시각에 다른 장소에서는 살인이 일어나고 있는 식의, 그런 소설을 쓰고 싶다는 의도가 작중에서 드러나고 있다고 할 수 있습니다. 많은 사람의 심리를 구별해 쓰면서 주제를 부각시킵니다. 그러한 이야기를 위화감 없이 훌륭하게 풀어내기 위해서는 뛰어난 역량이 필요합니다.

∽

한편 하드보일드 문체는 '내면에 들어가지 않는다'는 전형적인 이미지가 있습니다. '행동으로 쓰기' 때문입니다. 각각 등장인물의 말과 행동만을 쌓아 나갑니다. 부자연스럽게 심리를 직접 말하는 대사를 쓰지 않습니다.

현실 생활 속에서 갑자기 자신의 현재 심경을 거침없이 말하는 사람은 거의 본 적 없죠? 그런 극적 인물은 텔레비전에 어울릴지 몰라도 소설적이지는 않습니다.

예를 들어 괴로워서 침묵을 지키거나 어떤 행동을 취합니다. 그 '행동' 부분을 잡아내 쓰는 것입니다. 다만 이런 식으로 하나의 장편을 완성하는 것은 무척 어렵습니다.

일본의 하드보일드 작가에게 그런 의미에서 전형적인 작품은 무엇이라고 생각하는지 물어본 적이 있는데, 그 작가는 대실 해밋의 『몰타의 매』 정도라고 말했습니다. 그러면서 언젠가 자신도 삼인칭으로 객관적 시점을 관철한 소설을 하나 정도는 쓰고 싶다고 말했습니다. 반대로 말하면 현실의 하드보일드 문체는 그 '이미지' 그대로의 것이 아닙니다. 오히려 레이먼드 챈들러 이후 지금은 일인칭으로 서술하는 작품이 주류를 이루고 있습니다.

등장인물의 나이

형식 이외의 요소에서도 작가가 젊을 때에는 쓰기 어려운 문제가 있습니다. 어렵다기보다는 쓸 수 없다고요. 바로 등장인물이 나이를 먹도록 하는 것입니다.

시인이자 소설가 후쿠나가 다케히코가 말했던 것 같은데요. 그는 젊은 시절 쓴 작품을 재워 두었다가 사십대가 되어 꺼내 보았다고 합니다. 고치고 싶은 부분은 거의 없었지만 아무리 생각해도 이상한 부분이 있었다고 합니다. 젊은 시절 쓴 글은 등장인물을 실제 나이보다 훨씬 늙은이처럼 묘사하고 있었습니다. 그나이가 되어 읽어 보니 그 점이 부자연스러워 견딜 수 없었다고합니다.[2] 젊은 사람이 보면 사십대는 아저씨로 보이겠지요. 하지만 실제 그 나이가 되면 기분은 거의 이십대 그대로입니다.

여러분들도 초등학생 시절은 중학생이 엄청 어른스럽게 보였겠죠. 키도 크고요. 하지만 실제 자신이 중학생이 되면 그렇지도 않습니다. 초등학생이 대학생의 생활을 써서 그것을 여러분이 읽는다면 미묘하게 이상하다는 생각이 들 겁니다. 다만 그러

---

2) 그 후 확인해 보니 후쿠나가는 1977년 2월 25일 자택에서 한 녹음 담화 중 다음과 같은 의미의 말을 하고 있다. ——『풍토』는 스물다섯 살일 때 쓰기 시작했다. 주인공은 서른다섯 살로 그리고 있는데, 자신의 나이가 주인공의 나이와 가까워지고 나서 보니 '실제 이상으로 나이 들어 보이게' 그렸다는 걸 알게 되었다. 마흔다섯 살에 쉰 살의 인물을 쓸 수는 있지만 스물다섯 살의 청년이 '서른다섯 살'을 생각하는 건 무척 어렵다.

한 소설이라도 이상하지 않게 보일 때가 있습니다. 독자도 초등학생일 경우입니다.

어떤 연령층만이 읽는 경우를 상정하고 있을 때에는 오히려 그러한 의미에서 주관적으로 쓰는 것이 하나의 전략이 되기도 합니다. 그러나 폭넓게 읽히는 소설의 경우 젊은 사람이 자기보다 연상에 대해 쓰는 것은 꽤 어렵습니다.

∽

후지야마 간비라는 쇼치쿠 신희극을 대표하는 명배우가 있습니다. 그가 극단의 신참배우에게 연기 지도를 하고 있는 장면을 텔레비전에서 본 적이 있습니다. 신참배우에게 노인 역할을 연기하라고 하면 필요 이상으로 늙은 척합니다. '노인'이라는 이미지로 역할을 만들지 말고 몇 십 살 정도의 사람은 어떨지 곰곰이 생각하라고 가르치고 있었습니다.

이는 신참배우에게만 해당하는 이야기가 아닙니다. 극작가 미타니 고키 씨가 신문에 쓴 에세이[3]가 있는데요. 어느 영화에서 노인배우를 모았는데 촬영에 들어가면 이상하게 기운이 없다가 "컷" 소리만 나면 정정하게 기운을 차렸다고 합니다. 몇 번인가 촬영하면서 깨달았답니다. 그들이 '노인 연기'를 하고 있었

---

3) 미타니 고키(1961~)의 에세이, 아사히신문 석간 연재 「흔해빠진 생활」에서 영화 「모두의 집」 촬영 중 에피소드. 『우쵸텐 시대』(아사히신문사, 2006)에 수록.

다는 것을요. 평소처럼 해달라고 부탁해 촬영을 마쳤다고 합니다. 이렇게 고정관념에 사로잡히면 표현은 획일적이 되어 버린다는 걸 알 수 있습니다.

∞

그러나 경우에 따라서는 부자연스럽더라도 그게 전체적인 분위기에 맞으면 거슬리지 않는 경우도 있습니다.

소설가 미우라 시온 씨의 데뷔작이자 자신의 구직 활동 경험을 살려 쓴 『격투하는 자에게 동그라미를』[4]이라는 소설이 있습니다. 이 책에서는 단독으로는 장편으로 성립하기 어려운 두 가지 요소가 흰색과 빨간색이 얽힌 눈깔사탕처럼 엮여 있습니다. 이질적인 것들이 합체함으로써 훌륭한 작품이 만들어졌습니다. 이 이야기에 사이온지 씨라는 할아버지가 등장합니다.

미우라 씨는 책을 사랑하는 사람입니다. 소설에서 사이온지 씨가 여주인공에게 "(페디큐어를) 내가 벗기고 다시 예쁘게 발라 줄게"라고 할 때, 다니자키 준이치로와 가와바타 야스나리의 책 사이에서 불쑥 얼굴을 내민 사람처럼 느껴져 신경이 쓰입니다. 그 사람은 "러브레터로다." "생각했도다." 이런 식의 화법을 사용합니다.

---

4) 미우라 시온, 『격투하는 자에게 동그라미를』, 권남희 옮김, 들녘, 2007

어조만 보면 현실 생활에서 튀어나온 할아버지라는 생각이 들지 않습니다. 군이 고르자면 일본 옛날이야기에 가깝습니다. 대학에서는 꽤 고령인 분도 학생들을 가르치고 계시긴 하지만 "허허, 좋은 날씨로다" 같은 말을 하는 선생님은 거의 없지 않을까요. 여러분의 할아버지도 그런 식으로는 말하지 않을 거라고 생각합니다.

하지만 『격투하는 자에게 동그라미를』의 경우, 그래서 잘못됐냐고 한다면 그렇지도 않습니다. 이 소설은 '그런 이야기'이기 때문입니다. 말할 것도 없지만 이 소설은 실제 이야기가 아닙니다. 하지만 그저 안티 리얼인 것만은 아닙니다. 현실적인 부분은 이야기의 두 축 한편에 있는 '취직소설'의 요소가 뼈대를 이루고 있습니다. 대학생이 쓰는 '취직'은 그야말로 리얼입니다.

그러나 단순한 '취직소설'이라면 이 정도의 맛이 나지 않습니다. 그 이전에 출판되었는지는 모르겠습니다만. 이런 점이 이 이야기의 탁월한 점이라고 할 수 있습니다.

재밌었던 점은 신문에 실린 미우라 씨의 에세이[5]에서, 마사지를 받으러 간 미우라 씨가 너무 기분이 좋아져서 "혹시 천국

---

5) 미우라 시온의 에세이 「미우라 시온의 혼잣말2」 요미우리신문 석간 2005년 4월 14일 게재.

에 온 게 아닐까 싶도다……"라고 쓴 부분을 읽었던 것입니다. 그러니까 말이죠, 딱히 칠팔십 먹은 노인을 묘사하려고 한 게 아닙니다. 미우라 씨 자신을 표현한 것입니다. '이건 내가 쓴 책이다'라는 겁니다.

이『격투하는 자에게 동그라미를』이라는 소설은 지금 말씀드린 대로 미우라 씨가 처음으로 낸 책, 즉 이 책은 미우라 시온의 인사장입니다. "나는 이런 사람입니다" 하고 말하고 있습니다. 그런 재미가 있었습니다.

누구나 이런 글쓰기가 허용되는 것은 아닙니다. 작품이라는 것은 결국 자기를 말하는 것이고, 미우라 씨는 이야기하는 것이 허용된 사람이라고 할 수 있습니다.

인사장을 낸 미우라 씨는 이후 각각의 국면에서 다른 문체를 사용해 구분하고 있습니다. 그게 가능한 사람이기에 이 경우의 "……도다"도 작위적이지 않고 생명을 갖게 되는 것입니다.

5.
단편소설을 읽다

읽어봅시다

자, 이번에는 이 작품을 읽도록 하겠습니다. 400자 원고지로 여덟 매 정도 되는 짧은 작품입니다. 제목도 작가 이름도 일부러 잘라두었습니다. 선입관 없이 읽어 보세요.

서른을 넘은 독신 여성이 붉은색 갓을 깊숙이 씌운 스탠드 밑에서 도코노마[1] 쪽을 베개로 삼아 왼쪽 모로 누워 야담 잡지를 읽고 있었다. 바람 한 점 없는 추운 밤이었다. 아직 열두 시는 되지 않았을 텐데 어느새 사람의 왕래가 끊겨 아무 소리도 나지 않는

---

1) 일본식 방의 상좌(上座)에 바닥을 한층 높게 만든 곳으로 벽에는 족자를 걸고 바닥에는 꽃이나 장식물을 꾸며 놓는다.[옮긴이]

다는 게 예리하게 귀에 들어왔다.

페이지를 넘기다 잠깐 눈을 돌려 보니 다섯 치 정도 떨어뜨려 펴놓은 침상에 조카뻘인 스무 살짜리 아가씨가 오른쪽으로 돌아누워 마주한 채 자고 있었다. 평온하게 잠든 얼굴의 코 윗부분만 또렷이 보이게 벨벳 이불깃이 젖혀져 무척 미인처럼 보였다. 드문 일이라는 듯 고모는 진득하게 지켜보고 있다.

"잘 때는 얌전하네."

그렇게 놀리며 함께 웃고 싶은 기분이었지만 조카는 마치 물건처럼 숨소리도 내지 않았다. 혼자 소리 죽여 웃고 나서 살짝 몸을 뒤척이니 이사올 때 새것으로 바꾼 다다미 돗자리에서 희미하게 소리가 울렸고, 솜잠옷 밑에서 살짝 따뜻한 바람이 나와 턱과 볼에 닿았다.

그 후 잠시 동안 소설 줄거리를 더듬는 것 외에 아무 생각도 하지 않았다. ——유감스럽게도 전혀 잠이 오지 않았다.

어디선가 멀리서 뚜 하고 짧은 기적 소리가 울렸다. 그 소리에 너무 조용한 게 약간 신경 쓰였다. 오늘밤에 한한 고요 같다는 생각이 들기 시작했다. 여종을 깨워 침상을 옮기게 해서 오늘 밤만 다 같이 모여 이층에서 잘까 생각해 봤지만 일어나는 것도 귀찮아 그대로 책을 읽었다.

그 사이 남녀관계를 꽤 음란하게 쓴 부분이 나왔지만 아무렇지도 않았다. 읽으며 떠오를 만한 남자도 없었다. 아무 생각 없이 탐독하다가……

툭.

베개 바로 근처였다. 앞뒤 없이 단지 그 소리 한 번뿐이었다. 다다미 위에 무언가가 떨어진 게 틀림없겠지만 왠지 고갤 들어 볼 기분이 나지 않았다. 왼손에 들고 있던 잡지를 살며시 이불 위에 놓고 손끝을 거둬 가슴께로 가져가 두 손을 마주잡았다. 돌처럼 차가운 왼손의 한기가 오른손에 스며들었다……

슬쩍 보니 조카가 눈을 가늘게 뜨고 잠자코 이쪽을 응시하고 있었다……

움찔했다.

"뭐야!"

벌떡 일어나 "뭐야, 셋짱!"

"으아아!"

솜잠옷을 두른 채로 뛰어들어 내 무릎에 얼굴을 묻었다.

"무슨 일이냐고!"

"뭐야?"

살며시 얼굴을 들었다.

"몰라!"

무릎의 무게를 떨쳐내고 망설임 없이 베개맡을 보았다. 생각했던 것보다 열두 척 더 떨어진 마루의 다다미 거죽 위에 커다랗고 새빨간 동백꽃 한 송이가 밥공기 뚜껑이라도 엎어 놓은 것처럼 똑 떨어져 있었다. 전에 살던 집 뜰에 한창 꽃이 피어 있을 때 다 보지 못하고 오는 게 아쉬워 관리인에게 부탁해 잔뜩 잘라 와 청자

화병에 꽂아 장식해 두었던 게 벌써 사오 일 전의 일이다…….

"뭐야, 셋짱."

그 말이 '다행이다'라고 하는 것처럼 안정되어 있어 조카도 다시
일어났다.

"뭔데?"

"뭐야 너야말로!"

"아니, 고모가……"

"난 아무것도 안 했어."

"어머, 꺅 하고 소리 질렀잖아!"

"그야 네가 실눈을 뜨고 날 보니까 그랬지."

"어머, 그보다 전에 고모가 겁먹은 듯한 얼굴로 책을 읽다 말고
이불에서 손을 뺐잖아."

"아, 봤어?"

"도둑이라도 든 줄 알았어."

"바보같이, 왜 눈을 뜬 거야?"

"고모가 부르지 않았어?"

"아니거든, 그게 부를 일이야?"

"어머, 정말 안 불렀어?"

"안 불렀다고!"

"어머! 그럼, 나 잠에 취해서 그랬던 걸까."

"아니, 동백꽃이 떨어졌어."

"정말!"

하고 갑자기 매달리며 "싫어, 싫어, 겁주지 마!"

"어머, 놀랬다 애!"

"그야 고모가 그런 말을 하니까……"

"겁주는 게 아니야. 봐봐, 저기에……"

"싫어, 싫어, 싫어! 싫다고!"

"바보야, 도코노마에 장식해 뒀던 동백꽃이 떨어졌다고. 그 소리
에 네가 잠이 깬 거라고!"

"어머, 그래?"

조카는 겨우 얼굴을 떼고 조심조심 고모 어깨 너머로 도코노마
쪽을 살펴보았다. "아, 정말, 새빨갛네……"

"알 게 뭐야. 빨갛든 하얗든 질 때가 되면 지는 거지. 새빨간 게 뭐
가 어떻다고 그러는 거야."

"어쩐지 기분 나쁘네."

"그럼 갖다 버리지 그래."

"싫어, 고모가 버려 줘."

"상관없어, 내버려 두자."

"하지만 왠지 피가 떨어져 있는 것 같아서……"

"괜한 소리 하지 마!"

고모는 아름다운 눈썹을 팔자로 찡그리며 진지하게 나무랐다.

"몰라, 난 그냥 잘 거야."

그녀는 어느새 자기 쪽 이불 위로 온 조카를 밀어내고 벌렁 누워
재빨리 솜잠옷을 이마 위까지 썼다.

"어머, 고모 진짜 치사하다!"

밀쳐진 채 조카도 이불로 굴러 들어가 머리까지 솜잠옷을 뒤집어 쓰고 가만히 숨을 죽인 채 귀를 기울였다.

고요해졌다.

한참 그러고 있자니 숨이 막혀 참다못해 조카가 살짝 얼굴을 들어 보니 어느샌가 고모는 평소처럼 어깨까지 단단히 이불을 덮고 자기 쪽으로 몸을 돌리고 조용히 자고 있었다. '얄미운 고모!'라고 생각하며 반대편으로 돌아누웠다. 그 순간 어두운 방구석에 전등 덮개의 붉은색이 물들어 청자색으로 바래, 평소 익숙했던 기요카타가 그린 겐로쿠 미인이 병풍 속에서 죽은 사람 얼굴로 나타났다…….

"어머, 싫어."

자기도 모르게 중얼거리다 곧바로 휙 방향을 틀었는데, 코앞에서 불쑥 고모가 이제 도저히 참을 수 없다는 듯 풋 하고 웃음을 터뜨렸다. 늘 좀처럼 웃지 않는 사람에게 어울리지 않게 요란한 유젠 염색을 한 이불을 코 위까지 서둘러 끌어올려 어깨부터 무릎에 이르기까지 물결치듯 크게 흔들며 눈을 감고 크게 실컷 웃어 댔다. 아무래도 처음엔 당황했지만 곧 그 우스운 기분이 거울에 비치듯 조카의 가슴에도 찰싹 들러붙었다. 그래서 조카도 참지 못하고 웃음을 터뜨렸다. 웃고 웃다가 아무 말도 하지 않고 그저 계속 쿡쿡 웃으며 뒹굴었다……. 그것이 쥐죽은 듯 고요한 한밤중이었던 터라 큰 소리를 낼 수 없었던 만큼 더욱 우스웠다. 우습고

우스워서, 생각하면 생각할수록 우스워서 어찌할 바 없을 만큼
우스웠다……

누가 쓴 작품일까?

어떠셨나요? 먼저 단순 명쾌하게, 이 작품이 좋았는지 어땠는지
그것만 물어볼까요?

아, '좋다'는 사람이 꽤 있네요. 이 분위기 조성이나 진행이 싫
지 않다고요. 그럼 '아웃'인 사람은? 음, 이 의견도 있지만 '좋다'
는 분이 더 많네요. 와, 생각보다 더 지지자가 많았습니다.

이 작품을 현대 이야기라고 하면 이해하기 어려운 부분도 많
을 겁니다. 시대소설이라면 나름 수긍하겠지만 어중간하게 현
대와 '가까운 일상'입니다. 그런 만큼 몰입하기 어려운 부분도
있을 겁니다.

두 사람이 요를 펼치고 그 위에서 자고 있습니다. 예전만 해
도 당연한 광경이었습니다. 다다미에 요를 깐다는 건요. 지금은
침대에서 자는 사람이 적지 않을 겁니다. 어느 정도인가요? 아,
꽤 많네요.

구옥에 살던 시절에는 여름에 모기장을 쳤습니다. 우리집 아
이들은 여러분들과 동세대인데도 모기장을 치고 생활하는 걸
알고 있습니다. 옛날 생각 난다고 하곤 합니다. 모기장의 끝자락
을 들고 들어가는 느낌이나 안에서 안심하며 대(大)자로 팔다리

를 벌리는 기분을 몸으로 알고 있습니다. 부웅 하고 모기 날갯소리가 나도 '바깥이구만' 하며 안심할 수 있습니다. ──사실 안에 있다가 물리는 경우도 있지만요. 여름의 흔한 풍경입니다. 모기장을 치는 생활 속에 있었기 때문에 치지 않게 되면 허전한 기분이 드는 거죠.

식사할 때는 낮은 밥상을 사용했습니다. 저는 중학생 시절까지 그 밥상에 둘러앉아 식사를 했던 경험이 있습니다. 지금이라면 옛 시절 아버지가 성을 내며 상을 뒤엎는 이미지가 강하지요.

∽

생활 속에서 당연히 존재하는 것일수록 나중에 잘 알 수 없게 됩니다. 너무 당연해서 글 속에서 딱히 설명되지 않기 때문입니다. 이를테면 이 소설에 나오는 '솜잠옷(夜着)'은 '가이마키(搔巻)'[2]를 말하는 건데 ── 이 말을 듣고 혹시 '가이마키'가 뭔지 바로 알았습니까? 아, 아는 사람도 모르는 사람도 있네요.

옛날에는 거의 갖고 있었어요. 겨울 이불인데 솜이 들어 있는 커다란 기모노 같은 거. 소매가 붙어 있어요. 어린 시절에는 옷 속으로 숨어서 소매를 통해 바깥을 보며 놀기도 했습니다 ── 저는요. ……모두가 하지는 않았습니다.

---

2) 솜이 들어 있는 잠옷.[옮긴이]

자, '추운 밤'에 자다가 '몸을 움직이니', '솜잠옷 밑에서 살짝 따뜻한 바람이 나와 턱과 볼에 닿는'다는 것은 옛날에는 모두가 실감할 수 있었습니다. 체온으로 데워진 공기가 두툼한 소매 틈에서 '살짝' 나옵니다. 고개를 끄덕이게 되는 묘사입니다.

시대가 바뀌면 그 감촉을 느끼기 위해 전제되는 방의 '추위'부터 달라집니다. 어느 학자가 말한 건데요, 현대인은 2차 세계 대전 전에 사람들이 살던 수준의 집에서는 도저히 살 수 없다고 합니다. 겨울이 치명적이라 견뎌 낼 수 없다고요.

옛날에는 겨울이 춥다는 건 당연한 거였으니까요. 내가 어렸을 때에는 집의 난방이라고 하면 작은 화로 하나가 전부였습니다. 지금 생각해 보면 화로 하나로 용케 그 추위를 견뎠다는 생각이 듭니다.

조명도 60와트짜리 전구를 썼습니다. 지금 생각해 보면 어둡지만 그 전구로도 뭐든 했습니다. 100와트 전구는 밝음의 대명사였습니다. 우리집에서는 그 전구는 사치라고 쓰지 않았습니다. 형광등을 단 건 중학생이 되어 이사하고 나서부터였습니다.

이 작품은 그런 시대 속에 놓인, 그런 일상 속의 한 장면을 예술이라는 수저로 떠 올린 듯한 단편입니다. 어떤 작품이냐면, 바로 사토미 돈[3]의 「동백꽃」입니다.

---

3) 1888~1983, 소설가. 「동백꽃」, 「현대일본문학관 15」(분게슌주, 쇼와 43년)에 수록.

앤솔러지에 대해

이 작품은 옛날 문학전집의 사토미 돈의 작품이 실린 책에는 대체로 수록되어 있습니다.

이 수업에 가져온 건 분게슌주에서 나온 전집 『현대일본문학관』의 제15권, 『아리시마 다케오·사토미 돈』입니다. 이 책에도 「동백꽃」이 수록되어 있습니다. 짧아서 넣기도 좋죠. 하지만 그 이유가 전부는 아닙니다. 이 책에는 수록 작가의 전기와 수록작에 대한 해설이 붙어 있습니다. 사토미 돈에 대해서는 오쿠노 다케오가 썼습니다.

그 「사토미 전」 중에 이런 구절이 있습니다. 전쟁이 끝나고 나서 동인잡지를 시작했을 무렵 오쿠노는 친구들에게 사토미의 "「갑자기 폭풍」이나 「동백꽃」이 얼마나 좋은지 모르는 사람은 문학자가 될 수 없다"는 얘기를 들었다고 합니다. 그런 평가를 받고 있는 작품입니다. 문학을 아는지 어떤지의 기준이 된다니 대단하죠. 거기에는 어떤 상징적인 의미도 있을 거라고 생각합니다. 특히 「동백꽃」에 대해서요. 그에 대해 지금부터 말하겠습니다.

「갑자기 폭풍」은 제가 고른 앤솔러지에 수록한 바 있습니다. 이렇게 말하면 문단의 평가 때문에 고른 것 같은 느낌이 들지만 그렇지 않습니다.

「동백꽃」이 '주옥같은 엽편'의 대표임은 물론 기억하고 있었습니다. 그러나 「갑자기 폭풍」을 함께 거론한 사람이 있었다는 건 잊고 있었습니다. 이번에 수업을 위해 「사토미 돈 전」을 다시 읽으며 '우와' 하고 놀랐습니다.

「갑자기 폭풍」은 그저 읽고 재미있다고 생각해 신초문고의 『수수께끼 갤러리』라는 앤솔러지 시리즈에 넣었습니다.[4] 흥미가 생겼다면 읽어 보세요.

한편 「동백꽃」은 너무나 유명해서 이제 와 수록하기에는 꺼려졌던 작품이었습니다.

여담입니다만, 이 『현대일본문학관』이라는 책은 제가 대학생이던 시절 전권 소장했던 문학전집입니다. 훌륭한 전집은 그 외에도 있었지만 권수가 너무 많기도 해서 이 책을 골랐습니다. 이 전집만큼은 전권 소장했습니다.

작품 앞에 「전기」, 뒤에 「해설」을 둔 형태라 읽기 쉬웠던 탓도 있지만, 사실은 반해 버린 권이 있었습니다. 그 권 때문에 '이 전집은 전부 모으자'고 결심했던 것입니다. 그게 제27권 『가지이 모토지로·나카지마 아쓰시·사카구치 안고』였습니다. 특히 이 중의 「안고」. 이 글이 재밌었습니다. 전기와 해설은 오이 히

---

4) 사토미 돈의 단편 「갑자기 폭풍(俄あれ)」은 『수수께끼 갤러리 수수께끼 방』(기타무라 가오루 편집, 신초문고 2002년)에 수록.

로스케가 썼습니다. 선정된 작품은 「광인유서」, 「무라사키 다이나곤」, 「어디로」, 「장난감 상자」, 「힐끗거리는 여자」, 「문학의 고향」, 「라무네 씨에 대해」입니다.

이 전집은 '이상적인 개인 편집'이라는 기치 아래 '고바야시 히데오 편집'을 내세웠습니다. 하지만 오이 히로스케는 해설에서 이렇게 쓰고 있습니다.

사실 이 선집에 에세이는 넣지 않는다는 방침이 있다는 걸 듣고 그 방침에 따라 골랐다. 나중에 반드시 그럴 필요는 없다는 걸 알게 되어 불만이었다. 게다가 해설 교정이 나와서 보니 아뿔싸, 내가 넣지 않은 작품이 들어 있었다. 결코 트집을 잡는 게 아니라는 건 머리말에 넣지 않았다고 썼기 때문에 입증할 수 있다. 그래서 갑작스럽게 그 작품들과 더불어 「문학의 고향」, 「라무네 씨에 대해」를 다시 넣게 되었다.

∽

'어라, 고바야시 히데오가 고른 게 아니었어?' 하고 생각했죠? 거리낌 없이 무대 뒤를 밝히고 있습니다. 편집자는 곤란하겠죠. '내가 넣지 않은 작품이 들어 있었던' 이유는 바로 알 수 있습니다. '머리말에 넣지 않았다고 썼기 때문에 입증할 수 있다'고 쓰여 있으니 '머리말'로 돌아가 살펴보면 됩니다. 머리말에는 '사카구치 작품 중 이미 평가가 높은 「백치」, 「외투와 푸른 하늘」을 생략한 것은 이 두 작품은 꽤 보급되어 새롭게 소개할 필요가 없다고 생각했기 때문'이라고 쓰여 있습니다.

편집자의 곤혹스러운 얼굴이 보이는 것 같습니다. 문학전집인데 '이 두 작품'이 없어도 되는 걸까, 판매에 지장을 주지 않을까, 하는 얼굴이요.

그래서 몰래 넣어 버렸습니다. 넣어도 교정지를 보면 알 수 있을 텐데요. 하지만 거기까지 진행되면 포기할 거라고 생각했겠죠. 하지만 천만에, 오이 히로스케는 뜻을 굽히지 않습니다. 뜻을 굽히지 않았을 뿐더러 해설에 써 버립니다. 그걸 그대로 실은 편집자도 훌륭합니다.

저는 이 부분을 읽으며 '통쾌하게 와삭'[5]이라는 느낌이 들었습니다. 이렇게 말해도 요즘 사람들은 잘 모르겠지만, 옛날 광고에 나오던 말이에요. 초콜릿이었나.

하지만 그저 억지를 부리는 게 다라면 통쾌하다고 말할 수 없겠죠. 그게 중요한 점입니다.

∽

앤솔러지는 수록된 작품뿐만 아니라, 그 작품을 선정한 사람을 읽는 것이기도 합니다. 문학전집이라는 커다란 앤솔러지도

---

5) '통쾌하게 와삭' 메이지제과의 초코바 CM(1968년)의 카피.

물론 예외는 아닙니다. 그곳에서 오이 히로스케의 업적은 빛나고 있습니다. 사카구치의 대표작 「백치」, 「외투와 푸른 하늘」을 떨어뜨리고 무엇을 실었는가. 에세이 「문학의 고향」, 「라무네 씨에 대해」였습니다.

오이 씨는 「문학의 고향」에 대해서 이렇게 말합니다. "사카구치의 문학론 중 뛰어난 글이며 그의 작품을 해명하는 중요한 열쇠이기도 하다." 지금이라면 모두 오이 씨의 평가에 대해 '당연하다'고 생각합니다.

자, 「라무네 씨에 대해」는 어떨까요. 그 글의 매력에 대해 말한 후 이렇게 쓰고 있습니다.

긴자 출판사에서 나온 그의 선집에 이 글이 실리지 않았던 것은 주변의 아첨꾼들이 제대로 찾으려고 하지 않았기 때문이라고 생각된다. 사망 후 이케다쇼텐에서 단행본으로 출간되지 않았던 글을 모은 유고집을 내면서 편집자에게 이 글을 싣자고 하니 바로 도서관에서 가져다 주었다. 그에 이어 산이치쇼보에서 나온 하나다 기요테루, 사사키 기이치, 스기우라 민페의 편저 『일본저항문학선』에서 바로 이 글을 거론했다.

어떻습니까. 책과 독자 사이에 사람이 서 있다는 것은 이러한 것입니다. 그 의미는 여기에 있습니다.

가수 같은 연예인 목소리를 흉내 내는 사람이 있잖아요. 옛날에는 그런 행위에 대해 고와이로(声色), 성대모사라는 말을 썼습니다.

제일 처음으로 하는 사람이 가장 어렵다고 라쿠고가 다테가와 단시가 말했습니다. 그렇습니다. 어느 문장을 가져와 어떤 어조로 말해야 가장 그 사람다운지, 그걸 창작하는 게 제일 처음으로 하는 사람입니다. 뒤를 쫓는 건 편합니다. 성대모사를 모사하는 건 일반인도 가능합니다. 그건 딱히 당사자를 따라하는 게 아닙니다. 흉내의 흉내입니다.

같은 겁니다. 처음에 평가를 내리는 것, 어떤 작품의 광채를 끌어내는 사람이야말로 책과 독자 사이에 설 수 있습니다. 정평을 좇거나 패기 없이 지극히 상식적인 판단만을 한다면 자신을 걸고 읽고 있다고 할 수 없습니다. 그만큼 제대로 읽는다는 것은 무척 힘이 듭니다. 읽는 것은 쓰는 것과 다름없는 커다란 창작입니다.

현재 「문학의 고향」도 「라무네 씨에 대해」도 교과서에 수록될 정도의 '간판 소품'이 되었습니다. 그러나 그것도 처음에 힘주어 끈질기게 "이 글은 정말 좋은 작품이다"라고 주장한 사람이 있었기 때문입니다. 물론 "아니, 이 글이라면 언젠가 누군가가 찾아낼 거야"라고 말할 수는 있습니다. 그러나 '옛날 문학전집에 두 글을 모두 거론하는' 것의 무게는 엄청납니다. 옛날, 문학전집이나 홍백가합전[6]에는 그런 힘이 있었습니다.

∽

나는 내가 쓴 소설 속에서 주인공의 입을 빌려 "전에 누군가가 말한 내용을 빌려 와 거기에 약간의 상식적인 반론을 하며 평론을 쓰는 식의 형태를 취하는 사람은 싫다"라고 쓴 적이 있습니다.

그건 말할 것도 없이 화자인 주인공의 성격 묘사입니다. 그러나 한편 내 생각이기도 합니다. 그렇지 않을 리 없습니다.

'전에 누군가'에 해당하는 사람은 오이 히로스케입니다. 오이의 말을 그보다 훨씬 평범한 사람이 나중에 인용 비평하는 형태의 글을 썼습니다. 능숙하게 정리했습니다. 그걸 보고 열이 받은 거예요. 그때의 기억이 끈질기게 남아 글로 나와 버린 거죠.

오이 히로스케 같은 타자는 삼진도 많을 겁니다. 하지만 저에게는 그 헛스윙이 밉게 느껴지지 않습니다. '틀려도 괜찮지 않

---

6) 텔레비전 프로그램에 그다지 집착하지 않았던 나의 어머니도 이 프로그램만큼은 일종의 '송년 행사'로 반드시 시청했다. 대학 3학년 땐가 4학년(1970년대 초반)의 섣달그믐날의 일이다. 심심해서 헌책방 순례에 나섰다. 한해 마지막 석양이 질 때, 아사쿠사의 헌책방에서 다른 대학에 다니는 선배와 우연히 만나 서로 "이런 날까지 책을 찾아다니는 거야?"라는 얘기를 나눴다. 집에 돌아오니 텔레비전 화면은 방송이 그것밖에 없는 것처럼 물론 '홍백'이었다. 더 피너츠(라는 쌍둥이 여성 가수)가 노래하고 있던 게 생각난다.

나'라는 생각마저 듭니다. 누구나 말할 수 있는 것을 듣고 싶지는 않으니까요.

빙 에둘러 가는 것처럼 느껴지겠지만 지금부터 아까 읽었던 「동백꽃」에 연결되는 내용이 나옵니다.

세 사람이 읽는 방식

이 「동백꽃」이 어떤 이유로 특별히 유명해졌는지 이야기하려고 합니다. 아까도 말했지만 이 『현대일본문학관』의 사토미 돈의 해설은 오쿠노 다케오가 썼습니다. 거기에서 사토미가 한 말을 인용하고 있습니다.

간토대지진 후 "당시 문단의 주요 인물이었던 모 씨가 이래서야 더 이상 예술도 문화도 아무 소용없다며 미련 없이 붓을 꺾고 고향에 내려가 호미와 쟁기로 밭을 갈며 후반생을 보내는 수밖에 없다"는 취지의 감상문을 발표했다. 나는 곧바로 같은 지면에 그 글을 반박하며 '고객'을 가지고 '자본'에 익숙한 사이비 예술가만이 이 재난을 당하여 '손실'을 느끼는 것이다. ……라고 쓰고 마지막에 "명심하게, 예술은 조금도 다치지 않았으니까"하고 짐짓 허세를 부리며, '구슬은 깨지지 않는다'라는 제목을 붙였다.

그 후 원고 의뢰가 있어서 "어떻게든 '주옥 같은 문학'에 대한 소망을 버리기 어려워", 근래 작품에서는 거의 하지 않았던 "원고를 몇 번이고 바로잡는 꼼꼼한 퇴고를 거쳐 기어코 여덟 매까지 압축해 겨우 마음에 차는 원고를 완성했다"고 합니다.

이 '당시 문단의 주요 인물이었던 모 씨'는 기쿠치 간[7]입니다. 비참한 현실을 앞에 두고 예술이 어떤 힘을 가지는가에 대한 것은 몇 번이고 반복된 질문입니다. 대지진 때에도 이러한 공방이 있었던 것이죠.

하지만 말이죠, 이 부분을 읽는다고 해도 저간의 사정이 진짜 어땠는지는 잘 보이지 않습니다. 일본의 문학 논쟁 중에는 기쿠치와 사토미의 내용과 표현에 관한 논쟁[8]도 있었습니다.

기쿠치는 "뛰어나"지만 "울림이 없는" 작품이 있다, 그런가하면 "제대로 그리고 있는지 그리지 못하고 있는지는 별개의 문제로" 내용적 가치를 가진 작품이 있다고 말하기도 했습니다. 이 말에 당시 '뛰어난' 작가의 대표 격이었던 사토미가 반발한 것입니다. 세세한 이야기는 여러 책에 나와 있으니 관심이 있다면 읽어 보세요. 도무지 서로 의견이 맞지 않는 논쟁이었습니다. 요컨대 두 사람은 자질이 전혀 달랐던 것입니다. 그러한 복선이 있었기 때문에 지진에 대한 기쿠치의 글을 읽고 사토미는 현실과 조화를 이룬 예술을 보여 주겠다고 결심했던 거겠죠.

---

7) 소설가, 극작가. 문예잡지 「분게슌주」(文藝春秋)를 창간.
8) 다이쇼 11년에 기쿠치 간과 사토미 돈의 문학 논쟁이 일어났다.

그래서 이 작품은 한동안 소설의 표현 예술의 상징처럼 여겨지기도 했습니다.

이 오쿠노 다케오의 해설에는 우노 고지의 평이 인용되어 있습니다. "거의 독자에게 숨을 쉴 여유도 주지 않는다는 생각이 들 정도로 정교하게 공들인 작품이다." "'예술'로서는 극치를 보여 준 작품일 것이다."

이러한 과정이 있었기에 그런 평가를 받게 된 작품입니다.

∞

그 작품을 여러분은 어떻게 읽을 것인가. 옛날 독자처럼 '주옥' 같다고 생각할지 약간 흥미로웠습니다. 쓰는 방법에 따라, 혹은 누가 쓰느냐에 따라 아무것도 아닌 일이 특별한 광채를 띠게 되기도 합니다. 화장실 작은 창의 유리문 사이에 어쩌다 거미가 갇혀 버린 이야기 따위라도 걸작이 될 수 있으니까요.

나는 「동백꽃」을 읽으며 너무 많이 손을 대지 않았나 하는 느낌을 받았습니다. 작가의 손놀림이 보이는 것 같아서요. 그건 이런 '단편이 완성되기까지의 과정'을 알고 있기 때문일지도 모릅니다. 초등학생 때쯤 읽었다면 묘하게 섹시한 인상이 남았을지도 모릅니다. 그 무렵 아이들이 느끼는 방식은 또 특별하니까요.

나는 초등학생 시절 소세키의 「이백십 일」을 무척 재밌게 읽었습니다. 초등학생용 문학전집에 수록되어 있었습니다. 정말 재밌었어요. 하지만 어른이 되어 다시 읽어 보니 그때 그 이야기가 왜 그렇게 가슴에 남았는지 잘 모르겠더라고요. 누군가가 쓴 에세이인데 「이백십 일」에 대해 나랑 똑같은 얘기를 하고 있더 군요. 역시 아이들 마음을 자극하는 무언가가 있었음에 틀림없 습니다. 단순한 태풍이었을지도 모르고요.

음, 그건 그렇다치고 나는 사토미의 걸작으로 누가 뭐라고 해 도 장편인 「극락 잠자리」[9]를 꼽고 싶네요.

∞

앞서 말했던 우노 고지의 말에는 이어지는 이야기가 있습니 다. 그는 이 「동백꽃」을 스무 살 청년 세 명한테 읽어 보게 했다 고 합니다. 뭐, 진짜 그랬는지는 모르겠습니다만, 작가가 그렇다 고 썼으니 그런가보다 하는 거지요. 여기부터 아까 읽었던 이야 기에 이어집니다.

한 명은 "두말할 것 없이 무척 뛰어나다"라고 말했습니다. 이 평가는 출간 당시의 정평을 나타냅니다. 또 한 명은 이렇게 '단 언'했다고 합니다. "저는 저런 소설이 뭐가 좋은지 모르겠어요, ……저런 소설을 저렇게까지 최선을 다해 쓰는 작가의 감정을 저로서는 알 수가 없어요. 우리들은 저런 소설에는 더 이상 아무 런 흥미가 없어요." 이 감상이 현대 젊은이들의 목소리를 나타

---

9) 극락 잠자리(極楽とんぼ)는 아무 일도 않고 핀둥거리는 사람, 또는 태평스러운 사람을 빈정대는 말. [옮긴이]

내는 것이겠죠. 물론 여기에서 말하는 현대는 몇 십 년도 전의 '현대'입니다.

어쩐지 삼형제 동화 같네요. 각자 모두 다릅니다. 사실은 이 감상이 가장 먼저 쓰여 있었는데요, 이렇게 평했다고 합니다. "좋은 글이네요, 저건 여자의 성욕을…… '동백꽃'에 상징한 것" 이라고 말이죠.

지금 여러분 웃고 있네요. 웃고 있지만 이 소설은 '서른을 넘은 독신 여성이'라고 시작하고 있습니다. 지금은 '서른을 넘은 독신 여성'은 보통이죠. 어디에나 있습니다. 하지만 예전엔 그렇지 않았습니다. 겨울의 추위가 변했다고 말한 바 있는데, 그러한 '공기'도 다릅니다. 거기에 서른을 넘긴 독신 여성이 나오며 시작하기까지 합니다. 그렇게 되면 '그것만의 무언가'를 읽어 내고 싶어집니다. 무리도 아닙니다.

평론가나 문학연구자는 '그 무언가'를 생각해 내 새롭게 해석합니다. 사토미 돈에게 "그런 의미인가요?" 하고 묻는 건 의미가 없습니다. 전에도 말했지만 해석은 작품 속에 숨겨져 있습니다. 그렇기에 읽는다는 것이 또 하나의 창작이 되는 것이죠.

오래된 예를 들자면 동양 고전 중에 『논어』가 있습니다. 『논어』의 역사는 곧 해석의 역사입니다. 어떻게 읽느냐에 따라 여러 『논어』가 생겨납니다. 공자님이 나타나 "그게 아니야. 그것도 아니야. 웃음밖에 안 나오네"라고 한다면 아마 다들 곤란할 겁니다.

「동백꽃」의 이 해석이 맞는지 묻는다면, 나는 그렇게까지 읽지 않아도 괜찮다고 생각하겠지만요. 다만 그런 까닭에 이 단편 하나에서도 '읽는다'는 행위의 재미를 엿볼 수 있습니다. 사람에 따라 작품이라는 것이 얼마나 다르게 보이는지에 대해서도요.

6.
연습 : 이야기를 듣고 칼럼을 쓰자

고이케 히카루 씨와 아마노 게이 씨에 대해

자, 지금부터 몇 회에 걸쳐 표현 활동을 하고자 합니다. 써야 할 글도 있습니다. 예로 여기에 『요미우리신문』의 「얼굴」이라는 칼럼[1]을 오려 왔습니다. 글자 수는 600자. 화제의 인물을 소개하

---

1) 단카 시인 고이케 히카루를 거론한 칼럼. 『요미우리신문』 2005년 5월 4일 게재.
  직업은 고등학교 물리 교사. 쉬는 날이면 자주 사이타마의 자택에서 훌쩍 북상해 모르는 동네 길거리로 단카를 주우러 간다고 한다. 줍는다? "네, 떨어져 있어요. 수동적으로 단카를 받는다는 감각입니다."
  가집 『뚝뚝집』(단카연구사)으로 제16회 사이토 모키치 단카문학상(단카 시인 사이토 모키치를 기념해 만든 단카상), 『돌고 도는 시간 속에서』(혼아미쇼텐)로 제39회 조쿠상(迢空賞, 단카 시인이자 민속학자, 국문학자인 샤쿠 조쿠를 기념해 만든 단카상) 수상. 전후 탄생한 단카 시인 중에서는 처음으로 쇼와의 2대 단카 시인의 이름을 딴 상을 모두 수상했다.
  각각 다른 단카종합지에 연재했던 단카를 모았다. 원래 다작을 하지 않는다. "단카를

는 칼럼입니다. 같은 계열로 『아사히신문』의 「사람」이라는 타이틀의 칼럼도 있습니다. 여러분도 이러한 코너는 본 적이 있을 겁니다.

자, 여기 이 「얼굴」이라는 칼럼에서는 '단카를 주우러 길거리로 가다'라는 제목으로 문화부의 고야시키 아키코 씨가 단카 시인 고이케 히카루 씨에 대해 소개하고 있습니다.

단카를 짓는 사람 중 고이케 히카루 씨를 모르는 사람은 없습니다. 한마디로 말하자면 문학사에 남을 사람입니다. 이 글에도 나오듯이 사이토 모키치 단카문학상과 조쿠상을 모두 수상했습니다. 이건 정말 대단한 일이에요.

아, 조쿠상의 조쿠란 샤쿠 조쿠를 이릅니다. 민속학자, 국문학자로도 이름 높은 오리구치 시노부가 단카 시인으로 활동할 때

지을 수 있는 마음 상태가 되기까지 시간이 걸려요. 만드는 방법을 매번 잊어버려서요. 하지만 일단 떠오르면 낚시를 드리우기가 무섭게 고기가 마구 잡히는 것처럼 단카를 줍기도 합니다."

〈중년은 별 수 없어 집 나간 지 여섯 시간 지나 고양이를 생각한다〉〈유머는 남자의 상징이라며 껍데기째 삼키는 단밤 하나〉. 조쿠상 심사에서는 "일상의 자질구레한 일을 소재로 해도 그 폭이 넓어 사회를 여러 각도에서 비판 정신을 가지고 보고 있다"라는 평을 받았다. 평론이나 수필도 쓰는 이 세대의 리더 중 한 명이다.

"다양한 측면에서 사물을 보고 싶습니다. 자주 뻐딱하다는 소리를 듣지만 그렇지 않습니다. 다른 각도의 '정면'에서 보려는 겁니다. 모든 단카가 하나의 인격 속으로 수렴할 필요도 없잖아요." 지난달 도쿄 신주쿠에서 남성 한정 단카교실을 열었다. "80퍼센트 이상이 여성인 단카단체는 많습니다. 남자가 절반 있어도 괜찮겠죠." 언제나 무언가를 찾고 있는 눈이다. (문화부 고야시키 아키코)

사용하는 이름입니다. 덧붙여 말하자면 오리구치 선생은 내 아버지의 은사이기도 합니다.

마침 내가 이 대학에 다니고 있을 때 『오리구치 시노부 전집』의 『노트 편』이라는 게 나왔습니다. 아버지는 당연히 샀습니다. 하지만 교내 생협에서 더 싸게 살 수 있잖아요. 그래서 내가 나올 때마다 대신 사서 집에 가져갔습니다.

고이케 씨는 이 조쿠와 모키치의 이름을 기념한 두 개의 상을 같은 시기에 받았다는 걸로 화제를 모았습니다. 고이케 씨는 나도 뵌 적이 있습니다. 유명한 단카가 많지만 그 중에서도

눈이 펑펑 내리는 날 죽기 전에 공작을 먹겠다고 말하는 아버지가 무섭다

한 번 읽으면 잊을 수 없겠죠.

∽

작품은 역시 개인이 읽는 것이고, 나라는 개인에게 있어 '아버지'는 커다란 문제입니다. 그래서 읽자마자 '아아, 그렇지, 아버지라는 존재는 죽기 전에 공작을 먹겠다고 말하겠지, 게다가 펑펑 눈이 내리는 날에'라는 생각이 들 수밖에 없었습니다.

이 '죽기 전에'라는 표현 말인데요, 건강한 몸인 아버지가 말했는지, 아니면 몸이 약해져 있는 아버지가 말했는지, 두 가지

경우를 모두 생각해 볼 수 있겠죠. 내 생각에는 병상에 계실 것 같아요.

바깥에는 계속해서 눈발이 흩날립니다. 온통 은세계. 그 광경을 배경으로 '인생을 끝내기 전에 공작을, 그 공작을 먹고 싶다'라고 말하는 아버지. 아버지란 그런 존재입니다.

이런 부분입니다. 일반적인 해석과 겹쳐지는지 어떤지는 내게는 문제가 되지 않습니다.

공작이라는 것은 빛나는 날개를 펼치지만 일반적으로는 식용은 아닙니다. 그러나 '아버지'는 그 냄새나는 생고기를 먹고 싶어졌습니다. 실제로 냄새가 지독한지 어떤지는 몰라요. 먹어본 적이 없으니까. 따라서 이 단카는 '관념상의 아버지'를 읊고 있는 것 같습니다. 관념이니까 실제로 아버지가 한 말이 아닙니다. 그렇지 않기를 바라는 것입니다. 아들에게 있어 아버지란 그런 느낌이 드는 존재라는 것이겠죠. 그리고 또한 그 아버지는 확실히 '나'와 연결되어 있습니다.

하지만 고이케 씨와 만났을 때 이야기를 들어 보니, 이 말은 실제로 고이케 씨 아버님이 하신 말씀이라고 합니다. 아뿔싸, 몰랐으면 좋았을 텐데. 그런 일도 있었죠.

단카나 하이쿠처럼 여러 가지 해석을 허용하는 작품의 경우, 사람은 아무래도 자신의 체험을 바탕으로 읽게 됩니다. 그럴 수밖에 없습니다. 객관적으로 어떻든 간에 그 행위가 무척 소중한 읽기 체험이 됩니다. 그러한 읽기에 가치가 있는지 어떤지는 읽는 이의 사고의 깊이에 달려 있습니다. 그저 바보스러운 해석을 하게 될 경우도 있습니다. 한편으로 작가가 "그 해석이 훨씬 좋네요"라고 받아들이는 경우도 있을 수 있겠죠.

참고로 와세다에서 단카라면 국문학자이자 단카 시인인 사사키 유키쓰나 선생을 바로 떠올릴 수 있습니다. 사사키 선생이 감수한 『소리 내어 음미하는 일본의 명단카 100선』이라는 책이 있습니다. '소리 내어 읽고 싶은'이라는 제목을 붙이는 게 붐이던 시기에 나온 책입니다. 이 책에는 고이케 씨의 이런 작품이 수록되어 있습니다.

장난으로 손전등을 삼키는 아버지를 보고 아이가 울어 버렸다

∽

자, 이 칼럼과 같은 자수, 600자 기준으로 글을 쓰십시오. 신문에 칼럼을 쓴다는 생각으로요. 이 칼럼을 쓸 때, 집필자는 고이케 씨를 취재했습니다. 그러니 여러분에게도 인터뷰할 기회를 드리기 위해 손님을 모셨습니다. 젊은 단카 시인입니다. 아마노 게이 씨. 아마노 씨가 자신의 단카를 보여 드리는 분이 고이케 씨입니다. 그런 연유로 아까 보여 준 칼럼도 프로가 딱 600자 기준으로 정리하면 이렇게 된다는 것을 보여 주기 위한 게 전부가 아닙니다. 그 글과 함께 게스트를 소개하기 위한 자료, 도입부와 같은 것이기도 합니다.

아마노 씨에 대한 적당한 소개 자료로는『도쿄신문』2005년 3월 19일 석간에 실린 이 기사[2]가 있습니다. 기자는 기치조지의 이노카시라 공원에서 만나 취재했습니다. 아마노 씨는 이곳에서 손수 만든 단카집을 팔았다고 합니다. 지금은 휴대전화로 배포하는 '손바닥 단카' 등의 시도를 하고 있습니다. 나이도 여러분과 거의 차이가 나지 않습니다. 이 '휴대전화 단카'와 같은 것을 읽으면 뭔가 질문하고 싶다는 생각이 들지 않나요? (나는 분게슌주에서 나온『속·시가의 기다림』이라는 책에 「'옥상/중학교 2학년, 겨울' 등」이라는 제목을 붙여 아마노 게이에 대해 썼다. 여기에서 그 글도 프린트해 보충 설명했다. 그 글도 읽어 본다면 이해가 깊어질

---

2) 「단카는 마음의 풍경을 찍는 카메라」(아마노 게이, 단카 시인)
　'휴대폰으로『손바닥 단카』배포'. 약속 장소는 도쿄 기치조지. 이노카시라 공원을 함께 걸었다. "이 벤치 근처에서 가집을 늘어놓았어요. 여름에 어찌나 덥던지. 하지만 재밌었어요."
　단카와 동영상과 음악으로 하나의 작품을 완성하는 '손바닥 단카' 작가 중 한 사람인 단카 시인 아마노 게이 씨(25)는 지금도 충분히 젊지만 그 옛날 스무 살 시절 자작 단카집을 이 공원에서 팔았다. 수제 엽서 등을 파는 젊은이들 틈에 섞여서. "다들 '그림으로 먹고살 거야' 같은 꿈을 갖고 있는 게 멋졌어요." 바라던 것은 사람들이 단카를 읽게 되는 것.(중략)
　단카를 자신이 읊는 경우는 '마음의 풍경을 찍는 카메라'라고 생각한다. '열일곱 살의 자신이 무엇을 생각하고 있었는지 같은 건 단카로 짓지 않으면 결코 기억해 내지 못할 것'. 흐릿한 감정을 보석을 다듬듯이 깎아간다. 자주 "휴대전화로 쓰세요?"라는 질문을 받는데, 메모지에 손으로 쓴 후 다듬는다. 새까매질 때까지.
　지금 초등학생을 대상으로 단카를 가르치는 책을 기획하고 있다. 아무 편견 없는 아이들에게 만화가 아닌 형태로 전달하려는 전략도 생각하고 있다. 차분한 분위기의 아마노 씨는 열혈 단카 전도사였다. (노무라 유미코)

것이라고 생각했다. 이에 더해 아마노 씨에게 '손바닥 단카'의 배포 화면을 영상화한 것을 받아서 그 영상도 보여 주었다.)

무엇을 할 것인가

이 수업에서는 다섯 단계의 작업을 하고자 합니다.

제일 첫 단계에서는 자료를 읽고 '이러한 사람을 인터뷰한다면 나는 무엇을 묻고 싶은가'를 생각하는 것입니다.

——생각하고 있나요? 지금 하고 있겠죠? 여러분들 머릿속에서요.

다음 두 번째 단계. 아마노 씨가 오면 공동기자회견을 하겠습니다. 기자회견도 짧은 건 10분 정도 만에 끝납니다. 스케줄을 빼기 어려운 상대라면 순식간에 끝나 버립니다. "잠깐만요!" 하고 외쳐 본들 나가 버리면 그만입니다.

여기에서는 몇 분 가능할까요? 수업 시간이 90분이니까 출석 번호를 기준으로 A, B, C 세 조로 나누겠습니다. 조별로 30분씩 회견 시간을 드리겠습니다. 중간에 교체 시간이 필요하니 실질적으로는 25분 정도라고 생각해 주세요.

롱 인터뷰와는 다릅니다. 한정된 시간 내에 '무엇을 물을 것인가'를 조별로 검토해 정리해 두십시오. 이것이 두 번째 단계에서 할 작업입니다.

공동회견의 경우 다른 사람들이 물어볼 것 같은 내용을 중복해서 몇 명이고 물어볼 필요는 없습니다. 또한 당연히 다른 사람이 물어본 것도 기사 자료로 써도 상관없습니다.

다음 3단계. 다음 주에 실제로 아마노 씨를 인터뷰합니다. A조가 취재하고 있을 때에는 다른 조는 들어가지 않습니다. 정해진 시간에 와 주십시오. 자기 조만의 인터뷰를 하는 거니까요. 누군가가 정리하는 역할을 맡아 대표로 질문해도 좋습니다. 질문 형식도 각 조별로 생각해 보세요.

인터뷰를 한 후 4단계. 그 다음 주까지 600자의 칼럼을 써 오십시오. '인물 소개'라는 형식에 얽매일 필요는 없습니다. '얼굴' 칼럼을 나눠 준 까닭은 '취재와 자료에 따라 프로가 쓴 600자 글의 예'를 보여 주기 위함입니다. 그 칼럼은 신문에서 정해진 형식의 코너입니다. 제한이 있습니다. 하지만 여러분은 굳이 '아마노 게이'를 소개할 필요는 없습니다. 어떤 칼럼을 쓸지는 스스로 자유롭게 설정해도 좋습니다. 만약 쓰고 싶은 포인트가 '휴대전화 단카'라면 그 부분을 중심으로 써도 좋습니다.

마지막 단계에서는 단계를 거쳐 완성한 글을 모두 함께 읽어 봅시다. 하이쿠 등에서는 몇 명이 모여 함께 만들고 그 중 우수작을 고르기도 합니다. 무엇이 나라는 독자에게 있어 중요한 위치에 놓일지 생각하면서 읽어 봅시다.

각 단계에서 머리를 굴려 봅시다. 궁리해 보세요.

인터뷰에 대해서

여기에서 인터뷰라는 것에 대해 조금 이야기하고자 합니다.

「영어로 수다 떠는 밤」(英語でしゃべらナイト)이라는 NHK의 교육 방송이 있습니다. 최근에 '유명인 인터뷰 스페셜'이라는 특집 방송이 있었습니다. 우연찮게 보게 되었는데, 무척 재밌었습니다.

보고 있다 보니 처음엔 그다지 영어 회화를 잘하지 못했던 탤런트 샤쿠 유미코가 프로그램이 진행됨에 따라 실력이 몰라보게 나아졌습니다. 그 점이 감동적이었습니다. 1년 전과 후의 인터뷰하는 모습을 보면 전혀 다른 사람 같았습니다. 인간이 가진 풍부한 잠재력을 느낄 수 있었습니다.

아까 샤쿠 조쿠의 이야기가 나왔습니다만, 여기부터는 샤쿠 유미코 이야기입니다. 이 이야기를 어떤 사람에게 했더니 "그 방송이라면 예전부터 보고 있었어"라고 말했습니다.

샤쿠 씨는 영어 회화를 배우는 데 공부 내용만 있는 테이프를 만들면 재미가 없으니 중간에 자기가 좋아하는 음악을 넣어 영어 회화와 교차하게 만들었습니다. 중간에 포상이 끼어 있는 셈인데, "효과적이었다"고 합니다.

나는 이 이야기를 듣고 '아, 학습이란 이런 것이구나' 하는 깨달음을 얻었습니다. '어떤 식으로 하면'이라는 방법을 '스스로' 생각하는 것, 그것이 공부라는 걸요. 적어도 내가 공부하던 시절엔 그랬습니다. 시골이라면 예비교[3] 같은 건 있지도 않았죠. 다들 스스로 공부했습니다.

지금은 예비교 같은 데에 가면 잘 다듬어진 '방법'을 가르쳐 주죠. 하지만 중요한 것은 '어떻게 그것을 생각해 내는가'입니다. 스스로 '방법'을 발견하는 것입니다. 스스로 발견할 수 있는 가가 관건입니다.

세상이 친절해지기도 했지만, 그런 중요한 부분까지 다른 사람에게 들을 수 있다는 게 과연 좋은 건지 생각하게 됩니다. 편의점도 있고, 돈도 갖고 있는 상태에서 혼자서 살아갈 수 있는지 시험해 보는 것과 다를 바 없지 않습니까. 무인도에 가면 살아남을 수 있을지 조금 걱정됩니다.

이 수업에서도 자기 방식은 스스로 발견했으면 합니다. 이번 수업을 통해 자기만의 방식을 찾아내는 힌트를 얻을 수 있기를 바랍니다.

∞

「영어로 수다 떠는 밤」에는 외국의 유명인을 인터뷰하는 코너가 있습니다. 주드 로나 제니퍼 로페즈가 나오기도 했어요. 그 인터뷰를 모은 특집 방송이었습니다. 연이어 나오는 이야기 하

---

3) 상급 학교, 특히 대학의 입학시험을 지도하는 각종 학교.[옮긴이]

나하나의 내용이 모두 충실했습니다. 역시 뛰어난 재주를 가진 사람이 말하는 건 재밌는 법이죠.

이 인터뷰에 대해 신문 쪽 관계자에게 말하니 그는 "NHK니까 의뢰를 받아들였겠지"라고 말했습니다. 그런 사람들에게는 조금이라도 시간을 쪼개 인터뷰를 하는 것 자체가 큰일인 모양입니다. 하지만 방송 관계자에게 물어보니 "꼭 NHK라서 받아들인 건 아닐걸?"이라고 말했습니다. NHK라도 '예능' 분야에서 의뢰했다면 안 됐겠지만 '교육 방송'이니까 수락했을 거라고요. 사회적 공헌도가 높은 프로그램인 경우 상대방의 반응이 다르다고 합니다. "거물 스타가 나올 경우 그런 요소가 클 것"이라고 말했습니다. 과연 그렇겠구나 싶었습니다.

올바른 관점인지 어떤지 저는 알 수 없습니다. 저는 외부자니까요. 하지만 있을 법한 이야기입니다. 매사 상황에 따른 여러 의견을 들어 보지 않으면 모르는 법입니다.

∽

방송 중, 인터뷰 그 자체에 대한 이야기도 나왔습니다. 영어 방송 프로그램이기에 생각할 수 있는 부분이 있었습니다. 외국인의 눈으로 본 의견이 있었는데, 일본 야구방송의 수훈선수 인터뷰가 이상하다는 것이었습니다. 인터뷰로서 성립하지 않는다고요. 무슨 말이냐면 질문자가 "멋진 홈런이었습니다"라는 식으로 말한다는 겁니다. 그건 질문이 아니라는 거죠. 듣고 보면 그렇습니다. '감상'이죠. 상대방도 "감사합니다"라고 대답하곤 합니다. 뭐, 무의미한 것만은 아닙니다. 분위기는 달아오르죠. 더구나 일본인이라면 당연히 "멋진 홈런이었는데요, 그에 대해 어떻게 생각하십니까?"라는 식의 질문이라고 알아듣습니다.

하지만 미국적 사고라면 '그건 아니지. 프로 인터뷰어라면 그런 질문을 하면 안 된다'고 생각할 수 있습니다. '무엇을 묻는지 알 수 있도록 질문해야 한다'라는 소릴 들으면 당연하다는 생각은 들지만, 여하튼 상식이라고 생각하는 것도 가만 생각해 보면 '어라, 이상하다' 싶은 부분이 발견되기도 합니다. 재밌죠.

인터뷰 일반에 통하는 구체적인 얘기도 나옵니다.

인터뷰가 익숙지 않은 경우 여러 질문 사항을 준비하다 보면 질문을 그저 나열하는 데에 그치기 쉽습니다. 상대방의 대답 속에 집어내야 할 부분이 있는데도 다음으로 넘어가 버립니다. 캐치볼이 되지 않습니다. 이야기가 확장되지 않는 거죠.

'애써 준비했으니까 어떻게든 시간 안에 모두 물어보자'라고 생각하기 때문에 빚어지는 일이죠. 거꾸로 시간이 남았는데 물어볼 게 없어지는 곤란한 경우도 생깁니다.

질문은 우선 순위를 정해 몇 가지를 준비하고, 현장에서는 유연하게 대응하라. 정리하자면 이렇습니다.

∞

이제 인터뷰 질문 사항을 각 조에서 검토하도록 하겠습니다.

7.
연습 : 아마노 게이 씨를 인터뷰하자

(그리고, 아마노 게이 씨를 맞이해 인터뷰를 했다. 스물다섯 살이라는 젊은 나이에 새로운 것에 도전하며 자기 표현을 하고 있는 아마노 씨. 그녀와 대면함으로써 무언가를 얻을 수 있을 것이다. 당연히 겹치는 질문이 있어 적당히 나눠 이하 A·B·C 세 조의 형태로 정리했다.)

A조

아마노 여러분, 가까이 오시겠어요? 앞줄 의자가 비었네요. 단카 시인에게 질문할 기회는 별로 없을 테니 뭐든 물어보세요.
학생 그럼 질문 드리겠습니다. 요즘 사람들은 활자라면 먼저 소설부터 찾는 경우가 많다고 생각합니다. 아마노 씨의 경우 왜 단카를 선택하셨나요? 소설을 써 본 적은 없으십니까?
아마노 소설……은 안 써 봤네요. 하이쿠나 시를 먼저 쓰게 되었고, '전국고교생 시 콩쿠르'에서 단카 시인이자 소설가인 네지메 쇼이치 씨에게 상을 받기도 했지만, 열심히 쓰기를 권했던 분이 계시던 건 단카였어요. 결국 단카에 정착한 건 그러한 만남과 저의 체질 때문이었어요. 이를 테면 육상 경기에서는 800미터를 달리는 사람과 400미터를 달리는 사람, 그보다 더 단거리를 달리는 사람, 마라톤 42.195킬로미터를 달리는 사람이 있죠. 그들이 그 종목을 고른 이유는 순발력이나 지구력 같은 문제 때문일 거예요. 그것처럼 제 경우도 머릿속에 31음으로 표현하는 단카라는 도구가 딱 와닿았던 거죠.

학생 단카는 학교에서는 그다지 다루지 않습니다. 단카를 짓기 위한 공부로는 어떤 것이 있을까요?

아마노 저 역시 아무래도 제 주변에 단카에 대해 잘 알고 있는 사람이 없어서 도서관에서 가집을 읽는 게 공부였습니다. 하지만 요즘 사람들이 낸 가집은 도서관에도 없어서 성에 차지 않던 차에 결사(結社)[1]——결사라고 하니까 나쁜 비밀조직 같네요——에 계신 분의 권유를 받아들여 그곳에서 배웠습니다. 단카는 31음이니까 '써 보자'고 생각하면 쓸 수 있습니다. 공부를 해야 운운할 수 있는 세계는 아니라고 생각합니다. 단카 시인 호무라 히로시 씨도 나도 해볼까 하는 가벼운 마음으로 쓴 단카가

---

1) 단카, 하이쿠의 동인단체. 대표적인 하이쿠 결사로 다카하마 교시의 '호토토기스'가 있다.

훗날까지 남는 대표작이 되었죠. 여러분도 쓸 수 있습니다.

학생 소설 이상으로 단카는 다른 이에게 보여 주는 것을 중요시한다는 생각이 드는데요, 어떠신가요?

아마노 확실히 의식은 다를지도 모르겠습니다만, 저는 남에게 보여 주는 것까지 포함해 표현이라고 생각합니다. 저의 경우 이노카시라 공원에서 단카를 파는 등, 떠오른 것은 닥치는 대로 실천에 옮겼습니다. 더 많은 사람이 읽어 주기를 바라고, 계속 그렇게 생각하는 게 중요하겠죠. 단카는 31음이라도 한 수로 두 시간 정도는 읽을 수 있는 정보량이 있습니다. 그런데도 '단카는 재밌어'라는 사람이 별로 없어요. 아쉬워요. 참고로 여러분이 알고 있는 단카 시인은 어떤 사람이 있나요?

학생 다와라 마치 씨, 사이토 모키치.

아마노 두 사람? 더 없나요? 그렇군요. 소설가라면 여러 이름이 나왔겠지만 단카 시인의 경우 다와라 씨부터 모키치 아니면 요사노 아키코, 그러고는 갑자기 만요슈를 지은 사람 이름이 나오기도 하죠.

학생 처음엔 투고를 하며 시작하셨다고 알고 있는데요, 투고할 때 자신은 있으셨나요?

아마노 처음 지었던 게

옥상 위에서 지에코의 푸른 하늘 생각하면
흐릿하게 보이는 신주쿠

라는 단카였습니다. 늘 제 마음속에 있습니다. '자신감'이라기보다는 '뭐든 해보고 싶다'는 마음이 있었어요. 고등학교 3학년 때였습니다. 요미우리 가단(読売歌壇)[2]에 냈는데 다와라 마치 씨가 선택해 주셨어요. 처음에는 도서상품권을 갖고 싶어 다른 상에 보낼까도 생각해 봤습니다. 하지만 그쪽은 투고료 이천 엔을 내야 했어요. 당시 용돈이 오천 엔밖에 안 돼서 어떻게 할까 망설였어요. 그때 집에서 요미우리신문을 구독하고 있었는데, 요미우리 가단은 투고료가 공짜였어요. 그래서 그쪽에 냈습니다.

<u>학생</u> 단카가 완성됐다고 확신하는 순간, 이걸로 충분하다고 생각하는 순간은 어떤 걸까요?

<u>아마노</u> 어쩌면 줄곧 완성됐다고 생각하지 않을지도 몰라요. 스스로 표현하고 싶은 기분에 아슬아슬하게 접근할 무렵이 있는데, 그때 발표합니다. 그 순간을 목표로, 이상한 비유지만 장어를 잡는 듯한 감각으로 힘껏 말과 씨름하고 있습니다.

<u>학생</u> 단카를 알리기 위해 인터넷도 이용하신다고 들었는데요, 불특정 다수가 볼 수 있다는 점에 대해서는 어떻게 생각하세요?

<u>아마노</u> 인터넷이 등장하기 전에는 모두 결사에서 단카를 발표했는데, 그래서야 정말 한정된 사람들만 읽게 됩니다. 결사 잡지는 서점에 비치하지도 않고요. 가집으로 만들어도 오백 부 정도라

---

2) 요미우리신문의 단카 투고란. 심사위원은 시미즈 후사오, 오카노 히로히코, 고이케 히카루, 다와라 마치.

사람들 눈에 띄지 않아요. 이에 비해 인터넷의 이점은 무척 크다고 생각합니다. '인터넷 단카는 소비되는데 그래도 상관없나'라는 목소리도 있습니다. 하지만 단카 잡지에는 매달 수많은 단카가 발표됩니다. 오히려 인터넷 단카보다 더 소비되고 있어요.

학생 다른 단카 시인들과 만나며 느낀 작업 방식의 차이점은 무엇이 있을까요?

아마노 으음, 뭐가 있을까요. 동세대 단카 시인의 작품을 읽으면서 재미있다고 느낀 적은 있어도 영향을 받지는 않습니다. '남은 남, 나는 나, 그래도 사이좋게' 지내려고 합니다. 단카를 묵혀 두는 것은 제가 고집하는 작업 방식입니다. 어떤 작품이든 최소한 석 달은 묵혀 둡니다. 자기 확신이 너무 강하게 드러나기 때문에 냉각기간을 중요하게 여깁니다.

학생 석 달을 묵혀도 마음에 안 드는 작품도 있나요?

아마노 그럼요, 제 경우 발표하는 작품은 소비세 정도[3]예요. 거의 버리죠. 사람에 따라 제각각이에요. 떠오르는 게 바로 단카가 되는 사람이 있는가 하면, 완성된 순간부터 작품인 사람도 있어요. 저는 궁지로 몰아가는 편이죠.

학생 '손바닥 단카'[4]의 경우 동영상이나 음악을 함께 싣는데, 그

---

3) 2005~6년 당시 일본 소비세율은 5퍼센트였다. [옮긴이]

4) 책으로도 만들어졌다. 『손바닥 단카』, 아마노 게이, 덴도 나오, 와키가와 아스카, 2002년, 오피스삼사라 간행.

런 경우 단카를 짓는 방법도 달라지나요?

아마노 단카를 지을 때 어떤 느낌의 동영상이나 음악을 깔지 생각하지는 않아요. 그 작업은 프로듀서가 합니다. 저는 그저 단카를 짓기만 합니다.

학생 동영상이나 음악을 고르는 사람이 따로 있다면 자신의 감각과 다른 완성품이 나오기도 하나요?

아마노 단카의 이미지에 대해 함께 이야기를 나누기는 하지만 결정에 관여하진 않아요. 오히려 다른 완성품으로 나왔으면 하는 바람으로 다른 사람을 내세우는 거라고도 할 수 있어요. 단카를 만들 때도 독자들이 어떻게 받아들이면 좋겠다는 걸 생각할 여유는 없어요. 장어를 붙잡을 때는 장어만 생각합니다. '양념구이를 할까' 같은 걸 생각하고 있다가는 장어는 도망가 버리니까요.

학생 '손바닥 단카'는 기존의 단카와는 또 다른 새로운 장르라는 생각이 드는데요, 어떻게 생각하세요?

아마노 일반적으로 가단에서는 '손바닥 단카'나 '휴대전화 단카'는 "단카가 아니라 그저 31음의 군소리다"라는 말을 하기도 합니다. 하지만 단카를 탈바꿈하자, 단카에 현대의 옷을 입히면 어떨까라는 생각이 출발점이었으니까, '단카'임은 변하지 않는다고 생각합니다.

B조

학생 사람들이 책에서 점점 멀어지는 현재 상황과 단카에 대해 여쭤 보고 싶습니다. 단카가 그 문제를 해결하는 데에 효과적이지 않을까 하는 생각이 드는데요. 그 점에 대해 어떻게 생각하시는지 이야기해 주세요.

아마노 어린이가 책과 멀어져도 책보다 더 매력적인 것을 갖고 있다면 전혀 상관없습니다. 다만 책 쪽에서 설득할 만한 재료가 부족한 탓에, 책의 재미를 알게 된다면 끌려 들어올 게 틀림없는 아이들이 멀어지는 거라면 아까운 일이죠. 단카에 대해 아는 사람은 정통하다고 할 정도로 자세히 알고 있지만, 모르는 사람은 전혀 모릅니다. 극단적이죠. 초등학생 때부터 단카의 매력을 느낄 수 있게 한다면 '단카의 재미를 아는' 사람이 늘어날 거라고 생각합니다.

학생 교과서에 실리는 단카는 고전이 너무 많다고 생각하지 않으세요?

아마노 으음, 시키[5]의 작품은 물론 좋지만 현재를 사는 우리들의 단카도 좀더 소개하면 좋겠다고는 생각해요.

학생 직업 단카 시인으로서 느끼는 어려움, 아마추어 시절보다

---

5) 마사오카 시키(1867~1902). 하이쿠 시인, 단카 시인.

독자의 폭이 넓어지는 경우의 어려움이 있으십니까?

아마노 저를 직업 단카 시인이라고 할 수 있는지 어떨지는 모르겠네요. 책을 냈고 단카 시인이라고 자칭한다는 의미라면 그렇지만요. 마감의 고통은 있어요. 하지만 그것보다 더 힘든 건 같은 지점에 있다는 데 대한 불안, 공포예요. 자기 모방은 편하죠. 단순한 아마추어에서 벗어나면 외부에서 비평도 받게 되니 그렇게 안주할 수만은 없어요.

학생 슬럼프 —— 쓸 수 없었던 적은 있나요?

아마노 있다고도 없다고도 할 수 있어요. 단카를 짓고 싶다는 마음은 있는데 31음으로 정리가 안 되는 건 매번 있는 일이에요. 하지만 단카 짓는 걸 좋아하니까 '괴롭다'는 의미의 슬럼프는 없습니다. 단카는 언제나 저장해 두고 있어서, '꺅! 내일 마감이다' 하게 되지는 않아요. 순간적으로 짓는 게 아니니까요. 잘 익은 매실주를 꺼내는 듯한 느낌과 같달까요.

학생 요즘 교과서를 보면 '옛날 단카'가 진짜 단카라는 생각이 깔려 있는 것 같습니다. 구어를 사용하는 것에 대해서는 어떻게 생각하세요?

아마노 옛날 어투도 당시에는 '요즘' 말투였을 겁니다. 예를 들어 저는 고어는 기모노나 버선 같은 거라고 생각해요. 옛날에는 어린이라도 평소에 아무렇지 않게 착용했죠. 지금은 축제나 기분 내고 싶을 때, '기모노를 입어 볼까나' 하게 되죠.

하지만 지금은 평소에 양복을 입으니까 저는 양복으로 쓰고 싶

어요. '케루카모(けるかも)'6)를 쓰면 내 감정과 거리가 생겨서, 자연스럽게 구어로 쓰게 돼요.

<u>학생</u> "31음에 감정을 전부 담아낼 수 없을 때가 있다"고 말씀하셨는데요, 시나 소설을 써 볼까 하는 생각이 들지는 않나요?

<u>아마노</u> 그래서 예전에 시와 동화도 쓴 적이 있어요. 단카 시인이 되니 그렇게 하는 게 '도피' 같다는 생각이 들었죠. 힘들 때는 오히려 '어떻게든 담아내겠어!' 하고 생각해요.

<u>학생</u> 정형시는 제약이 많은데, 그에 대해 어떻게 생각하십니까?

<u>아마노</u> 단카의 짧은 길이를 감방 같다고 생각지는 않아요. 결정(結晶), 아로마 오일의 진액 같다고 할까요. 카피라이터 아키야마 쇼 씨는 '애달프다(切ない)'라는 단어가 가장 아름답다고 말씀하신 적이 있는데, 31음의 짧은 길이로 나타낸다는 것은 하루하루 애달픔의 그 '뭉클함만'을 오려 내는 데에 딱 맞아 떨어져요. 그리고 짧기 때문에 통째로 외울 수 있죠. 작품 전체가 머릿속에 들어갑니다. 그리고 휴대전화로 배포 가능한 게 30초, 40초예요. 그 길이에 단카는 딱 맞죠. 하이쿠는 너무 짧고 시는 길어요. 그런 점에서도 31음이 강점이 된다고 생각해요.

<u>학생</u> 여성의 시점에서 쓴 단카가 많은데요, 남성 시점으로 쓴 단카를 쓰고 싶다는 생각은 들지 않으세요?

---

6) 과거의 조동사 '케루(ける)'에 감동 조사 '카모(かも)'가 붙은 것으로 단카의 정형화된 표현.[옮긴이]

아마노 여성스럽다고 생각하셨나요? 아마노 게이라는 이름으로 작품을 발표하고 있지만, 제 라디오 방송을 듣고서야 "처음으로 여자란 걸 알았어요"라는 사연을 보낸 분도 있어요. 남자인 줄 알았던 거죠. 단카를 떠올리고 언어와 씨름하고 있을 때에는 성별을 잊어버립니다. 성별에 의한 차이가 없다는 의미에서 소년다워지고 있어요.

학생 자신의 작품이 만약 영어로 번역된다면 어떨 것 같으세요?

아마노 어렵네요. 나카조 후미코 씨, 사이토 후미 씨의 단카가 영어로 번역된 예도 있지만 그 작품들을 봐도 어려운 일임을 실감하게 됩니다. 해외에 계시는 분들도 단카를 음미할 기회가 있다면 좋겠다고는 생각하지만요. 로마자를 붙여 리듬을 음미할 수 있도록 하는 것도 하나의 방법이 될 수 있을 것 같습니다. '단카'라는 말 그 자체를 번역한 말로 '저패니즈 숏 포엠(japanese short poem)' 이외의 뭔가 좋은 게 있으면 알려 주세요. 이건 제가 물어보고 싶네요.

학생 앞으로 해보고 싶은 게 있다면 어떤 건가요?

아마노 요네무라 덴지로 선생을 아시나요? 흰 가운을 입고 전기자극 같은 걸 하는 분인데요. 과학(科學)의 '학(学)'을 '락(楽)'으로 바꿔[7] 사람들에게 과학의 재미와 즐거움을 알려 주기 위해

---

7) 두 한자 모두 일본에서는 '가쿠'로 발음함.[옮긴이]

노력하는 분입니다. 정치인 다나카 마키코 씨를 펌프식 공기총으로 겨눈 적도 있어요. 진짜 경호원이 붙는 사람을 향해서요! 저, 고등학생 때 그 선생님을 따라다녔어요. 제가 다니던 고등학교 선생님이셨거든요. 저는 단카 버전 요네무라 덴지로 선생님이 되고 싶어요. 제 단카를 깊이 있게 만드는 것뿐만 아니라 '단카 언니'가 되고 싶어요. 이를 테면 '노래 언니'[8]의 단카 버전처럼요.

학생 신문에 '단카 전도사'라고 쓰여 있었는데요, 목표로 하는 건 무엇인가요?

아마노 엄청 하찮은 목표인데요, 막과자 가게에서 카드를 팔잖아요. 아이들이 카드를 서로 바꾸기도 하고요. 그 카드의 단카 버전[9]이 나오면 좋겠다는 바람이 있어요. "마스노 고이치 단카가 또 나왔네. 누가 호무라 히로시 걸로 바꿔 줘"같이요. 오카이 다카시의 단카가 적힌 금박 카드가 있다거나 하는 거죠. 그런 게 나오면 좋겠어요. 그리고, 야마노테선 전철 화면에서 '휴대전화 단카'가 나오게 할 수 없을까 궁리해요. 그렇게 단카와 접할 기회를 늘리고 싶어요.

---

8) NHK 어린이 방송 「엄마와 함께」에 나오는 여성 역할명.[옮긴이]

9) 2008년 2월 사보고엔지쇼린 서점에서 개최한 아마노 씨의 전람회장에서는 자작 단카 카드를 만들어 전시하기도 했다.

C조

학생 어떤 단카 시인의 영향을 받으셨어요?

아마노 단카 시인보다 다른 장르 예술가들의 영향을 많이 받았어요. '단카 시인'과 만나기 전에 단카를 짓기 시작해 버려서요. 소설가 요시모토 바나나 씨, 에쿠니 가오리 씨의 경쾌하면서도 깊은 면, 그림책 작가 고미 다로 씨의 날카로운 맛과 관찰력. 그리고 그림을 보는 걸 좋아해서 피카소, 마티스, 파울 클레……. 굳이 단카 시인을 한 분 꼽자면 하마다 이타루 씨일까요.

> 곤히 외륜산이 잠들어 사자(死者)보다 더 멀리 떠오르는 달

교과서에서 읽었던 이 단카의 '달'의 아름다움에 반했습니다. 그리고 남편(무라타 가오루)도 단카 시인이라 영향을 받았어요. 요즘 세상에 일본 전통무예인 야부사메(流鏑馬)를 해요. 말을 타면서 활 쏘는 거요.

학생 운동으로 하시는 건가요?

아마노 아니요. 야부사메는 제사를 지낼 때 하는 행사예요. 본업은 철도 소음 연구를 하죠. 그런 언밸런스하달까, 폭 넓은 활동을 옆에서 보다 보면 저도 '협소해지지 말아야지' 하고 영향을 받게 돼요.

학생 마스노 고이치 씨에 대해서는 어떻게 생각하세요?

아마노 사실 고등학교 선배님이세요. 11기나 위라 함께 학교에 다닌 건 아니지만요. 제 단카를 책에 거론해 주시기도 하고, 여러 가지로 신세를 지고 있는데, 본인은 "되도록 자신을 멀리하라"고 말씀하세요. 저도 그렇게 하고 있습니다.

학생 어떤 때에 단카가 떠오르세요? 짓는 방법이나 소요 시간 같은 구체적인 것도 알려 주세요.

아마노 단카를 짓기 위해 여행을 떠나거나 특별한 일을 하지는 않아요. TV 프로그램 기획의 경우는 다르지만. 산책하는 도중이나 자전거를 탈 때 떠올라요. 그러면 브레이크를 걸고 메모합니다. 작은 수첩에 마음에 걸리는 단어나 감각을 적어 두고 밤에 집중해서 씁니다. 일본요리점에서 수첩을 펼치면 숙수님이 "혹시 취재?" 하고 묻기도 해요. 신경을 쓰는 것 같아서 그런 곳에서는 휴대전화에 메모하게 되었어요.

학생 단카로 완성될 때의 느낌은 어떠세요? 자연스럽게 만들어지는 느낌인가요?

아마노 네. 정말 무당 같은 방식이에요. 강림하는 거죠. 필요한 한 마디 말을 발견하지 못하면 방치해 둡니다. 삼 년째 만들고 있는 단카도 있어요. 그 한 마디를 발견할 때는 "이거, 이거, 이거야!" 하면서 기분이 좋아져요. 요전에 NHK 제1라디오 방송 「토요일 밤은 휴대전화 단카」에서 일러스트레이터이자 단카 시인 326(미쓰루) 씨, 가수 가와시마 아이 씨와 이야기를 했어요. 거기에서 어떤 때에 짓는지에 대한 이야기를 하게 되었는데요.

326 씨는 친구들과 이야기하는 도중에도 "지금 나 좋은 말 했지?"하면서 잊지 않도록 적어 두고, 샤워를 할 때에도 시상이나 시어가 떠오르곤 한다더군요. '나하고는 많이 다르구나' 싶어 재밌었어요.

학생 짧은 중에 단어 선택을 할 때 신경 쓰는 부분은 무엇이 있을까요?

아마노 유행어는 별로 쓰고 싶지 않아요. 십 년 후에도 읽히는 단카를 짓고 싶어서요.

학생 초기 작품을 읽으면 신경이 쓰이기도 하나요?

아마노 읊고자 하는 소재의 폭이 좁고 너무 힘이 들어가 있었어요. 지금은 범위가 넓어졌어요. 전에는 고기만 먹었다면 지금은 채소도 먹을 수 있게 되었다는 느낌이랄까요.

학생 저는 화장실에 갈 때 뭔가가 떠오르는데요, 아마노 씨도 발상을 위한 '도구'가 있나요?

아마노 '차'일까요. 다도가 취미예요. 하지만 수첩과 펜 한 자루면 충분하니까 딱히 도구는…… 아, '파랑'을 좋아해서 파란색 소품을 주변에 두곤 해요.

학생 패밀리 레스토랑에서 쓰는 사람도 있는데요, 주변 환경에 영향을 받지는 않나요?

아마노 사람이 주변에 있어도 상관없지만 내가 아는 사람은 없는 편이 좋아요. 어찌됐든 혼자서 쓰고 싶어요.

학생 어떤 노래를 좋아하세요? 서양음악도 상관없습니다.

아마노 마이크 올드필드[10]의 「문라이트 섀도」라는 노래가 있어요. 매기 레일리가 노래했죠. 묘하게도 요시모토 바나나 씨의 데뷔 소설 제목이기도 해요. 그것과는 상관없이 좋아하게 된 노래예요. 요즘 젊은 사람들이 쓰는 가사도 훌륭하죠. 일본어로 노래해도 영어처럼 들리기도 하고요. 저도 분발해야겠다는 생각이 들어요.

학생 '손바닥 단카'에 쓰이는 동영상이나 음악에 대해서 어떻게 생각하세요? 자신이 작품을 지으며 생각했던 이미지와 다른 경우는 없나요?

아마노 물론 그런 경우도 있어요. 하지만 너무 설명적이 되면 오히려 더 의도에서 멀어지고 재미없어지니까 이쪽에서 이러쿵저러쿵 말하지는 않아요.

학생 '손바닥 단카'는 그림이 함께 들어갑니다. 한 인기 만화가의 작품을 보면 대사를 그냥 검은 배경에 넣기도 하는데요 ──.

아마노 야자와 아이의 『NANA』처럼요.

학생 그런 표현 형식은 '만화가 시에 가까워지는 것 같다'는 생각이 드는데, 어떠세요?

아마노 호무라 히로시 씨의 단카가 소녀 만화로 만들어지기도

---

10) 영국 출신의 뮤지션(1953~). 80년대에 보컬리스트 매기 레일리를 기용해 제작한 싱글 「문라이트 섀도」는 유럽에서 큰 인기를 모았다. 요시모토 바나나도 같은 제목의 소설을 쓸 때 이 곡의 영향을 받았다고.

했죠. 그건 그것대로 재밌어요. 『히카루의 바둑』이라는 만화 덕에 바둑이 유행하기도 했는데, 단카도 『미소히토모지의 게이』 같은 만화가 나오면 유행하려나요.

학생 단카를 널리 알리고 싶다는 건 읽는 것뿐만 아니라 짓는 것도 포함해서인가요?

아마노 만남의 계기를 늘리고 싶다는 바람이에요. 단카를 알게 되면 재밌어할 사람이 단카를 만나지 못하는 건 아까운 일이죠. 매달 엄청난 수의 가집이 나옵니다. 하지만 유감스럽게도 서점에는 놓이지 않아요. 앞서 말씀드린 「토요일 밤은 휴대전화 단카」에서는 젊은 단카 시인을 소개하고 있어요. 사이토 사이토 씨라는 분이 있는데요. 이분은 종잡을 수 없는 희한한 작품을 만들고 있어요.

> 겐로쿠스시(체인 회전초밥집) 종업원 대기실 문에 붙인 '회의중' 종이, 나도 끼워줘

> 길어질 듯한 회의의 실온을 23도로 설정해둬라

이런 희한한 감각의 단카를 짓는 분이 엄청 많아요.

학생 지을 때 과거, 현재, 미래 중 어디를 중시하며 읊으시나요? 딱 집기는 어렵겠지만요.

아마노 지금은 1년 7개월 된 딸이 있어서 미래를 바라보는 단카

가 많아졌어요. 하지만 그런 시점은 시간과 함께 변해 갑니다.

학생 아이가 태어나면 아무래도 단카의 성격도 희망적으로 변하나요?

아마노 변하네요. 아이는 부서지기 쉽고 덧없는 생물이라고 생각했었어요. 하지만 낳아 보니 무척 활력이 넘치더라고요. 씩씩하고요. 앞으로 긴 인생을 살아가야 하니까 활기찬 거겠죠. 사고방식이 변했어요. 다만 단카에 대한 자세는 변하지 않아요. 문체가 눈에 띄게 변하거나 하지는 않아요. 다쓰미 야스코 씨 같은 분은 아이를 갖게 되고 나서 힘찬 느낌의 단카를 짓게 되었어요. 분투하는 엄마의 마음을 담은 단카죠. 그 전에 연애를 다룬 단카 중에는, 이런 단카가 있습니다.

형편없는 놈에게 젖가슴을 머금게 하며
벚꽃 지는 비를 보고 있네

출산하고 나서 지은 단카에는 이런 게 있습니다.

남자들은 모두 전쟁에서 죽으라고 진통 끝에 나는 원망할 뿐

학생 출산 후 단카에 대한 마음은 변하셨나요?

아마노 더 확실해졌어요. 그 전에도 초등학교 6학년용 교재에 단카를 소개했습니다. '어린이와 단카'라는 구상은 진작부터 있

었어요. 초등학교 6학년생이 홈페이지에 꽤 많이 방문해서 '계기만 생기면 반응이 있구나!'라는 생각이 들었어요. 바로 반응이 오더라고요. 실제로 출산하고 나서 내 아이가 생기게 되니 이 아이에게 단카를 편견 없이 받아들이게 하고 싶다는 목표가 생겼어요.

<u>학생</u> 단카가 없었다면 무슨 일을 하셨을 것 같으세요?

<u>아마노</u> 연극 같은 걸 했을지도 모르겠는데, 지금 '단카가 없었다면' 하고 생각만 하는데도 너무 슬퍼졌어요. 이렇게 나에게 딱 맞는 표현 형태를 만나게 돼서 행복합니다.

8.
연습 : 각자 쓴 칼럼을 읽자

600자 칼럼을 쓰자

인터뷰를 할 때 듣기만 했던 학생도 있어서 내심 걱정도 되었다. 하지만 완성된 칼럼[1]은 모두 잘 정리되어 있었다. '600자'라는 자수가 글로 정리하기 좋았던 것 같다.

가장 많았던 글은 인터뷰를 재료로 한 〈단카 시인 아마노 게이 소개글〉이었다. 포커스를 좁혀 쓴 글은 정리가 잘 되어 있었다. 하지만 짧은 글에 내용을 담는데 '모처럼 인터뷰를 했으니까' 하고 뷔페에 가서 욕심을 부리는 것처럼 여기저기에 젓가락

---

1) 서두의 다양한 예(1장 참조). 6, 7장의 자료, 인터뷰를 바탕으로 학생들은 각자 '600자 칼럼'을 썼다. 개성이 그대로 서두에 드러난다. 그게 재밌다. 같은 재료를 받아도 쓴 글은 실로 다양하다.

을 들이대는 건 생각해 볼 일이다.

상대가 단카 시인이므로 아마노 씨의 단카를 인용하는 경우
도 당연히 있었다. 효과적으로 사용하면 그야말로 필살 무기가
된다.

"'남은 남, 나는 나, 그래도 사이좋게'. 느긋하게 이야기하는
귀여운 입술의 주인은 현대 여류 단카 시인 아마노 게이"라는
문장으로 시작한 어느 학생은 이 문장에 이어 사이트에서 봤다
며 아마노 씨의 "달라붙어 버린 젤리를 그대로 먹어 주는 상냥
함"을 인용했다. '사이좋게'에서 연상했다는데, 직전에 나오는
'입술'의 여운도 있어 효과적이었다. 억지로 끌어오는 게 아니라
자연스럽게 이어지는 방식이 바람직했다. 무리하는 모습이 보
이면 그 벌어진 틈에서 거드름이 엿보여 견딜 수 없게 된다. 술
술 쓰인다면 타고난 능력이다.

이 '인터넷을 이용한 예'처럼, 인터뷰와 수업 프린트만이 아
니라 '아마노 게이'에 관한 자료를 다른 데서도 찾아 활용한 사
람도 있었다. 프로 작가라면 당연히 그런 일도 한다. 적극적으로
임하는 자세는 소중히 여겨야 한다.

인터뷰할 때 결석한 학생 또한 친구의 노트나 그 밖의 자료
등을 이용해 칼럼을 작성했다. 반대로 '실제로 아마노 씨와 만났
다'는 상황을 살린 예도 있었다. 인터뷰 후에 개인적으로 나눈
사소한 대화, 이를테면 "그 모자 귀엽네요"라고 말해 줬다든가,

혹은 교실에 들어오며 본인이 먼저 "잘 부탁해요"라고 머리를 숙였다든가 하는 번외편 같은 아마노 씨의 모습, 태도를 사용한 것이다. 이런 식으로 개성을 드러내는 방법도 있다.

자신이 쓴 칼럼이 어떤 매체에 실리며 어떤 종류의 글인가는 각자 자유롭게 설정해도 상관없다. '학생이 학생을 대상으로 쓰는' 글이어도, 그렇지 않아도 상관없다. 이 부분이 모호하면 아무리 '나는'이라고 주어를 써도 글에서 그 '나'가 제대로 드러나지 않는다.

개성을 완전히 죽이고 철저하게 요령 좋은 소개글을 써도 좋다. 소개함과 동시에 어떻게 자신을 드러낼 것인가가 실력을 보여 줄 수 있는 부분으로, 이렇게 자신을 드러내지 않는 방식 자체가 '드러내는 방법 중 하나'이기도 하다. 라이터의 수만큼 글이 나온다. 역시 여러 글이 나왔다.

다양한 서두

수업 초반에 '서두'의 다양한 예를 들었다. 이번 칼럼도 각자 독자적인 방식으로 펜을 들었다. 제출된 글의 첫머리를 몇 가지 열거해 본다.

1. 창작에 관해서라면 여러분들도 나의 라이벌이다, 라고 그녀는

말했다.

2. 여행은 즐겁다.

3. 옛날에 손짓 하나로 원하는 것을 자유자재로 만들어 내는 마법사를 동경했다.

4. 오늘날, 단카라는 말을 듣고 바로 알아듣는 젊은이는 그리 많지 않을 것이다.

5. 말이 넘쳐흐른다.

6. 아마노 씨가 소설도 시도 아닌 단카를 선택한 이유는 육상경기와 닮았기 때문이라고 한다.

7. 놀랐다.

8. 단카와 동영상과 음악의 컬래버레이션, '손바닥 단카'

9. 그녀가 그대로 입을 열지 않았다면 나는 완전히 오해하고 있었을 것이다.

10. 요사노 아키코나 사이토 모키치만 있는 게 아니다.

11. "소비세 정도예요."

12. "말하자면, 전 아까워 요괴[2]예요." 단카 시인 아마노 게이 씨는 그렇게 말하며 웃었다.

13. 소설을 쓰는 것은 고독한 작업이다.

---

2) 아까워 요괴(もったいないおばけ)는 공공광고기구(현 AC저팬)의 TV광고에 등장하는 요괴의 이름. 음식을 남기는 등 이른바 '아까운' 행동을 한 자의 베개맡에 밤에 찾아가 "아깝다"며 설교를 한다.[옮긴이]

14. 이 무척 총명한 필자는 무엇을 생각하며 '공감'을 바라보고 있는 걸까.

15. 독자의 존재를 의식하자마자 자신이 정말 쓰고 싶은 게 무엇인지 놓쳐 버리곤 한다.

16. 평소와 다를 바 없이 집을 나와 정각에 도착한 전철에 헐레벌떡 올라타 아르바이트를 하러 간다. 특별한 감개도 사건도 일어나지 않은 채 그저 졸린 눈을 비비며 귀가길을 재촉한다.

17. 중학교, 고등학교 시절 고전 수업을 즐겨 들었고 대학에 들어와서도 겐지이야기 세미나 따위를 선택했으니, 단카에 대한 사고방식이나 느끼는 방법이 다른 사람들과 차이가 있는 건 어쩔 수 없는 일인지도 모른다.

보는 것만으로도 각자의 개성이 빛나 즐겁다. 이 중에서 '소개 글'이 아니었던 예에 대해 언급하려고 한다.

먼저 11번의 예. 아마노 씨가 발표 가능한 단카는 '소비세' 정도라고 한 말을 인용하며 시작해 '단어 선택' 문제에 대해 풀어낸 글이다. '5퍼센트'가 아니라 자연스럽게 그런 단어가 나오는 아마노 씨와 비교해 우리들은 문자 등에 익숙해져 너무 쉽게 말을 고르지 않나 하고 기술하고 있다.

12번 글은 "단카가 얼마나 좋은지 모르는 건 아까운 일이다"라는 발언에서 나온 말로, 사람들이 책을 멀리하는 문제도 독서를 강제하는 게 아니라 이런 시점으로 보면 개선할 수 있지 않을까라고 쓰고 있다.

다음 두 글은 아마노 씨에게 묻는 형태로 어떤 문제를 거론하고 있다.

13번 글은 "소설을 쓰는 것은 고독한 작업"이라지만 자신은 "소설을 쓰려고 하는 젊은이가 고독하다는 느낌이 든다." 아마노 씨는 "젊은이에게 단카를 널리 알리기 위해" 단카를 짓는다고. "무척 알기 쉽고 명확한 이유"지만, "그 내면에는 단칼에 말로 할 수 없는 불확실한 이유를 품고" 있지 않을까, 하고 묻는다.

14번 글 또한 공원에서 가집을 본 여고생이 "맞아"라고 말한 것에 대해 간단하게 '공감'해도 되는 걸까 하는 의문을 제기한다. 아마노 씨는 '자각적인 필자'다. "어디까지나 개인적이며, 그렇기에 매력적인" 자신의 작품에 대한 "순진한 '공감'을, 사실은 한발 물러나 보고 있는 게 아닐" 하고 "의심"해 본다.

이 두 예에 대해서는 나중에 아마노 씨의 생각을 들어 보기로 했다. 아마노 씨에게 이러한 '의문'이 나왔음을 알려 주니 "그럼 다시 한 번. 답하러 갈게요"라고 말했다.

수업의 실제

15, 16, 17번 글은 몇 번에 이르는 칼럼 검토 중 마지막 시간에

나온 글이다. 이 글들에 대해 이야기 나누며 이번 수업은 마무리
되었다.

15번 글은 아마노 씨가 창작하며 타인에게 어떤 평가를 받을지
생각하지 않는다는 부분에서 감명을 받았다고 한다. 16번 글은
자신의 일상을 묘사하면서 시작하고 있다. 17번 글부터 자연스
럽게 다음 수업에 언급할 작가 쓰카모토 구니오로 이어졌다. 서
거(2005년 6월 9일)를 신문을 통해 알게 되어 프린트를 준비해
수업에 들어갔다. 우연이었는데, 이런 일이 일어나기도 한다.

15번 글에 대해 내가 이야기하는 부분부터 그대로 녹음 내용
을 옮겼다. 도중 에어컨에 대해 얘기하는 부분이 들어가는데 이
부분도 실제 수업 그대로다.

<u>기타무라</u> 어려운 문제죠. '독자가 어떻게 생각할까'라는 것은. 그
게 현실적인 단계에 이르면 '팔리지 않는다'는 문제가 됩니다.
작가는 먹고살기 힘든 직업의 대표격이죠. 대중문학 계열이라
면 돈을 많이 벌 거라는 것도 망상이니까요. 일단 생활이 안 됩
니다. 보통 직장인 수준이나 그 이상의 수입이 들어오는 경우는
극히 일부입니다.

글을 쓰자고 결심했다면 다른 수입원을 확보해야만 살아갈
수 있습니다. 그게 보통입니다. 다른 생활수단이 있으면 '쓰고
싶지 않은 것은 쓰지 않는다'고 말할 수 있습니다. 그러니까 쓰

고 싶은 글을 쓰면서 그걸로 생활이 가능하게 되면 왠지 송구스럽기까지 합니다. 송구스럽다는 것도 좀 이상하지만요.

어떤 책에서 봤는데, 소심한 사람은 이유도 없이 사과를 한다고 합니다. 일단 사과해 버립니다. '그런 일이 정말 있구나' 싶게 내게도 그런 일이 있었습니다. 최근 NHK의 「어서 오세요 선배님」이라는 방송에 출연한 적이 있습니다. 프로그램이 방영된 후 아침에 쓰레기를 버리러 나갔다가 "방송 봤어요!" 하며 말을 걸어온 동네 사람에게 순간 "아, 죄송합니다" 하고 대답해 버렸어요. 나중에 그 대답이 정말 이상하다는 생각이 들었습니다. 딱히 사과할 일도 아니니까요. 하지만 집에 있을 때는 '기타무라 가오루'로 생활하지는 않습니다. 별개의 인격이랄까요. 그래서 출판계 이외의 사람에게 작가로서의 면을 보이게 되면 무척 당황하게 됩니다. 그래서인지 바로 사과를 한 거죠.

음, 그건 제쳐 두고요. 인기를 끌고 싶어 쓰는 걸까, 평가 때문에 쓰는 걸까라는 물음은 어려운 문제입니다.

고등학교 교과서에서 「산월기」를 읽었던 사람이 많을 겁니다. 나카지마 아쓰시 작품이요. 「산월기」의 주인공 이징은 공부도 잘하고 자존심도 강했습니다. 하지만 취직하고 나니 지금까지 경멸하던 부류의 높은 사람에게도 머리를 숙여야 합니다. '이런 감성밖에 없는 건가' 싶은 녀석에게 "근데 좀 그렇네, 이징 군" 하고 핀잔을 듣거나, 명령을 받아야 합니다. 돈을 번다는 것은 힘든 일입니다. 굴욕을 지불하고 그 대가로 급료를 받는 듯한

면이 있는 것도 사실입니다. 그 점을 견딜 수 없습니다.

'나의 본질은 시인이야, 문학의 길로 가야 해'라고 생각해 스트레스만 받는 일을 그만둬 버립니다. 하지만 시를 지어도 인정받지 못합니다. 그래서 결국 변신하고 맙니다. 호랑이가 되어 버립니다. 내면이 외면이 되어 버린 것이죠. 그렇게 되고 나서 소꿉친구와 재회합니다. 여러 괴로운 마음속 이야기를 하고 헤어지면서 이징은 자신의 시를 기록해 달라는 부탁을 합니다. 친구는 그 시를 기록하면서 '과연, 작가의 소질이 제일류에 속한다는 것은 의심할 여지가 없다. 그러나 이대로라면 제일류의 작품이 되기에는 어딘가, 무척 미묘한 점에 있어 부족한 부분이 있지 않은가' 하고 생각합니다.

이 무척 미묘한, '어떤 점'이란 무엇일까. 저는 '시에 관해 인정받고 싶다, 대단한 무언가가 되고 싶다', 요즘 말로 '자기표현을 하고 싶다'라는 마음이 작품을 불순한 것으로 만든 게 아닐까 하는 생각이 들었습니다. 나카지마 아쓰시에게 찾아가 그걸 확인할 수는 없습니다. 그래서 좋은 거죠. 정답이 있는 소설이라면 작품으로서 작아집니다. 논할 필요도 없고, 평론가가 있을 필요도 없습니다.

하여튼 저는 그렇게 생각했습니다. 그걸 어느 모임에서 말하니 "그건 꽤 혹독한 견해군요" 하는 말을 들었죠. 정말 순수한 사고를 한다면 쓰고 싶으니까 쓰는 것이고, 평가 받을지 어떨지는 다른 문제……여야 하는데……, 미묘한 부분입니다. 이게 '더 좋은 작품으로 만들고 싶다'라는 의미의 번민이라면 신념이라 할 수 있습니다. 하지만 '인정받고 싶다'라는 마음은 누구에게나 있는 법이죠. 그런 의미에서 표현 수업을 받는 사람들의 마음에는 자기 일로서, 곧바로 여운이 남는 글이지 않았을까 합니다. 그럼 다음 사람, 부탁합니다.

16번 칼럼은 자신의 일상 풍경을 서두로 삼고 있다. 이어서 아르바이트를 하러 가는 아침 전철 안에서 과제를 조금이라도 끝내려고 아마노 게이의 단카를 읽는 장면이 나온다. 그러다 '무서울 정도의 기세로 그녀의 단카가 내 마음속에 훌쩍 들어와' 어떤 감각이 눈을 떠 가는 것을 느낀다. 지금은 단조롭지만 예전에는 일상 속에서 '절실한 감정'이 있어, 시간은 '균질적이지 않았다'. 아마노 게이의 단카는 그런 '과거의 시간'을 다시 깨워 주었다―라고.

기타무라 그럼 평을 부탁합니다.
학생 읽기 어려운 부분도 있었지만 감정은 와닿았습니다. 정해진 글자 수를 꽤 넘어 버렸네요.
학생 지금까지 소개글에 충실했던 글도 있었지만 이 글은 주관을 중시하고 있는 것 같습니다. 자신이 전면에 드러나 있다는 점이 좋았습니다. 비유를 사용하는 방법 등도 저는 좋았습니다.
기타무라 네. 지금도 나왔지만 이 글은 '자신'에 대해 쓰려고 한 건가요?

발표자 소개 글로서 쓰려는 의식은 전혀 없었고, 작품과 나와의 위치 관계를 쓰려고 했습니다.

기타무라 글이 길다는 의견이 있었는데요, 한 문장도 깁니다. "그때 회사원이나 학생을 태우고 빵빵하게 부풀어 오른 전철 안, 평소와 다름없이 흔들리는 전철과 함께 발생하는 밀치기 경쟁을 즐기는 기분마저 바보스럽게 느껴져 인파에 휩쓸리며 평소와 다름없이 아르바이트를 하러 갔다"처럼, 호흡이 깁니다. 의식적으로 이렇게 쓰고 있는 거죠?

발표자 네, 단락을 지으면 만원 전철의 분위기가 잘 살지 않을 것 같아서요.

기타무라 그렇다는 건, 소설적이군요.

발표자 죄송합니다.

기타무라 아니, 미안할 일은 아니에요. 소심하네.(웃음) 동지군요. 그래서 이 아마노 게이의 단카에 지금까지 느꼈던 바가 있었다는 건 사실인가요?

발표자 네.

기타무라 그렇다면 좀 생각해 봅시다. 이 글이 소설이라고 가정해 봅시다. 이 소설 주인공의 마음을 여기까지 움직인 것은 어떤 '단카'인 걸까 하고 독자는 생각하겠죠. 하지만 소설이니까 '아마노 게이'라는 '이 단카 시인은 실재하지 않겠지. 여기에서 단카까지 지을 수는 없을 테니, 단카를 지으면 거짓이 되니까 넣지 않았구나' 하고 생각하겠죠. 하지만 '읽고 싶네'라는 생각은 할 겁니다. 사람 마음이 그렇죠.

발표자 아.

기타무라 실제로, 정말 마음이 움직였다면 그 단카를 인용해 주었으면 하겠죠.

발표자 아아……

기타무라 그 정도는 아니라도 작품으로 성립하게 하기 위해 이렇게 썼다라고 할 수도 있죠. 자유롭게 설정해도 좋으니까요.

발표자 사실 '전철 안'에서는 읽지 않았어요.

기타무라 하지만 감동 받았던 단카가 있었던 거죠.

발표자 네, 수업 중 읽은 것 중에서요.

기타무라 그런 마음이 진심이라면 그 진심을 담아서 '만원 전철 안의 권태'와 '단카'를 대비시킨다면 훨씬 설득력을 갖추게 되지 않을까요.

발표자 감사합니다.

기타무라 어제, 집에서 야구치 시노부 감독의 「스윙걸즈」라는 영화를 봤어요. 아는 사람? 시골에 사는 고등학생이 "재즈할 거야" 하고 최선을 다해 재즈 연습을 합니다. 이런 이야기라면 아무래도 마지막은 재즈 연주가 나오게 마련입니다. 그건 작품이 요구하는 거죠. 타이틀이 「스윙걸즈」이고 "재즈할 거야"라고 말했는데, 마지막에 산책 같은 걸 하면서 '끝'이라고 하면 이해하기 어렵죠. 그리고 있는 것은 '걸즈'지만 이야기를 성립시키는 것은 재즈입니다. 그래서 재즈가 없으면 완결되지 않습니다. 이 글도 이렇게 썼으니 '아마노 게이의 단카'가 요구되는 거죠. 음, 그밖에 아직 발표하지 않았지만 오늘 써 온 사람 있나요?

학생 선생님.

기타무라 네.

학생 너무 더워서요. 에어컨을 틀어도 될까요?

기타무라 아, 몇 도 정도로 설정할까요?(웃음) 정해진 온도가 있어서요. 이 정도면 괜찮습니까? 그럼, 손들었네요. 네.

발표자 음, 읽기 전에 한마디만 할게요. 저는 인터뷰를 할 때 결석해서 자료와 인터넷 검색을 바탕으로 글을 썼습니다.

마지막 발표자는 17번 글 작성자. 고전을 좋아해 "나에게 단카란 풍류적인 놀이다. 종종 고어사전을 찾으며 고시오레(腰折れ)를 읊을 정도로 친근하다"고 쓰고 있다. 그러나 요즘 젊은이라면 컴퓨터나 휴대전화를 통해 입문하는 방법도 있을 것이라고 쓰면서 아마노 씨의 "어느덧 내리기 시작한 비 흑백 영화의 음악에 스며 녹아내린다"라는 시를 인용한다. 이 '흑백 영화'는 '20년 전 프랑스 영화'가 아닐까. 이런 단카가 있다면 서점에서 찾는 사람이 있을 것임에 틀림없다면서 끝을 맺는다.

학생 인격이 느껴졌습니다.

학생 이런 소개를 받으면 단카에 흥미가 없어도 아마노 씨의 작품을 읽어 보고 싶어질 것 같습니다. 글의 리듬이 읽는 방식을 포함해 느긋하고 편안해서 개인적으로는 호감이 느껴졌습니다.

기타무라 먼저 놀란 건 '고어사전을 찾으며 고시오레를' 짓는다는 부분이었습니다. 정말인가요?

발표자 네.

기타무라 오오. 현대어보다 고어를 사용해 만든다는 거죠?

발표자 고어 마니아라서요.(웃음) 수험 공부를 할 때도 왠지 모르겠지만 고전만 공부했어요.

기타무라 (학생들을 향해) '고시오레'라는 말을 아는 사람 있나요? 없군요. 이런 말이 바로 나오다니. 와카를 지을 때, 자신의 작품을 겸손하게 부르는 말입니다. 윗 구절과 아래 구절이 이어지지 않는다거나.

발표자 뒤죽박죽으로…….

기타무라 그렇죠. '대단한 와카는 아닙니다'라는 의미죠. 그런 단어가 자연스럽게 나오는 마니아적인 분이네요.

발표자 후후후. (웃음)

기타무라 아마노 씨는 '요즘 말'을 사용하고 싶어 합니다. 아마노 씨의 현대조의 단카는 어떻게 생각해요? 잘 안 맞지 않나요?

발표자 네, 현대물도 좋은 건 좋지만, 다와라 씨의 『샐러드 기념일』 같은 책도 사서 읽어 봤는데 뭔가 '꽉 와닿지 않는' 떨떠름한 느낌이 들었어요.

기타무라 저도 아마노 씨에 대해 쓴 글 중에서 본 단카였는데, 느

낌표를 사용하는

당신들이 말하지 않게 되면 사어(死語)가 되는 슈퍼 히어로
정의를 외쳐라!

이런 단카 같은 건 말도 안 된다고 생각하나요?

<u>발표자</u> 아니, 이 단카, 다른 건 몰라도 단카로서의 표현에 도전하고 있는 것 같아 '대단하다'고 생각합니다.

<u>기타무라</u> 알겠습니다. 언어 사용이라는 측면에서 '고시오레'라는 것은 꽤 특수한 어휘입니다. 하지만 이 글은 '당신의 칼럼'이라고 생각하면 그만입니다. 애독자가 있다고 상정한다면 될까요. 자신에게 무리 없는, 필연적인 단어인가가 중요한 요소입니다. 나는 이 정도의 단어라면 사용합니다. 전후 관계로 해석할 수 있으니까요.

어떤 장편을 쓰고 있던 무렵, 고전 이야기가 나왔습니다. '그것도 한순간의 일일 뿐이겠지'라는 의미의 문장이었습니다. 주인공 일인칭 시점이었는데, 저는 '그것도 다마유라(玉響)[3]의 일일 뿐이겠지'라고 썼습니다. 그렇게 해야만 했습니다. 타협할 수 없었습니다. 일인칭의 경우 어떤 단어를 고르냐가 곧 성격 묘사

---

3) '잠깐 동안'이라는 의미.[옮긴이]

가 됩니다. 화자는 여기에서 '다마유라'라는 울림의 단어를 쓰는 사람입니다. 이것 또한 절대적입니다. 언어의 의미는 흐름을 통해 알 수 있습니다. 사람은 그렇게 단어를 습득해 왔습니다.

특수한 예를 들었습니다만, 꼭 써야 한다면 현대어로 쓰는 글 안에서도 고어는 들어가게 됩니다. 그런 법이죠.

이제, 이 다섯 개의 칼럼(15,16,17을 포함한 다섯 편) 중에서 가장 인상적인 글을 골라 주세요.

그럼 모으겠습니다. 아, 17번 글을 많이 골랐네요. 16번 글이 바싹 뒤쫓고 있습니다. 거의 쫓아왔습니다. 아, 16번 글이 추월했습니다.(웃음) 다른 글을 선택한 표도 있네요. 17번 글이 쫓아왔네요. 17번 글이 추월했습니다. 아, 결국 17번 글이, 마지막 고전을 좋아하는 학생의 글이 독자상으로 결정되었습니다.

어려운 단어

이제, 어려운 단어를 사용하는 것에 대한 화제로 넘어가겠습니다. 이것의 절대적 기준은 없습니다.

다른 클래스 학생이 쓴 글 중에 '블로그'라는 단어가 나왔습니다. 현대의 단어죠. 한 학생이 '블로그'가 뭡니까라는 질문을 했는데, 젊은 사람은 모두 알 줄 알았던 터라 약간 놀랐습니다. 이 단어 모르는 분? ……세 명. 오오, 친구들이여. 세 명 있네요.

저도 잘 모르겠지만, 신문 같은 데 나오는 내용에 의하면 홈

페이지 중 간단한 종류 같은 거죠. 아닌가요? 그 정도가 맞는 것 같습니다. 이런 단어라면 젊은 사람들은 모두 알고 있을 거라고 생각하게 되는데, 그렇지도 않습니다. 그러니까 무슨 단어를 잘 모르는지 같은 건 딱 잘라 말하기 힘듭니다.

소설가 무라타 기요코 씨가 문장론[4]에서 독자의 투서에 답합니다. 독자는 묻습니다. 자신은 어휘도 빈곤하고 멋진 비유도 떠오르지 않는다, 그래도 글을 쓸 수 있을까라고요.

쓰는 데 익숙지 않은 사람이 묘하게 공들여 쓰면 도무지 읽기 어려운 글이 됩니다. 무엇보다 무리를 하지 않는 게 중요합니다. 무라타 씨의 답도 당연히 그렇습니다. 평범한 말로 충분하다, 특별한 단어는 필요 없다고 대답합니다. 하지만 그 글 중에서 본인이 '창랑(蹌踉)하게[5]'라는 단어를 쓴 것에 대해 "딱히 어려운 단어는 아니"라고 말합니다. 이런 점이 무척 재밌습니다.

객관적으로 보면 '창랑하게'라는 말은 친절한 단어는 아닙니다. 언젠가 『아사히신문』 칼럼 '천성인어(天声人語)'에서 '석학'이라는 단어를 사용했을 때 그 단어가 어려운가 아닌가, 화제가 된 적이 있었습니다. 나는 '석학' 같은 단어는 중학생이면 알 만한 단어라고 생각합니다. 그 정도는 책을 읽는다면 나오는 말이니까요. 이 정도의 단어를 피하다 보면 책은 못 읽습니다.

---

4) 무라타 기요코(1945~). 『명문을 쓰지 않는 문장 강좌』(아시쇼보, 2000년)
5) 제대로 걷지 못하고 비틀거리는 모습을 이르는 말.

'석학' 정도는 그나마 양반입니다. '창랑하게'는 '석학'보다 난이도가 높습니다. 신인 투수가 겨우 익힌 포크볼 같은 건 실전에서 써먹지 못합니다. 제어할 수 없으니까요. 하지만 체력이 있다면 실전에서도 먹히는 공을 던질 수 있습니다. 결국 자기 고유의 구종으로 던질 수밖에 없다는 것입니다. 글을 쓸 때에는 어려운 단어도 표현도 필요 없습니다. 하지만 이게 만만치 않은 것이 무엇이 '어려운지' 사람에 따라 다르다는 점이죠.

무엇이든 친절하게 써야 한다는 것도 옳지 않습니다. 최근에 본 어떤 글에서는 '갓텐쇼치노스케(合点承知の助)'[6] 같은 말은 요즘 젊은이들이 모르는 말이라고 써 있었습니다. 하지만 저번 주에 와세다 지하철역에 내리니 메모판[7]이 보였는데, 거기에 젊은 사람 글씨체로 '合点承知の助'라고 쓰여 있는 글 옆에 하트 마크가 달려 있었습니다. 나는 그걸 보고 '쓰고 있잖아!' 하고 감격하고 말았습니다.

그건 그렇고 신문에서 봤는데, 단카계의 거인 쓰카모토 구니오 씨가 돌아가셨습니다. 나중에 '그 수업을 들었던 게 그 무렵이었구나' 하고 떠오를 겁니다. 프린트를 만들어 왔습니다. 다음 수업에서는 쓰카모토 씨에 대해 조금 살펴보겠습니다.

---

6) 승낙한다는 의미의 단어 合点(갓텐), 承知(쇼치)와 남자 이름으로 쓰이는 の助(노스케)를 합성해 알겠다는 의미를 강조하는 말장난.[옮긴이]

7) 도쿄메트로 와세다역의 메모판. 그 후 와세다에 '合点承知之助'라는 선술집이 있다는 걸 알게 되었다. 혹시 약속 장소 연락이었을지도 모르겠다.

9.
'전달한다'는 것

(쓰카모토 구니오에 대한 이야기를 하는 부분이지만 이 책에서는 나의 글을 함께 실으려 한다. 올해 나는 NHK의 「어서 오세요 선배님」이라는 방송에 출연했다. 그때의 경험에 대해서는 수업에서도 이야기했다. 일부가 앞 장에도 나와 있다. 그러나 겨우 30분의 방송 시간으로는 정리하는 데에 한계가 있다. 방영되지 않았던 부분에 관해 『사이타마 교육』에 실은 글이 있다. 표현에 관련된 내용이기도 해 8장 내용의 보충 설명이 되는 부분도 있다. 중복의 우려가 있지만 글을 손질해 이 책에도 실었다.)

또 하나의 「어서 오세요 선배님」

NHK에서 방송된 「어서 오세요 선배님」이라는 프로그램이 있다. 각지의 초등학교 졸업생이 몇십 년 만에 학교를 다시 방문해 아이들에게 '수업'을 하는 내용이다. 건축가, 마술사, 연출가 등 여러 사람이 교단에 서왔다.

올해 나는 출연 의뢰를 받았다. '어떻게 할까' 고민한 끝에 결국 수락했다. 「어서 오세요 선배님」이라면 집에서 아이와도 함께 보던 방송이다. 이전에는 45분짜리 방송이었다. 내용을 생각하면 그 정도의 시간은 필요하다. 그 정도 내용을 지금은 30분으로 압축해야 한다. 그러다 보니 대부분 편집되었다.

방송을 제작하는 사람들과의 회의는 사전에 몇 번 있었다. 하지만 촬영 전에 학교에 가거나 아이들과 만나지는 않았다. 신선함도 사라지고, 이른바 '짜고 치는' 것처럼 될까봐서였다. 그 대신 제작하는 분들이 학교 측과 여러 번 협의를 거쳤다. 힘든 일이다.

연출을 담당하신 분은 아직 젊은 여성이었다. 각 분야에서 정열적으로 일하며 대단한 실적을 남기는 여성은 무척 많다. 이 분도 그런 사람들 중 한 사람이었다. 끈질기고 타협하지 않으며 빈틈없이 업무를 처리했다.

내가 수업의 주제로 생각한 것은 '물음표를 떠올리는 것의 소중함'이다. 의문을 가지지 않으면 그걸로 끝인 일도 조금 고개를 갸웃하다 보면 생각지 못한 진실이 보이는 경우가 있다. 여러 발명과 발견도 그런 마음의 움직임에서 생겨난 것이다.

옛날이야기의 패턴 중 하나로 이러한 것이 있다. 여행자가 묵기로 한 집에서 "이 방만큼은 절대로 엿봐서는 안 돼", 혹은 "이

서랍 속만큼은 절대 열어 보면 안 돼"와 같은 경고를 받는다는 것이다. 이런 종류의 이야기는 동서를 막론하고 있는데 그만큼 매력적인 패턴이기 때문이다. 거기에서 "여행자는 고분고분한 사람이었기에 분부를 거스르지 않고 그 방을 엿보지 않았습니다. 끝"이 되면 듣는 사람은 어떨까. "경사 났네, 경사 났어"가 아니라 스트레스가 쌓일 게 틀림없다.

'물음표'를 떠올리면 그 수수께끼를 해결하고 싶어지는 게 인지상정이다. 거기에서 문을 열거나 서랍을 여는 '능동적인 행위'가 생겨난다. 불편하다고 여기는 마음이 발명의 어머니라고 한다. 거기서부터 '곤란한데, 어떻게든 해소할 수 있는 방법이 없을까'라는 물음이 생겨나기 때문일 것이다. 다만 '불편하네' 하고 침울해할 뿐이라면 사람은 앞으로 나아갈 수 없다. "글쎄, 뭔가 좋은 방법이 없을까?" 하고 의문의 형태를 취하는 것에서 첫발을 내디딜 수 있다. 인류를 진보로 이끈 여러 발명·발견도 이렇게 물음표를 떠올리는 마음 덕분이 아닐까.

바쁜 듯 지나치는 평소의 길, 평소 생활 속에서도 그러한 '물음표의 씨앗'은 굴러다니고 있다. 그것을 발견하는 유연한 마음을 갖는다면 결국엔 타인을 배려하는 마음으로도 이어질 것이다. 대략 이런 것을 수업의 주제로 생각했다.

실제로는 이 내용을 30분 안에 소화할 수 있도록 정리해야 한다. 방영된 방송은 어린이들이 일상의 수수께끼로부터 자기 나름의 이야기를 만들어 내는 형태가 되었다. 어디까지나 주역은 아동이다. 내가 말하는 장면은 줄이는 편이 좋다. 나는 편집에 전혀 이의가 없었다. 그것과는 별개로 모처럼 이 기회에 방송에서 사라진 부분, 나 스스로도 몇 개월 지나면 잊어버리게 될 것들을 기록해 두려고 한다.

촬영 첫째 날은 마을 안에서 '물음표'를 찾았다. 텔레비전에서는 신사 기둥문을 보러 가는 장면이 나왔는데, 그 후에는 이런 일도 있었다.

내가 태어나 자란 마을에는 후루토네강이 흐른다. 그 강변으로 아이들과 함께 갔다. 하늘은 기분 좋게 맑게 개어 있었다. 이쪽 편은 주택지이다. 줄지어 걸어간 강 건너편에는 키 큰 나무 몇 그루가 나란히 줄을 서 있다.

"이런 곳에 나무가 심어져 있네."

"네!"

"저기만, 게다가 같은 간격으로 자라는 걸 보면 사람이 심어서 그런 거겠지. 왜 여기에다 심었을까."

"예쁘니까, 꽃구경하라고요."

"과연. 이쪽 물가에는 벚꽃나무가 있네. 주택가라 사람들도 오고 가고. 예쁜 벚꽃이 피면 사람들이 기뻐하겠지. 하지만 저편은……"

"논."

"그래. 저쪽에는 집도 없고, 사람들이 오고 가지도 않아. 저기에 저건 벚꽃이 아니야. 꽃도 피지 않아."

다음에 수업에서 배운 단어가 나왔다.

"그럼, 방풍림."

"저쪽밖에 없는데 그걸로 방풍림 역할을 하기에는 수가 너무 적어. 논을 지키려면 더 많이 심어야겠지."

아이들은 고개를 갸웃거리며 교실로 돌아왔다. 나는 니가타의 논 풍경 사진을 보여 줬다. 논 사이에 같은 간격으로 서 있는 나무들이 찍혀 있었다.

"비슷하네."

"정말."

"이건 하자키(ハザ木)라고, 사진 속에 남은 옛 일본 풍경이야. 지금은 베어 낸 벼를 기계로 건조해 버리지. 옛날에는 논에 이렇게 가로수를 심었어. 그 사이에 횡목이나 대나무를 놓아 벼를 펼쳐 놓고 말렸다고 해. 예전에 나는 강 건너의 나무를 보고 왜, 무엇을 위해 심은 걸까 생각해 본 적이 있어. 그러다 줄곧 잊고 있었지. 하지만 니가타에 가서 이 풍경을 본 순간, 앗 하고 놀랐어. 후루토네강 근처 논에 있는 가로수도 아마 옛날에는 하자키였을 거라고 깨달은 거지. 산책할 때에 가졌던 의문에 대해 몇 십 년도 더 지나 답을 얻게 돼 기뻤어."

"정답을 찾았네요."

"정답이 뭔지는 몰라. 하지만 중요한 것은 그런 식으로 '물음표'를 떠올리는 마음을 갖는 거라고 생각해."

나는 활달한 아이 한 명을 앞으로 나오게 했다.

"그 자리에서 뛰어올라 보겠니?"

아이는 일단 쭈그렸다가 곧 뛰어올랐다.

"자, 이번엔 무릎을 굽히지 말고, 그냥 선 채로 해볼래?"

잘 되지 않는다.

"뛰어오를 수 없지. 무릎을 구부려 뛰어오를 준비를 하는 게 물음표를 떠올리는 것 아닐까. 의문이 있으니까 발견이 있고, 놀라움이 있고, 깨달음이 있지. 물음표를 품는 마음이 깊을수록 마음은 다양하게 뛰어오르는 방법을 만들어 낼 수 있어."

첫 번째 날에는 이런 대화를 했다.

이어서 두 번째 날. 나는 판다 가면을 만들어 갔다. 하얀 판지에 검정색 매직으로 얼굴을 그린 단순한 가면이었다. 인사 후, 곧바로 그 가면을 꺼내 얼굴에 댔다.

"자, 이게 뭘까?"

아이들은 "판다, 판다!" 하고 목소리를 높였다. 그렇게 말하면서도 각자 '물음표'를 그렸을 것이다. 여기서의 의문은 물론 '무슨 가면인가'가 아니다. '왜 내가 저런 걸 꺼내 들었을까'이다.

나는 가면을 벗고 말했다.

"그렇지. 판다야. 어제는 일상생활 속에서 눈에 띄는 신기한 것에 대해 여러모로 생각해 봤지. 옆 동네 풀숲에 있는 작은 신사 기둥문. 강 건너편 논 앞에 같은 간격으로 늘어서 있는 가로수. 그런 것들은 마음에 두지 않으면 그대로 스쳐 지나가 버려. 멈춰 서서 '저건 뭐 때문에 있는 걸까' 하고 생각하다 보면 거기에서 수수께끼가 생겨나고 해결책도 생겨나지. 그러한 행동은 무척 소중하다고 생각해."

판다 가면을 모두에게 보여 주며,

"어느 날 아침 텔레비전에서 이런 뉴스를 한 적이 있어. 우에노 동물원의 판다에 대한 거였어. 판다가 기운이 없어서 사육사는 고민에 빠졌어. 지금까지 판다는 시간이 되면 먹이를 배급받고 그걸 먹고는 잠들었어. 간단히 말하면 매일 뒹굴뒹굴했던 거지. 사육사는 죽통에 구멍을 뚫고 먹이를 넣어 둬 봤어. 판다는 처음엔 무슨 일인가 싶었는지 냄새를 맡았지. 통 속에서 먹을 것 냄새가 났어. '먹을 거다!', 하지만 통 속에 들어 있어. 판다는 어떻게 하면 꺼낼 수 있을지 궁리하기 시작했지. 흔들어도 보고, 손발로 붙잡아 쓰러뜨려 보기도 하고. 그러다보니 안에 들어 있던 먹이가 밖으로 나와 먹을 수 있었어. 그렇게 먹이를 주기 시작했더니 판다는 점점 건강해졌다고 해. '좋은 이야기네'라고 생각했어. 그저 먹고 잠만 자는 게 아니라 의문을 해결하려고 하는 것은 몸에도 좋은 법이구나!"

이것이 그날의 도입부였다. 이런 부분까지 넣으면 30분으로는 모자란다. 그뿐만이 아니다. 이 부분은 나의 강의로 쓰이기도 했다. 방송 포인트는 아이들을 어떻게 움직이게 하는가이고, 움직이고 있는 아이들을 바라보는 일이다. 그런 의미에서 이 부분도 내 이야기가 길었던 탓에 편집될 수밖에 없었다.

거기에서는 이런 것도 했다. 내 소설에서도 나오는데, 아이들에게 각자 '좋아하는 말, 싫어하는 말'을 고르게 했다. 예상대로 다양한 말들이 나왔다. 그 말들을 커다란 카드에 쓰게 한 다음, 그 카드를 칠판에 늘어놓았다.

"좋아하는 말, '돈'이라고 쓴 사람이 있네."

모두 웃음이 터졌다.

"돈은 무척 소중한 거니까. 하지만 재밌는 건 '돈'이라고 쓴 사람이 곤란한 때 빌려 줄지도 몰라. '돈'의 소중함을 아는 사람이 반드시 구두쇠라는 법은 없어."

몇 가지 예를 들었다.

"여러 가지 말들이 나왔는데 같은 사람에게 내일 물어보면 또 다른 답을 낼지도 몰라. 그게 살아 있는 인간이지."

거기에서 갑자기 준비해 두었던 종이상자를 가리켰다.

"자, 여러분이 사는 집이 이렇다면 어떨까. 이 상자처럼 창문이 하나도 없다면."

"싫어요"라는 목소리가 일제히 퍼졌다.

"그래. 그럼 반대로 전부 유리벽인 집이라면 어떨까. 화장실도, 욕실도."

"못 살아요."

"그렇겠지. 빛이 전혀 안 들어와도 안 되고, 전면 유리벽도 안 돼. 그런 집에서는 살 수 없어. 인간이란 이런 집 같은 거라는 생각이 들어. 자신을 전혀 보여 주지 못해도 괴롭고, 전부 보여 줄 수도 없지. 오늘 쓴 '좋아하는 말, 싫어하는 말'이라는 건 너희들이 열어서 보여 준 하나의 '창'이라고 생각해. 들여다보면 '아아, ○○이는 이런 사람인가' 하고 아주 조금 보이지."

칠판에 나란히 놓은 카드를 가리키며,

"언제나 같은 '창'이 열리라는 법은 없어. 한 번 더 열면 다른 답이 돌아올지도 몰라. 1년 후에 열면 또 확 달라져 있을지도 모르지. 어쨌든 무언가를 묻는다는 것은 '그 사람'이라는 집의 문을 노크하는 것과 같아. 열린 창은 말만 가리키는 건 아니야. 표정이나 모습이 창이 되기도 하지. 평소 활기찬 누군가가 풀이 죽어 있을 때, 그 모습을 보고 '물음표'가 그려지면 '무슨 일 있어?' 하고 물어보게 되겠지."

어려워하는 것 같았지만 아이들은 고개를 끄덕이며 들어 주었다.

"내 자신에 대해 남에게 보여 주지 않는 편이 마음 편할 때도 있지. 너무 무엇이든 터놓다가 후회할 때도 있어. 하지만 꽁꽁 싸매고 있는 것도 괴로운 일이야. 창을 통해 약간 빛을 들이고 싶어 하는 마음과 닮은 것 같지 않아? 그래서 친구가 아주 조금이라도 마음의 창을 열었을 때, 아무 생각 없이 지나칠 수도 있겠지. 하지만 알아챈다면 무언가 보일지도 몰라. 그런 게 소중하다고 생각해. 이 세상에는 신기한 일이 많지만 너희들 한 명 한 명, 즉 인간이라는 존재도 무척 커다란 수수께끼야."

아이들은 평소 아무 생각 없이 걷던 마을 안에서 '뒤집혀 있는 간판'이나 '주차장에 놓여 있는 보트' 혹은 '바깥계단과 이어져 있지 않은데 2층 벽에 붙어 있는 문' 같은 이상한 것을 발견해 냈다.

"일상생활 속에서 수수께끼를 찾아냈는데, 그것들을 찾아낸 너희들 자신도 커다란 수수께끼란다. 자기 자신조차 자신에 대해 전부 알 수 없지. 그런 게 아닐까. 그 수수께끼를 서로 보며 '물음표'를 떠올리는 마음도 소중하겠지. 마을도 그저 걸어 다니기만 하면 다양한 것들이 눈에 들어오지 않아. '보려고 하는 마음'이 없으면 사물은 보이지 않아. 똑같은 일이야. 누군가가 힘들어할 때 그걸 눈치 채는 마음이 있으면 '아무개가 힘든 일이 있는 게 아닐까?' 하고 생각하게 되지. 그런 마음을 갖는 게 소중한 일 아닐까."

이걸로 수업도 곧 끝이다.

"자, 그럼 모두가 골라 준 '좋아하는 말' 중에 가장 많았던 말은 뭐였을까?"

이렇게 질문해 보았다. 아이들이 알 리가 없다. 모르니까 '물음표'를 떠올리고, 다음이 듣고 싶어진다.

"그건, '고마워'였어."

아이들에게 그 말을 네모난 큰 카드에 쓰게 했다. 곧 칠판은 아이들이 좋아하는 '고마워'로 가득 메워졌다.

"이틀간 무척 즐거웠어요. 이 말을 여러분에게 이 수업의 마무리 말로 하고 싶습니다. 고마워요."

이런 식으로 촬영은 끝났다. 이 부분은 방영되지 않았다. 방송 시간이 한정되어 있고, 나만 이야기를 했기 때문이다. 방송 성격 상 아이들과의 대화나 아이들이 활동하는 부분을 중시해야 한다. 실제로 아이들은 생생하게 반응해 주었다. 이야기를 만들어 가는 데에 있어 나의 약간의 조언에 부응해 감탄할 정도의 전개를 보여 주었다.

학교에서 하는 실제 수업도 강의식으로 진행하는 부분과 아이들이 직접 하는 부분으로 나눠질 것이다. 양쪽 모두 빠뜨릴 수 없는 중요한 요소이긴 해도 선생님의 이야기로 수업을 정리해 버리는 것에 비해 아이들을 움직이게 하고 아이들 스스로 깨달아가게 하는 것은 몇 배, 몇 십 배 손이 많이 가고 어려운 일이다. 예정된 결론에서 벗어나 미로에 빠지게 되는 경우도 많을 것이다. 게다가 수업은 시간이 제약되어 있어 스케줄이 정해진 여행처럼 일정 시간까지 어느 곳에 도착해야만 한다.

여러 형태로 매일의 수업에 대해 궁리를 거듭해 노력하고 있는 학교 선생님들께 새삼스럽게 머리를 숙이게 되었다.*

---

* 9장의 글은 『사이타마 교육』(사이타마 현립 종합교육센터 발행) 2005년 10, 11, 12월호에 「또 하나의 '어서 오세요 선배님'」 및 그 속편 형태로 연재했다.

10.
독자적인 표현 — 편애와 집착

쓰카모토 구니오의 순편소설

앞서 사토미 돈의 「동백꽃」에 대한 수업을 진행했다. 사실 그때 「동백꽃」 외에 짧은 이야기 몇 편을 더 검토했다. 그 중 쓰카모토 구니오[1]의 순편(瞬篇) 「낮 사랑」(晝戀)이 있었다.

단카 시인 쓰카모토 구니오의 소설을 읽은 사람은 의외로 적다. 이 작품은 『사랑 롯퍄쿠반우타아와세 — '사랑'의 사화대위법』(戀 六百番歌合 — '戀'의 詞花對位法)[2]에서 발췌했다.

쓰카모토는 먼저 와카를 배치한다. 그에 대한 비평과 주석이

---

1) 1920~2005, 단카 시인. 쓰카모토는 스스로 엽편소설을 '순편소설'이라고 불렀다.
2) 우타아와세(歌合)는 단카 시인이 좌우로 편을 갈라 정해진 제목에 따라 노래를 읊은 다음 승부를 가리던 문학유희를 가리킨다.[옮긴이]

있고, 이어서 쓰카모토가 지은 순편이 대치되어 마지막에는 반가(反歌)에 해당하는 시가 붙는다.

그 중 순편과 시만 발췌했다. 그야말로 생선의 왕을 반쪽으로 만들어 헤엄치게 하는 것과 다를 바 없는 폭거이리라. 하지만 교실이라는 수조의 창에서 언어라는 물고기가 생생하게 파닥거리는 모습을 보여 주기에는 이게 가장 적절하다고 생각했다. 뒤에 실은 작품이 「낮 사랑」이다. 이 순편의 이른바 기점이 된 것이 다음의 후지와라노 아리이에의 와카이다.

구름이 되고 비가 되리라
공허한 꿈처럼 보이는 밤은 되지 않을지라도

이 와카에 촉발되어 쓴 것이 다음의 순편소설 「낮 사랑」이다.

낮 사랑

겨울 종달새 우는 소리가 들린다. 겨우 젖먹이 아기의 머리카락 정도도 자란 보리밭에서 때때로 화살처럼 중천으로 떠올라 잠깐 머물다 쏜살같이 떨어진다. 그 날카로운 절규가 세이코에게는 상쾌하게 들린다. 이제 한 시간 정도 있으면 완성될 군청색 재킷을 무릎에 올려놓고 재킷 어깨 근처에 대바늘을 푹 하고 찔러 둔 후, 그녀는 꾸벅꾸벅 눈을 감는다. 이제 두 시간만 지나면 다쓰다가 공항에 도착한다. 모든 수속을 마치고 이쪽으로 직행한다는 소식은 받았지만 아마 저녁 시간이 다 되어 도착하겠지. 아내 다쓰코의 입원 수속은 일단 사전에 교섭도 마쳤으니 그다지 손이 가지 않는다. 세이코도 많이 변한 여동생의 얼굴을 꼭 보고 싶다고는 생각했지만 그것은 나중의 즐거움으로 남겨 두자.

차분하게 이야기하고 싶은 게 있다고 한다. 이제 와 무슨 할 이야기가 있을까. 대충 짐작은 가지만 세이코에게는 귀찮을 뿐이었다. 하지만 홍차라도 우리며 그의 한탄하는 모습을 찬찬히 감상하는 것도 재밌겠지.

다쓰다는 2년 전 동생 다쓰코와 결혼식을 올린 후 신혼여행을 겸해 바그다드에 부임했다. 이곳에 있으면 성가신 일도 있었고, 세이코로서도 두 사람이 모습을 감추는 건 바라 마지않는 일이었다. 그 후 동생으로부터 엽서 한 장 오지 않았지만 그 대신 다쓰다는 빈번하게 소식을 전했다. 바스라, 테헤란, 혹은 티그리스 강가의 모 호텔, 옛날 옛적 천일야화에서 본 이후 잊고 있던 지명이라 세이코는 그곳이 어딘지 전혀 짐작도 가지 않았다. 어디가 사우디아라비아인지, 어디쯤부터 방글라데시인지, 정치 상황이 어떤지도 그녀에게는 전부 오리무중, 석유회사의 해외 파견 직원의 생활 또한 상상할 수 없었다. 그 잔꾀만 많고 참을성 없는 동생이 잘도 일 년 넘게 쓰러지지 않았다 싶었다. 세이코의 계산으로는 석 달 정도에 끝날 일이었다.

사정에 따라서는 세이코야말로 그 아라비안나이트의 풍경 속에서 살게 되었을지도 모른다. 눈에는 눈이라는 가르침을 이쪽에서 먼저 받아 지금 넋을 잃고 졸고 있을 수 있는 것도 역연(逆緣)이지만 알라 신의 뜻인지도 모른다.

동생을 더 이상 괴롭힐 일도 없다. 다쓰다도 경솔했다. 그리고 세이코도 마음을 접었다. 게다가 동생을 부추겼던 어머니는 이제 없다. 그 시절 보리밭은 이미 수확을 마쳐, 쌓여 있던 보릿짚에서 아지랑이가 피어올랐다. 점점 세차게 울리는 여름 종달새 우는 소리가 어두운 나무 그늘에서 들려왔다. 알고 지낸 지 석 달 되던 때, 처음 집에 오는 다쓰다를 맞이하기 위해 세이코는 아침 일찍부터 응접실을 청소하고, 꽃꽂이를 새로 바꾸고, 다과를 준비하며 안절부절못하며 들떠 있었다. 어머니와 동생은 그 모습을 힐긋 보며 전혀 도와주지도 않고 무슨 일인지 이마를 맞대고 소곤거리며 이따금 요란스러운 웃음소리를 냈다. 세이코는 딱히 신경도 쓰지 않았다. 철이 들었을 무렵부터 이미 익숙해졌다. 피를 나눈 두 딸 중 언니를 꺼리며 동생을 편애하는 심리도, 애써 추측해보자면 이해 못할 것도 아니었다.

20년 전 어머니 가즈는 젖먹이 아기였던 세이코를 데리고 이 집에 시집 왔다. 과거는 묻지 않고 모녀를 함께 받아들인 건 돌아가신 시아버지의 도량이 넓었던 탓도 있지만 가즈의 미모도 꽤 주효했을 것이다. 바로 다쓰코가 태어났다. 아버지는 차별 없이 사랑해 주었지만, 어머니는 세이코를 볼 때마다 자신을 버리고 도망친 첫 남자를 떠올리며 무턱대고 분풀이를 했다. 그게 두 번째 남편에 대한 의리라고 착각한 듯하다. 자매가 고르게 아름답게 장성하니 아버지의 애정도 미묘하게 변화했다. 열일곱 살 세이코 와 열다섯 살 다쓰코를 비교하며 찬찬히 바라보는 아버지 눈의 한쪽은 확실히 여자를 보았고, 한쪽은 틀림없이 자기 딸을 보고 있었다. 세이코가 덜컥할 정도니 가즈가 눈치 채지 못할 리 없다. 어머니는 세이코를 연적으로 의심하기 시작했다. 오십도 되지 않 아 아버지는 지병인 심장질환으로 자리보전을 하게 되었지만 병 상을 지키던 세이코를 그녀는 늘 증오를 담아 노려보았다. 장사 를 지낸 후 마음이 진정되기는커녕 세이코야말로 평생 재앙의 근 원이라고 여기는지 사사건건 소외하며 혐오했다. 다쓰코는 굳건 한 동맹자이자 유력한 가담자였다. 감정적으로 불안정한 두 사람 에 비해 세이코는 더없이 냉정하게 일상다반사에까지 미친 괴롭 힘을 상대도 하지 않고 슬슬 피하며, 때로는 역으로 반격해 울상 짓게 만들었다. 그게 더욱 어머니의 증오를 부채질했을 것이다. 세이코의 아름다운 옆얼굴은 냉전으로 인해 시퍼렇게 날이 서 점 점 냉랭해졌고, 다쓰코의 어리광 어린 눈과 입술에는 가즈의 편 애로 진한 안개가 꼈다.

여름 종달새가 지저귀던 일요일에 세이코는 자신이 고른 애인을 두 사람에게 과시할 속셈이었다. 준비를 완벽하게 끝내고 그녀 는 경대 앞에 앉아 화장을 하기 시작했다. 땀이 밴 얼굴을 정돈하 기 위해 아스트린젠트 파운데이션을 손에 덜어 빠르게 얼굴에 바 르던 순간, 이상한 냄새가 나며 숨이 멎을 듯한 작열감이 뺨에서

이마로 올라왔다. 병을 던지고 곧바로 젖은 거즈로 닦아냈지만
이미 늦어 얼굴 한쪽은 화상으로 물집이 생겼다. 그러고 보니 아
까까지 웃음소리가 나던 거실에 뛰어들었지만 둘의 모습은 보이
지 않았고, 물이 든 주전자가 부글부글 끓고 있었다. 세이코는 숨
을 헐떡이며 가까운 피부비뇨과 의원으로 달려가 휴진 중인 여의
사에게 사정사정해서 응급 처치를 받았다. 묽은 염산이라 일주일
정도면 낫겠지만 조금만 더 진했다면 얼굴이 엉망진창이 될 뻔했
다는 말을 듣고 풀썩 주저앉아 버렸다. 때마침 비어 있던 병실에
누워 리바놀 냉찜질, 얼굴은 진한 황색 거즈로 덮여 이렇게 되면
다쓰다가 집에 오는 게 문제가 아니라 그에게 연락할 방도도 막
힌 거나 다름없다. 이를 갈며 그녀는 신신당부해 닷새 동안 그 입
원실에 머물며 일단 염증이 가라앉은 후에 집으로 돌아갔다. 두
사람은 천연덕스러운 얼굴로 꽤 긴 여행이었구나 하고 모르는 체
하며, 다쓰다의 다 자도 입에 담지 않았다. 다음날 그에게 전화를
해보니 출장 중이었다. 돌아오면 곧바로 연락해 달라고 동료인
듯한 사람에게 부탁해 두었지만, 그것을 마지막으로 한 달 동안
감감 무소식. 다쓰코는 초여름의 화려한 원피스 옷자락을 휘날리
며 매일 들떠 놀러 나갔고, 가즈는 늦은 밤까지 휴대용 금고를 옆
에 끼고 주판을 두들겼다.

팔월 초순의 어느 일요일, 아침부터 다쓰코는 공들여 치장했고,
주방에서는 어머니가 신명나게 요리를 하고 있었다. 손님이라도
오냐고 물으니 드물게 만면에 미소를 띄우며 오늘은 그 아이의

혼약 기념, 식도 시월에 하기로 했다는 의외의 발표를 했다. 상대는 이제 곧 온다고 한다. 직접 보는 재미로 남겨 두자며 두 사람은 얼굴을 마주보며 다시 자지러지게 웃었다. 불길한 예감을 억누르며 세이코는 거실로 돌아왔다.

다쓰코의 상대가 다쓰다임을 알게 되는 데에는 한 시간도 걸리지 않았다. 얼굴을 보지 않고 현관에 들어설 때의 목소리만으로 세이코는 모든 걸 알 수 있었다. 아무렇지도 않다는 듯 태연하게 소개하는 가즈 앞에서 다쓰다는 우뚝 서 있었다. 용맹한 얼굴은 새파랗게 변했고, 커다란 눈이 휘둥그레져 연달아 질문하는 그에게 세이코는 미소 지으며 술술 대답했다.

"말 그대로 처음엔 절망했어요. 어찌됐든 화장실용 염산을 얼굴 한쪽에 뒤집어썼으니까요. 하지만 요즘엔 성형 기술도 발전해서 겨우 회복했어요. 혼약 축하해요. 식이 끝나면 그대로 쿠웨이트로 가시겠네요. 저는 아직 얼굴이 굳어지고 땀이 나서 화장이 지워지면 상처가 보이니까 여기에서 실례할게요."

다쓰다는 반신반의한 채로 세이코의 뒷모습을 바라보았다. 만약 배후에 어떤 계략이 있었다고 한들 이제 육창십국(六菖十菊),[3] 세이코의 여동생인 다쓰코와는 일주일 전 결혼한 것과 다름없는 사이가 되어 버렸다. 짓무른 얼굴을 부끄러워한 언니는 한 발짝

---

3) 창포는 5월 5일, 국화는 9월 9일이 제 명절인데, 5월 6일과 9월 10일은 그 다음 날이므로, 기회를 잃었다는 것을 비유하는 말.[옮긴이]

도 밖으로 나가지 않는다. 성형수술을 해도 나을지 어떨지 모르겠다며 슬픈 얼굴로 다쓰코가 말했던 게 한 달 전, 전부터 멀리서나마 보면서 당신을 좋아했다고 가슴에 얼굴을 묻었던 게 열흘 전, 가즈가 밀고 들어와 억지로 혼약을 밀어붙인 게 닷새 전, 이제 뒤로 물러설 수 없다.

계략을 꾸민 어머니와 딸은 아마 세이코가 반미치광이가 되어 폭로 전술을 쓸 것도 계산해 두 번째 함정을 팠고, 두 번째 함정을 위한 교묘하고 악랄한 대응책도 준비해 두었지만 의외의 마지막 모습에 도리어 섬뜩한 기분이 들어 결혼까지 두 달 남았을 때에는 간살스러운 목소리로 비위를 맞추는 한편, 만일 복수라도 당할까봐 다쓰코를 연립주택 한 칸으로 옮겨가게 했다.

결혼식에는 물론 갈 생각도 없었고 와 달라는 말도 없었고, 집에 틀어박혀 형형하게 눈을 빛내던 세이코는 저녁 때 거나하게 취한 발걸음으로 여자답지 못하게 비틀거리며 들어온 가즈에게 물 한 컵을 마시게 하고 날이 저물기를 기다렸다. 주변이 어두워진 후 2층 층계참에서 상황을 엿보니 여자답지 못한 코고는 소리, 세이코는 계단에 납석(蠟石) 가루를 넉넉하게 발랐고, 네 번째 단까지는 난간에도 기름을 바른 후 밑으로 내려왔다. 프라이팬에 찻잎을 수북하게 담아 가스 불을 켜고, 이윽고 자욱하게 피어오른 연기를 선풍기를 이용해 2층으로 올려 보낸 후 계단 중간쯤에서 큰 소리로 "어머니, 불났어요. 큰일이네, 밑에는 불바다예요!" 하고 외쳤다. 잠이 덜 깬 눈인 가즈는 당황해 부산을 떨며 방을 뛰쳐나

가다 완전히 뒤집혀 계단에서 굴러떨어졌다. 한순간의 참사, 머리를 다친 그녀는 입에서 거품을 물며 마지막 숨을 할딱이고 있었다. 세이코는 오른발로 힘껏 가즈의 얼굴을 자기 쪽으로 돌려 죽음이 머지않았음을 확인한 후에 환기통을 돌리고, 계단과 난간을 뜨거운 물로 공들여 닦아 내고, 카메라로 사진을 한 장 찍은 후 천천히 구급차를 불렀다.

그 후 2년, 올해 종달새 소리는 특히 날카롭다. 그 일이 있은 후 한 달에 한 번 반드시, 가즈가 임종할 무렵의 무시무시한 형상의 사진과 묽은 염산이 든 화장품을 다쓰코에게 소포로 보냈다. 이런 일을 당하는데 우울해지지 않는다면 그게 더 이상하다. 다쓰다가 요즘 보내온 편지에 의하면 종일 입을 떡 벌리고 뭔가 헛소리를 해댄다고 한다. 대마도 한도 이상으로 즐기고 있는 모양이다. 세이코는 완전히 의욕이 떨어져 요즘엔 다쓰다에게도 흥미가 사라졌다. 폐인이 된 여동생의 후처가 되어 달라며 다시 한 번 구애하려는 생각인 걸까. 세이코는 하얀 분을 걷어 낸 아름다운 얼굴을 일그러뜨리며 창을 열었다. 종달새는 비명과 닮은 소리를 쥐어짜며 하늘에서 일자로 낙하했다.

내 마음을 텅 비게 하지 마라 사랑이여
가지꽃에 보랏빛 빗방울
앞이 보이지 않는 내 사랑
구름의 감옥에 갇혀

하룻밤의 꿈도 물거품 같은 사랑

모두 거짓의 바람

들보 위에 먼지 흔들리는 사랑

『시취감감』

쓰카모토 구니오의 글에 대해서는 호오가 갈립니다. 나는 「낮
사랑」처럼 딱딱한 글도 좋아합니다. 반대로 찰진 일인칭도 취향
입니다. 딱딱하면 뭐든 좋은 것도 아니고 반대되는 것 또한 물론
그렇습니다. 좋은 것은 동서남북, 다양한 곳에서 찾을 수 있는
법입니다. 젊은 여러분 중에서도 쓰카모토의 글이 마음에 든다
는 사람은 생각보다 있었네요.

단카 시인이니까 당연하다고도 말할 수 있지만 쓰카모토는
표기를 중시했습니다. 그가 쓴 것을 보는 것만으로 이미 알 수
있지만, 직접적으로 그 점을 확인할 수 있는 글이 있습니다.

이게 『시취감감』(詩趣酣酣)이라는 책입니다. 옅은 남색 표지
의 책입니다. '감감'이라는 말은 '술을 즐기며 마음이 느긋한 모
습이며, 한편 꽃이 만발한 모양을 의미해 봄의 절정에 이른 모
습'을 뜻하기도 한다고 합니다.

쓰카모토 씨는 박람강기라는 단어가 겁을 먹고 도망갈 정도
로 와카 단카 이외의 책이나 글에 대해서도 많은 논의를 하고 있
습니다. 이 책도 그런 책 중 한 권입니다.

그다지 괴롭지 않은 병으로 잠시 누워 있을 때 읽고 싶어지는 책이 있는데, 이 책이 그렇습니다. 책 자체가 그렇게 무겁지 않아요. 하지만 내용은 깊고 넓습니다. 이 중에서 가키노모토노 히토마로[4]에 대해 이야기하는 부분이 있습니다.

히토마로가 지은 와카의 눈부시도록 아름다운 만요가나(萬葉假名)[5] 표기에 대해서는 일찍이 형안(炯眼)의 선비가 시사하는 부분이 있었다. 웅장하고 아름다우며 난해한 한자를 우아하고 유창한 고유어로 훈독하는, 그 복잡하고 유쾌한 기쁨을 맛보는 것이 만요 감상의 핵심인데, 최근 특히 색다른 선율과 억양으로 읊조려 들려주는 것을 자랑으로 삼는 분별없는 사람이 나타난 것도 모자라 그것을 또 분별없이 어중이떠중이가 추종하며 듣고 있다. 히토마로가 알게 된다면 구토할 일이다.

"웅장하고 아름다우며 난해한 한자" 같은 건 어찌보면 당연한 말이지요. 하지만 "그 복잡하고 유쾌한 기쁨을 맛보는 것이 만요 감상의 핵심인데, 최근 특히" 같은 부분은 어때요, 유쾌한 가요? 고어 마니아? (웃음)

---

4) 가성(歌星)이라 불리던 만요슈의 대표적인 단카 시인.
5) 히라가나와 가타카나가 만들어지기 전, 한자의 독음과 뜻을 기록하기 위해 차용했던 문자.[옮긴이]

만요가나에 대해서는 고등학교에서 배웠죠. 아주 옛날에는 일본어를 표기하려고 해도 문자가 없어서 한자로 표기했습니다. 얼핏 보면 꼭 암호 같습니다. 어떻게 읽어야 하는지 많은 사람들이 연구했죠. 그 성과로 읽는 법이 대체로 정해져 있습니다. 현대를 사는 우리들은 그 방식에 따라 읽고 있는 것입니다. 고전 전집 등에 만요가나 표기도 실려 있습니다만 그걸 보고 읽는 분은 나마하게[6] 모습을 하고 있는 사람 정도로 드물 겁니다.

하지만 쓰카모토 씨는 한자와 독음의 더블 이미지에 만요의 아름다움이 있다고 생각했습니다. 이건 일반인은 이해하기 어렵죠.『만요슈』를 낭송해 친숙하게 만들어 많은 사람에게 알리는 것은 또 다른 움직임입니다. 쓰카모토 씨는 격하게 부정합니다. 저의 은사도 비판적이었습니다. 하지만 그런 행동에는 또 다른 의미가 있습니다. 방향성이 다릅니다. 그렇게 만요를 알게 된 사람 중 훌륭한 독자나 창작자가 나올 수도 있으니까요.

표기에 대한 집착

쓰카모토 씨의 글은 이렇게 이어집니다.

이에 더해 목소리를 삼킬 만큼 아름다운 것은 아내에게 바치는

---

6) 아키타 현 태생의 요괴.[옮긴이]

만가(挽歌), 그 절절한 장가(長歌)의 종결부 '打蟬等 念之妹之 珠蜻 髣髴谷裳(이 세상 사람이라고 생각했던 사랑하는 아내가 주옥의 빛처럼 어렴풋하게도 보이지 않는다는 걸 생각하면)'이다. '珠蜻 髣髴谷裳' 부분을 히라가나로 술술 쓰면 탁음이 귀에 거슬려[7] 도무지 이 깊고 낭랑한 정취가 나지 않는다.

한자가 갖고 있는 이미지를 환기하는 힘과 일본어 음의 울림, 이것들이 손을 맞잡고 독특한 정취를 뿜어냄으로써 표현의 깊이를 느끼게 합니다.

아내를 향한 만가. 아내가 죽은 겁니다. 그래서 '타마카기루/호노카니다니모'. '타마카기루'라는 말은 마쿠라코토바(枕詞)[8]입니다. 요컨대 '어렴풋하게도 보이지 않는다'. 현대인인 우리는 후리가나[9]를 보고 읽는 겁니다. 하지만 이렇게 원전을 보면 이 '타마카기루(たまかぎる)'가 '주옥(珠玉)'의 '주(珠)', '잠자리(蜻蛉, 청령)'의 '청(蜻)'이라는 한자를 사용하고 있음을 알 수 있습니다. 이것을 보면 과연 그렇구나, 그래서 '타마카기루'라고 읽는구나! 하고 생각하게 됩니다. 그리고 '호노카니다니모(ほのかにだにも)'는 '방불(髣髴)'이라고 쓰며, 거기에 '곡(谷)', 그리고

---

7) '타마카기루/호노카니다니모'라고 발음.[옮긴이]
8) 와카 등에서 습관적으로 일정한 말 앞에 놓는 4~5음절의 일정한 수식어.[옮긴이]
9) 한자 옆에 읽는 법을 표기한 것.[옮긴이]

'裳裾(모스소, 치맛자락)'의 '상(裳)'으로 이어집니다.

쓰카모토 씨는 (책상을 치며) "이게 좋은 거야!" 하고 말하고 있는 겁니다. "이 앙상블이야말로 진정한 정취다"라는 말을 들으면 '그렇구나' 하고 생각하게 되고, '이 정취를 느낄 수 있는 사람은 얼마나 좋을까' 하고 부러워지기도 합니다.

전문적인 부분은 나도 잘 모릅니다. 히토마로 자신이 이 표기에 확실히 관여하고 있었는지 어떤지도 모릅니다. 하지만 그건 상관없습니다. 쓰카모토 구니오는 일본 고전의 이러한 표현을 사랑했고, 그래서 이렇게 말하고 있는 것입니다. 그게 핵심입니다. 지금은 그가 말한 것뿐만 아니라 말하는 '사람'인 쓰카모토 구니오 자체를 읽는 것이니까요.

그래서 "와카는 낭송해야 하는 것, 표기에만 공을 들여 가집 인쇄에 정자(正字)와 구자체(舊字體)를 함께 표기하는 등 편법을 쓰고 의기양양한 얼굴로 주장하는 이에게 정문일침으로서 히토마로를 다시 읽기를 추천하고 싶다. 겉멋이나 주정으로 그가 그런 표기를 시도하겠는가'라는 문장이 이어지는 것입니다.

말할 것도 없이 이것은 '겉멋이나 주정으로 내가 그런 표기를 시도하겠는가'라는 말과 다름없습니다. 자신의 주장을 드높이 선언하고 있습니다. 단카뿐만이 아니라 물론 다른 글에서도 그러합니다.

기억하나요, 「낮 사랑」은 프린트를 나눠 주고 내가 낭독했습니다. 이렇게 읽었으면 하는 선이 있었지만, 내가 읽는다고 그

선에 맞출 수 있나 하면 그렇지도 않습니다. '엉뚱한 선율과 억양으로' 읽었을지도 몰라 내심 창피하기도 했습니다만. 어쨌든, "저리 비켜, 내가 읽을 거야"라고 말하고 싶어지는 이유는 그렇게 만드는 힘이 한자의 자형에 있기 때문입니다. 이러한 집착에 고개를 갸웃거리게 되는 사람도 이 중에는 있을 겁니다. 나로서는 어떤 반응도 즐겁습니다.

꽃의 생사(生死)

이 책에서는 실로 다양한 예문을 인용하고 있습니다. 일본의 글에 한정되지 않습니다. 번역문인 경우에도 이나바 아키오가 번역한 챈들러나 가와시마 히데아키가 번역한 이탈리아 작가 알베르토 모라비아의 글 등이 다양하게 나옵니다. 권할 만한 책입니다.

나는 다양한 사람이 이야기하는 것을 듣는 걸 좋아합니다. 일전에 하이쿠 시인 가네코 도타 씨 등이 낭독 후 정담을 나누는 모임이 있어 다녀왔습니다. 그곳에서 가네코 씨는 쓰카모토 구니오를 어떻게 생각하는지에 대한 질문을 받았습니다. 가네코 씨는 쓰카모토 구니오를 싫어한다고 했는데, 이유를 물으니 "쓰카모토 구니오 작품의 꽃은 모두 죽어 있기 때문"이라고 답했습니다. 재밌죠. 대체로 '무엇무엇에 대해 말한다'는 것은 그것을 통해 말하는 사람 자신을 말하게 됩니다. 가네코 씨도 '쓰카모토 구니오'를 통해 '가네코 도타' 자신을 말하고 있습니다.

이게 또 재밌었는데, 단카 시인에 대한 이야기니까 아마노 게이 씨에게도 어떻게 생각하는지 물어봤더니, "살아 있다고 생각해요. 만주사화(曼珠沙華)[10]도 그렇고……"라고 대답했습니다.

물론 '쓰카모토 구니오'와 '가네코 도타' 중 어느 쪽을 부정할 필요도 없습니다. 나는 만약 박제로 보인다 해도 '살아 있는 박제'도 있다고 생각합니다. 그게 표현의 힘이라는 것이겠죠.

---

10) 석산이나 피안화로 불리는 백합과의 다년생 꽃.[옮긴이]

11.
'만나는' 체험 — 창작과 공감

아마노 게이 씨, 다시 한 번

<u>기타무라</u> 앞서 말한 가네코 도타 씨의 이야기도 그렇습니다만, 누군가의 이야기를 듣는 것은 스릴 있습니다. 같은 시간 같은 곳에 이야기하는 사람과 자신이 함께 있다는 것입니다. 극단적으로 말하면 상대가 아무 말도 하지 않아도 좋습니다. 그저 같은 공간의 공기를 마시러 간다고 생각하며 누군가의 좌담회에 나가기도 합니다. 그렇게 참석하면 '무언가'를 받는 듯한 기분이 듭니다. 받을 생각이 없으면 안 되겠지만요. 오늘도 아마노 씨가 와주셨습니다. 복도에서 '빨갛다'에 관한 이야기[1]를 들었는

---

1) 이 원고를 읽을 때 아마노 씨는 그때의 대화를 기억하고 있지 않았다. 그리고 그리워했다. 글이 된 2년 전의 말로 '그때'가 되살아난다.

데요, 그것만으로도 충분히 만족스러웠습니다. 이 일을 아마노 씨는 어딘가에 쓸지도 모릅니다. 하지만 지금 이 귀로 듣는 것은 이 순간, 이 장소에 있지 않으면 불가능합니다. 잠깐 그 얘기를 해주세요.

아마노 아이에게 자장가를 불러 줬어요. 그랬더니 "빨개, 빨개[2]"라고 하는 거예요.

기타무라 왜 그랬을까요?

학생 "다시 한 번[3] 불러 달라고요."

기타무라 나도 그렇게 말했어요. 의미는 그게 맞습니다. 하지만 조금 달랐어요.

아마노 이를테면 밥을 먹을 때 제가 "더 줘?"라고 물으면 아이는 "더 줘"라고 말하죠. 그렇게 자장가를 부르고 나서 엄마가 한 말을 다시 말했던 거예요.

기타무라 그런 말을 했다는 것을 당사자——라고 말하면 좀 이상하지만, 아기는 물론 기억하고 있지 않아요. 엄마인 아마노 씨가 듣고, 이야기하고, 그게 여기 있는 여러분에게까지 전달되었습니다. 함께 이곳에 있지 않으면 전해지지 않습니다. 지금부터 그런 '여기만의 무언가'를 들을 수 있을 것 같습니다. 여러분이 쓴 칼럼은 아마노 씨에게도 보여 드렸습니다. 어떠셨어요?

---

2) '아카이, 아카이'라고 발음한다.[옮긴이]
3) '모 잇카이'라고 발음한다.[옮긴이]

아마노 인터뷰를 할 때 흐름이 별로 좋지 않았던 조도 있었기 때문에 걱정했어요. 하지만 다들 무척 글을 잘 써서 놀랐습니다.

기타무라 조에 따라 자료가 달랐습니다. 그 점에서 좋은 단어를 골라낸 조는 유리했습니다. 그러나 그것을 얼마나 효과적으로 사용하는지는 각자의 능력에 달려 있습니다.

공감에 대해

기타무라 아마노 씨에 대한 의문이라는 형태로 글을 쓴 사람도 있었는데요. 예를 들어 "단카를 짓기 시작한 동기가 도서상품권을 갖고 싶어서"였다는 부분이 있었죠. "정말 그랬나요?"라는······.

아마노 요즘 공원을 자주 가는데 '엄마 동지'가 생겼어요. 제가 스물세 살에 결혼하고 출산했다고 하면 "어쩌다 그렇게 젊은 나이에?"라고 물어봐요. 하지만 처음 만난 사람한테 그런 신상을 자세하게 설명할 수는 없어요. 그래서 "반해 버렸으니까" 같은 대답을 하죠. '도서상품권'에도 물론 그런 부분이 있어요.

기타무라 가볍게 유머러스하게 답하는 건가요.

아마노 처음 만난 사람에게 내면을 그대로 말하기는 힘드니까요. 연극을 한 적이 있었는데 그때의 경력과 연결시켜 대답을 하기도 했어요. 많은 사람과 함께 작업하는 연극에 비해 스스로 완결할 수 있는 단카를 추구했다······라는 식으로. 모두 거짓말은 아니에요. 하지만 답은 수없이 많습니다. 많이 듣는 질문이라 도서상품권을 갖고 싶어서라고 대답하면 간단하죠. 그런 의미에서는 편해요. 간파당해 버렸네요.

기타무라 '아마노 씨는 천진난만한 사람이구나' 싶습니다. 필자란 보통 사람이 아니니까 도서상품권이 갖고 싶었다는 것도 거짓은 아닐 겁니다. 하지만 갖고 싶은 사람 모두가 단카를 짓는 건 아니죠.

∞

기타무라 공원에서 아마노 씨의 가집을 읽던 여고생이 "맞아" 하고 말했다, 그런 모습을 보면 어떤 생각이 드는가, 기쁜가, 아마노 씨는 "천진한 '공감'을, 사실은 한 걸음 떨어져 보고 있는 건 아닌가" 하고 '의심'도 하게 된다고 쓴 사람이 있었습니다. (앞에 앉아 있던 학생을 향해 양손을 뻗으며), "너에 대해서는 전부 알고 있어!"

학생 헉!

기타무라 아, 미안. 그렇게 놀랄 줄은 몰랐네. 예를 든 거예요. 그런 소리를 들으면 유쾌하지는 않죠. "나는 그런 그물에 걸릴 인간이 아니야"라고 말하고 싶어집니다. 진짜 적나라한 마음은 좀처럼 타인에게 보이고 싶지 않은 법이죠. 하지만 한편으로는 보여 주고 싶은 욕구도 있는 법입니다. 그리고 나에 대해 알아준다면 기쁜 건 당연한 일입니다. 그러한 것과 작품에 대한 타인의

'공감'은 어떤 관계를 이룰까요.

아마노 동료 단카 시인들은 "공감을 사는 단카는 상품이다. 자신의 내면에서 끓어오르는 단카에 비해 수준이 낮다"는 말을 하기도 합니다. 하지만 이 문제에 대해 단카 시인 이외의 사람에게 지적받은 적은 없어서 놀랐습니다. 가집을 내기까지는 장애물이 높습니다. 편집자가 '팔린다' 즉 '많은 사람이 공감하겠지'라고 판단해야 합니다. 그렇게 되면 자기 작품 중에서 사람들이 '공감'할 만한 단카만을 선정하게 되기도 합니다. 하지만 공감을 염두에 두지 않은 게 사실은 90퍼센트 정도 있어요. 어렵네요. 저는 공감보다 공명(共鳴)을 좋아합니다. 작품과 상품의 경계에서 그러한 문제도 나오게 되는 거죠.

기타무라 똑같은 말을 판화가에게 들은 적이 있었습니다. 창작 일반이 품고 있는 문제라고 할 수 있죠.

∞

기타무라 다만 읽으며 '공감'하고 그로 인해 도움을 받는 일은 실제로 있습니다. 공감한다는 것은 혼자가 아니라는 것이고, 그게 책을 읽은 공덕이 되기도 합니다.

아마노 이 칼럼을 쓴 분은 어떻게 생각하세요? 한마디해 주세요.

학생 아마노 씨가 작품에 담은 것을 그러한 '공감'이라는 말만으로 끝내는 것은 좀 아니라는 생각이 들었습니다.

기타무라 그걸로 끝이라는 듯 생각이 멈추는 게 이상했군요. 이

노우에 야스시의 『공자』[4]가 나왔을 때 서점에서 여대생들이 나누는 대화가 잡지에 실렸습니다. "이 책 좋았어." "어땠는데?" "음, 확 왔어."── 대화가 '이걸로 끝이야?' 하는 거두절미의 느낌으로 잡지에 나왔습니다. 하지만 '말로 표현할 수 없지만 왠지 좋았다'……라는 감상은 모든 것의 기본에 있습니다. 그 감상은 소중합니다. 그게 없으면 시작할 수 없습니다. '가장 소중한 것은 사실 언어화할 수 없는' 면이 있습니다. 가슴에서 가슴으로 와닿는 것입니다. 제가 고등학생 시절 친구가 미술부에 들어갔습니다. 고등학생 시절은 가장 건방진 시기니까 "세잔 따위 아무것도 아니야"라고 실없는 소리를 했다고 합니다. 그러다 선배에게──고등학생 시절엔 선생님이 하는 말은 안 들어도 선배가 하는 소리는 들으니까요. 게다가, 이 사람이 나중에 야스이 상(安井賞)[5]인가도 타는 대단한 사람이었다고 하는데요── "너 어디어디 미술관의, 어디 벽에 걸린 세잔을 하루 보고 와라"라는 말을 들었다고 합니다. "네" 하고 보러 갔죠. 다음날 선배에게 머리를 숙였다고 합니다. "제가 헛소리를 했습니다. 세잔은 대단한 화가예요"라고 사과했다고요. 이건요, 그런 일을 하는 행위 자체에 대한 도취도 있겠죠. 그렇더라도 확실히 작품을

─────────────

4) 이노우에 야스시, 『공자』, 신초샤, 1989. 발매 당시 70만 부가 넘게 팔려 베스트셀러가 되었다.
5) 일본의 권위 있는 미술상. 신인 서양화가의 등용문으로 회화계의 아쿠타가와 상으로 불린다.[옮긴이]

보고 있는 동안 세잔으로부터 전달된 것이 있었을 겁니다. '깨달음'에 가까운 것은 '이것'이라고 언어화할 수 없습니다. 하지만 또 다른 문제로, 느낀 것을 언어로 표현하면 의미가 생성되기도 하는 법입니다. 서로 이야기하면 특히 그렇습니다. 자기 혼자라도 『공자』를 읽으며 '확 온' 내용을 반추하며 생각하다 보면 그것이 '더 확 오게' 되기도 합니다. 여러분은 어떤가요.

<u>학생</u> 저는 나쁜 사람이라 그런지 "맞아"라는 공감의 말보다는 "이런 걸 생각해 내다니"라는 말을 듣도록 앞서나가고 싶어요.

<u>기타무라</u> 과연. 하지만 만약 "맞아"라는 것이 '작가의 의도가 통했다'라는 의미라고 한다면 어떨까요. 작가의 의도는 생각보다 훨씬 통하기 어려워요. 그렇다고 해서 자신의 생각을 굽혀, 남이 알기 쉽도록 쓸 필요는 없습니다. 그렇게 하면 다른 창작물이 되고 맙니다. 무언가를 선전하려는 게 아니니까요. 또 필자의 의도대로만 읽히는 작품이라면 깊이가 없습니다. 그 경계도 창작의 재미겠지요.

왜 쓰는가

<u>기타무라</u> 왜 쓰는가에 대해서는 이러한 의견도 있었습니다. '쓰는 것은 고독한 작업'이라고. 하지만 자신은 '고독한 젊은이가 글을 쓰고 싶어 한다고 생각한다'고요. 아마노 씨의 말에 '젊은 사람에게 단카를 전파하기 위해' 단카를 짓는다는 부분이 있었

습니다. 하지만 실제로 창작에 뜻을 두고 있는 자신이 보기에는 그것이 훨씬 '고독'한 일인 것 같다. 아마노 씨는 정말 '단카를 전파'하고 싶어서 단카를 짓는 걸까, '그 내면에는 딱 잘라 말할 수 없는 불확실한 이유를 품고' 있지는 않을까.

아마노 품고 있어요. 품고 있지만요, 인터뷰할 때 물어봤다면 더 논의가 깊어졌을 것 같네요.

기타무라 하지만 인터뷰에서 거기까지 끌고 가는 것도 곤란하죠. 느낀 것, 생각한 것을 자신의 힘으로 정리해야 하니까요.

아마노 아, 그런가요.

기타무라 글의 소재를 만드는 거니까 그 정도로 충분해요.

아마노 으음. 확실히 단카를 짓는 건 '고독한 작업'이지만, 그게 전부는 아닙니다. '왜 쓰는가'를 묻는 것은 근본적인 질문이라 사실은 왜 당신은 숨을 쉬는지 묻는 것과 다를 바 없어요. 언어화하려고 하면 무척 여러 가지 이야기를 할 수 있어요.

∞

기타무라 이 문제는 아까 둘이 차를 마시며 이야기했어요. 그러다『단카인』편집 발행인이며, 유례를 찾아보기 어려운 독특한 단카 시인이었던 다카세 가즈시 씨 이야기가 나왔는데요.

아마노 ……다카세 가즈시 씨는 제가 단카를 보여 드렸던 분이에요. 그분이 "단카 짓는 걸 그만두고 싶다"고 말한 사람에게 이렇게 말했어요. "단카 짓기를 그만두다니 그런 잘난 체하는 말을 해서는 안 돼. 단카 짓기를 그만두는 게 아니라 단카에게 버림받은 거야. '단카'가 널 단념하고 떠난 거야"라고 말했답니다. 대단하죠. 천 몇 백 년 넘게 살아남을 수 있었던 단카가 갑자기 누군가에게 들어가 단카를 위해 봉사하게 하고, 지을 수 없게 되면 떠나간다. 그 이야기를 듣고 무라카미 하루키 씨의 『양을 쫓는 모험』이라는 책이 생각났어요. (학생들을 보고) 엄청 끄덕이고 있네요. 중요한 모티브로 '양 빙의'라는 게 나오는데 그 이미지가 떠올랐습니다.

기타무라 여러분이 쓴 칼럼 중 아마노 씨가 감명을 받았던 글이 있습니다. 이 글입니다.

아마노 "이렇게 단카를 사랑하는 사람이 단카의 선택을 받지 못할 리 없다. ……아마노 씨가 단카를 짓고 싶다고 바라는 것과 같이 단카 또한 아마노 씨가 지어 주기를 바라고 있는 게 아닐까. 그런 느낌이 들었다." 이렇게 써 주신 분이 있습니다. 기쁘고, 감사한 말이었습니다.

기타무라 한마디로 정리하는 건 불가능해요. 한 시간 후에는 다른 대답이 나올지도 모르죠. 다만 다카세 씨의 말은 엄격하고 무겁고, 잔혹하다고 할 수 있을 만큼 좋은 말입니다. 다카세 씨의 말이 마치 신이 등을 밀어 주는 것처럼 떠올랐습니다. 그러니까 지금 여기에서의 답은 단카와 이어져 있기 때문에 쓰고 있다, 이렇게 정리해도 괜찮을까요?

학생 네.

읽히기 위한 노력

기타무라 아까 아마노 씨와 이야기하고 있을 때도 NHK에서 전화가 왔습니다. 나도 그렇지만 여러분도 '어떻게 이렇게 젊은 나이에 다양한 매체에 나올 수 있을까' 하고 생각했을 겁니다. 물론 가장 큰 이유는 힘이 있기 때문이겠지만, 구체적으로는 어떤 계기 같은 게 있었을 겁니다. 예를 들어 잡지 등을 보면 아마노 씨가 칼럼을 고정으로 쓰고 있습니다. '어라, 이 잡지에도?' 하고 놀랐는데, 어떻게 그런 고정 칼럼을 갖게 되었습니까?

아마노 우연히 인터넷을 통해 편집자가 제 가집을 사게 되었고 마음에 들어 해서 그 잡지에 칼럼을 싣게 됐어요.

기타무라 소설의 경우는 공모전에 응모해야 합니다. 공모전을 통해 자신의 역량을 판단할 수 있고, 책이 만들어지기도 합니다. 저는 컴퓨터를 쓰지 않지만 지금은 인터넷 시대지요. 아무래도 단시형 문학은 인터넷 시대에 유리하겠죠.

아마노 그렇지는 않아요. 역시, 어렵습니다. 재능이 있는 사람은 그저 계속 단카를 지으면 돼요. 겸손이 아니라 저에게는 재능이 없다고 생각해요. 그래서 저는 저를 판매하고 있습니다.

학생 그렇게 하시는 건 인정받아야 의미가 있다고 생각해서인가요?

아마노 인정받는 건 부가적으로 따라오는 가치일 뿐이에요.

기타무라 그 전에 더 많은 사람이 읽어 주었으면 하기 때문 아닐까요? 판매의 실제 예는 있나요?

아마노 학습연구사의 『과학과 학습』 중 「학습」에서 특별기획으로 다뤄 주셨어요. 초등학생에게 단카를 소개하는 내용입니다. 원래는 무척 긴 원고였어요. 아기를 막 낳았을 때라 바깥 출입을 못하던 때에 쓰기 시작했어요. 고미 다로 씨가 『하이쿠는 어때요』(이와나미쇼텐)라는 입문서를 썼죠. 그 책의 단카 버전이 필요하다는 생각이 들어서, 필요하다면 써야겠다고 결심했어요. 물론 어디에서도 의뢰받지 않았지만요. 출판사에 전화를 걸어 원고를 보내고 만났는데, "그 책은 고미 씨의 이름값으로 낸 책이었고, 단카 관련 책은 어려워서 못 내겠어요. 미안해요"라는 말을 들었습니다. 하지만 원고는 완성되어 있었으니 여러 출판사에 보냈어요. "괜찮으시다면 읽어 보시겠어요?"라고 말이죠. 그랬더니 학습연구사에서 좋은 대답을 주셨습니다.

기타무라 이렇게 듣고 있자니 척척 진행이 된 것 같은데…….

아마노 아니에요. 열 몇 군데 출판사에 원고를 보냈어요. 다른 곳은 전부 안 됐지만 가장 내고 싶었던 곳에서 좋은 대답을 들어서 덩실덩실 춤을 췄어요. 제가 초등학생 시절 「학습」에 게재된 특집을 무척 좋아했었거든요.

기타무라 과연, 앉아서 기다리고 있지만은 않았던 거네요. 뒤에서 여러 활동을 했군요. 그림이나 사진을 다루는 분도 힘드시죠. 매년 일본에서 많은 젊은이들이 전문학교를 졸업합니다. 하지만 그 길에서 일할 수 있는 사람은 손꼽을 정도입니다. 지금 인기 있는 일러스트레이터도 젊은 시절에는 편집자에게 퇴짜를 맞는 일을 반복했다는 이야기를 들었습니다. 단카의 세계에서도 그런 시도를 하는 사람은 많습니까?

아마노 아니요, 적을 거예요. 없지 않을까요.

기타무라 그렇다면 아마노 씨의 실행력 또한 재능이네요. 휴대전화 단카를 짓거나 책을 내는 활동은 학습연구사의 눈에 드는데 도움이 되었나요?

아마노 경력 같은 건 문제되지 않아요. 편집장이 "이 원고를 읽고 나도 단카를 짓고 싶어졌습니다"라고 말씀해 주셨으니, 역시 내용이 중요하다고 생각해요.

∽

학생 새로운 일을 하게 될 때 아마노 씨와 같은 방식으로 하면 비난을 받는 경우도 있을 것 같은데 어떠세요?

아마노 "휴대전화 단카를 단카라고 부르고 싶지 않다"라는 말을 들은 적도 있어요. 하지만 새로운 것이 바로 받아들여진다면 그것도 재미없다고 생각해요. 반발이 있는 게 당연해요. 비난받고 욕먹을 정도로 알려진 건가, 그렇게 생각하려고 합니다.

학생 반론은 하지 않으세요?

아마노 하지 않아요. "이 단카는 형편없다"라는 비난을 점점 부추기는 '반항'은 할지도 모르지만요. 결국 작품으로 보여 줄 수밖에 없다고 생각합니다.

<u>학생</u> '반론도 못하네. 졌어'라는 이미지가 퍼지는 것에 대해서는 어떻게 생각하세요?

<u>아마노</u> 누구에게 비난을 듣느냐에 달려 있어요. 제가 신뢰하고 있는 사람의 평이라면 답합니다. 서로 의견이 맞지 않는 문제라면 대답해 봤자 소용없죠.

<u>기타무라</u> 모든 사람이 긍정하는 작품이라는 것은 있을 수 없으니까요. 역시 창작자는 작품으로 답하는 것이 옳은 방식이겠죠.

지금까지의 부분을 총론이라고 한다면, 여기서부터 구체적인 각론으로 들어갔다. 수업에서는 엽편을 쓰게 해 검토했다. 개개인의 창작을 소재로 검토하는 것은 무척 어려웠다. 일대일이 아니라 전원이 참가하는 형태로 수업을 했고, 결국 한 시간에 서너 편의 엽편을 골라 이야기하기로 했다. 글쓴이의 이름을 가리고 프린트해서 배부한 후, 모두 읽고 감상과 가장 마음에 든 작품명을 써서 제출하게 했다. 그것을 소개하며 작품(쓰는 법)과 감상(읽는 법)에 대한 내 생각을 말했다. 마지막 5분 정도는 글쓴이가 교단에서 모두의 감상을 읽거나, 질문을 받기도 했다. 단, 익명을 요구한 경우에는(말할 것도 없지만 나는 알고 있다. 제출했는지 하지 않았는지가 명확하지 않으면 점수를 줄 수 없으니까) 강제하지 않았다.

수업시간 중 60~70퍼센트는 이 방식으로 진행했다. 이 책에서는 이 과정을 생략한다. 개개인의 창작품을 소재로 사용하기에 이 수업을 하는 동안에는 녹음을 삼갔다. 그러나 무척 재밌었던 것도 사실이라 언젠가 글쓴이에게 연락해 기억에는 남는 일부라도 어떠한 형태로 살릴 수 없을까 생각하고 있다.

한편, 같은 형태로만 수업하면 지루하니까 작품 검토 사이에 학생이 평소 접할 수 없는 출판계 종사자의 이야기를 듣는 기회도 마련했다. 신초샤의 사토 세이치로 씨, 고단샤의 가라키 아쓰시 씨를 초대했다. 이번 장과 다음 장에 채록한 내용이 그때의 기록이다.

12.
서적 편집이라는 일

서적 편집자에게 묻다:
게스트 사토 세이치로 씨(2005년 10월 24일)

작가와 편집자의 밀고 당기기

기타무라 작가의 원고가 세상에 나올 수 있게 만드는 사람이 바로 편집자입니다. 오늘은 편집의 최전선에 계시는 분을 초대해 여러분과 함께 이야기를 나눠 보려고 합니다. 오늘 모신 손님은 신초샤 출판부장 사토 세이치로 씨. 여러분이 신입사원이라면 구름 위에 있다고 해야 할 정도로, 무척 높은 분이에요. 사토 씨는 입사하자마자 『신초일본고전집성』이라는 고전문학을 담당했습니다. 그때부터 오랜 세월에 걸쳐 여러 부서에서 여러 책, 여러 작가를 관리하며 수많은 베스트셀러를 만들어 낸 일본의 대편집자 중 한 분입니다.

사토 아니, 그렇게 어마어마하지 않고요. 바로 옆에 회사가 있어서 지하철역으로 말하면 바로 옆인, 뭐 그 정도로 가까운 곳에서 일하고 있는 사토라고 합니다.

기타무라 여러분의 질문은 제가 정리해 두었습니다. 겹치는 질문도 많아서 제가 여쭤 보면서 진행하겠습니다. 중간에 그때그때 궁금한 게 있으면 손을 들어 질문해 주세요.

많았던 질문은 작가와 편집자[1]와의 밀고 당기기라고 해야 할까요, 그것이 어떻게 작품에 영향을 미치는지에 대해서입니다. 예

---

1) 나의 경우, 내 글을 처음으로 인정해 주고 "글을 쓰라"고 권했던 사람이 운 좋게도 편집자였다. 학생 시절부터 나를 알고 있던 분이었다. 이런 일은 보통 있을 수 없다. 게다가 그 인연이 20년 가까이 이어졌다. 신인상을 통해 데뷔한 것도 아니었다. "드디어 썼습니다"라며 보여 드렸고, 그 글이 책이 되었다. 이른바 '기다려 주는 편집자'였다. 특별한 주문을 하는 경우도 전혀 없었다. 시작이 이랬던 탓도 있겠지만, 이후 내용에 대해 편집자와 의논하는 경우는 없었다. 쓰고 싶은 글을 쓸 뿐이었다. 취재를 해야 할 경우에는 신세를 많이 졌다. 그러나 이야기는 내 가슴에 있다. 대체로 제출한 원고가 그대로 완성본이 되었다. 거의 정정하지 않았다. 사실이 잘못된 것을 체크하는 정도였다.
단편에서 한 번인가 협업을 한 적이 있다. 「거리의 등불」이라는 작품 결말부의 호흡이 어려워 어떤 부분을 넣을지 말지 망설이다 그 부분을 지운 버전을 보냈다. '망설여질 때는 안 쓰는 게 낫다'는 생각이 근본에 있었기 때문이다. 이야기하는 것보다 헤아려 주기를 바랐다. 하지만 그 부분에 대해 편집자가 의문을 보여 지금의 형태가 되었다. 나중에 추가해서 다행이었다고 생각하며 감사하고 있다.
그렇다면 나의 경우 작가와 편집자는 이인삼각이 아닌 걸까. 결코 그렇지 않다. 그 사람이 아니었다면 글을 쓰지 않았을 게 틀림없는 편집자가 있다. 당연히 작가로서의 출발점에 설 수 있게 했던 나의 편집자 분을 포함해서 그런 분들이 있다. 믿어 주는 부모가 있는 것은 아이에게 커다란 버팀목이다. 아이는 부모에게 지배되어 행동하는 게 아니다. 진심으로 나의 작품을 믿어 주는 사람은 헤아릴 수 없을 정도로 큰 힘이 된다.

를 들면 이런 질문입니다. "작가와 편집자가 하나의 책을 활자로 펴내는 동안 의견이 전혀 달라 출판하지 못하게 된 적은 없나요? 또 그러한 사태가 일어나지 않도록 편집자 분들은 어떤 점에 주의를 기울이시나요?"

사토 갑자기 어려운 문제네요. 의견이 완전히 다를 때에는 주제를 바꿉니다. 편집자가 작가에게 어느 정도까지 의견을 전달할 것인가, 어느 정도까지 관여할 것인가가 그 질문의 전제가 되겠죠. 그 부분부터 이야기를 시작해 봅시다. 편집자는 '원고 운반책'이 아닙니다. 무척 다양한 업무를 해야 합니다. 작가는 '일반인이 하지 않는 일'이 직업이니까요. 편집자도 작가와 함께 원고를 다룰 때에는 절반은 작가가 되어야 합니다. 그 세계 속으로 들어가야 하기 때문입니다. 하지만 그 상황에서 바로 벗어나야 합니다. 원고가 "완성됐습니다"라는 말을 들으면 냉정한 얼굴로 "자, 이걸 어떻게 팔까" 고민해야 합니다. 장사꾼이라는 의미가 아닙니다. 작품이 완성된 순간 그것을 어떤 독자에게 어떤 식으로 어필할 것인가 생각해야 합니다. 그럴 때에는 일반인의 시선이 필요합니다. 그러니까 그때에는 엄청 냉정한 인간이 되어야 합니다.

몇 만 부 정도 팔아야 하는 소설의 경우에는 작품을 일단 떨어뜨려 놓고 책을 상품으로 바라보아야 할 필요가 있습니다. 작품을 입수한 다음에는 홍보도 해야 하고요. 홍보는 텔레비전이나 신문, 잡지 등에 언급되기 위한 일을 하는 것입니다. 현대의 편집자는 작가와 소통하는 것뿐만 아니라 이런 능력도 필요합니다. 그밖에 표지에 쓰일 그림을 구상하거나 책의 크기, 그리고 하드커버로 할까, 아니면 페이퍼백으로 할까 등 여러 가지를 고려해야 합니다.

이러한 작업 모두를 편집자가 처리합니다. 그러니까 편집자는 현실 상업 차원의 고민과 자칫 푹 빠지기 쉬운 작품 세계, 그 양극 사이에서 일을 합니다. 그것이 편집자라는 존재입니다. 그러한 일을 즐기지 못하면 편집자를 해낼 수 없습니다.

문예의 경우 편집자가 작가와 만나 무엇을 하는지 좀더 자세히 이야기하자면 이런 느낌입니다. 작가가 "○○씨, 내가 하고 싶은 건 이것밖에 없어요"라고 말할 때, 방금 질문하셨듯이 작가가 하고 싶은 것이 그 편집자가 계획했던 것과 전혀 다를 때도 있습니다. 그럴 때 타협 혹은 접점을 끌어낼 필요가 있는데 정말 그게 그 작가에게 있어 좋은지 어떤지 충분히 생각한 후에 주제를 선정합니다.

이 부분은 추상론이니까 그쯤 하기로 하고요. '이런 작품을 만들자'고 정할 때 긁어모아야 하는 사소한 부분이 있습니다. 그 세계를 구축하는 조각들입니다. 그것을 작가가 처음부터 전부 갖고 있는 건 아니기에 여러 가지 자료도 준비합니다. 이것은 기본입니다만 그게 바로 일을 풀어나가는 단서가 됩니다. 예를 들어 이러한 것도 가능하지 않을까. 경찰 세계를 쓴다면 극단적인 이야기로 "경찰이 식사하는 장면이 전혀 없는데, 늘 샤케벤(연어도 시락)을 먹는 걸로 해서 샤케벤 형사라고 하면 어떨까요?"[2] 같은 그런 사소한 아이디어를 이야기하는 겁니다. "뭔 소리야, ○○ 씨" 같은 소리도 들으면서요. 원고를 받으면 '미트소스 형사' 같은 걸로 바뀌어 있기도 하겠죠. 그런 식으로 조각을 여러 개 구상하고, 때로는 의도가 깔려 있는 여러 개의 조각을 준비해서 작가를 어느 방향으로 유도해야만 할 때도 있습니다.

그리고 자주 취재를 함께 합니다. 좋은 편집자는 취재 여행에서 캐릭터를 발휘합니다. "제대로 몇 시 몇 분에 기차를 타고 어디에서 내려서" 이러면 재미없습니다. 내려야 할 역을 지나쳐 버릴까 걱정이 될 정도로 이야기에 열중하기도 해야 합니다. 거기에서 지나쳐 버리면 안 됩니다. 지나칠 뻔해야죠. 이 감각은 무척 중요한데, "어이어이, 당신, 당신" 하는 소리를 들으며 역에서 내려 취재를 합니다. 나중에 원고를 보면 "지나칠 뻔한 바보 ○○ 씨"라는 글이 쓰여 있기도 합니다. 좋은 편집자는 그러한 미묘한 부분을 능숙하게 해냅니다. 연출해서 하는 겁니다. 바보 같다고 해도 좋습니다. 너무 지나치면 안 되겠지만요.

기타무라 촉매랄까, 창작 의욕을 높이는 것이군요.

사토 네. 좋은 의미의 이산화망간이 되어야 한다는 거죠. 작가가 쓰기 시작하면 50매나 100매 즈음에서 원고가 그저 그래도 칭

---

2) 인기 영화 「스케반 형사」의 패러디.[옮긴이]

찬하기도 합니다. 창작 의욕을 불러일으키려는 겁니다. 완성했을 때 이런저런 조언을 합니다. "칭찬했었잖아"라는 소리를 들으면 "그건 쓰게 하려고 그랬던 거예요"라고 하죠.

기타무라 그럼, 더 다음으로 나간 질문. "편집자가 의견을 내면서 나중에 작가의 작품인지 편집자의 작품인지 모르게 될 정도가 되어 버리는 일도 있나요?"

사토 ……있습니다.

기타무라 오오. 이런 질문도 있습니다. "편집자가 소설 내용을 크게 바꾸고 싶다고 느끼는 경우가 있나요?"

사토 ……있습니다.

기타무라 요컨대 여러분은 편집자의 업무와 관련해서 이러한 것에 대해 관심이 있군요.

사토 어느 작가가 책이 완성되었을 때 사인을 해주었습니다. 그 책에 제 이름을 쓰고 "이 책은 당신과 나의 합작 같네요"라고 쓰셨어요. 저는 충격을 받아서 '이래서는 안 되겠다'고 생각했습니다. 역시 책은 작가가 스스로 썼다고, 그 어느 것도 사토의 말을 듣고 쓴 게 아니라고, '온전히 자신의 혈육'이라고 생각하지 않으면 안 됩니다. 그런 점에서 보면 실패했다는 생각이 듭니다. 너무 주제넘게 참견했고, 작가도 '당신, 너무 주제넘은 참견이야'라는 의미를 담아 썼을 겁니다. 그래서 이래서는 안 된다고 생각했습니다. 하지만, 다음 작품도 꽤나 참견을 해버렸죠.(웃음) 보통은 참견이랄까, 과하게 개입하는 편이 좋을 때가 많긴

해요. 조언에 의해 문학상을 타기도 하니까요. 어려운 문제입니다. 젊은 시절은 그랬습니다. 십 년 정도 되면 원숙기에 접어들기 때문에 조금 달라지지 않을까요. '편집자올시다' 같은 자의식의 뾰족함이 깎여나가면 그러한 일이 없어지는 게 아닐까요. 역시 작가는 평생 품는 주제가 있기 마련입니다. 물어보면 "으음, 그건 좀" 하고 말을 흐리는 경우가 있지만 그렇더라도, 작가를 향해 확실히 부딪히면 '작가가 하는 말을 더 제대로 들어야 했구나' 하고 깨닫는 일이 종종 있습니다.

필자를 리드하는 배후

<u>기타무라</u> 작가와 편집자의 관계에 대한 질문 더 있나요?

<u>학생</u> 아까 작가가 자신이 썼다고 생각하게 해야 한다고 말씀하셨는데요, 예를 들어 시인의 작품을 편집할 때, 만들어진 책에는 시인의 이름만 들어갑니다. 편집자의 이름은 눈에 잘 띄지도 않게 조그맣게 쓰여 있는 게 전부라는 것은 어떤 의미로 책임 회피가 아닌가 하는 생각이 듭니다. 책이라는 결과물에는 편집의 의지가 들어 있다고 생각하는데요.

<u>사토</u> 그래요, 시인을 담당하는 것은 꽤 고등 기술이 필요하니 좋은 편집자였을 거예요. 시를 고른다는 것은 창작 활동에 깊이 관여하는 행위입니다. 많은 수의 시 중에서 몇 편을 골라 책으로 엮을지 모르겠지만 그 책에 편집자는 자신은 이러한 의도로 골

랐습니다 하고 써야 한다고도 생각해요.

다른 문제로 배후에서 일하는 사람은 유명해져서 좋을 게 없습니다. 배후에 있는 게 즐거워야 합니다. 다만 세상에서 말하는 배후와는 조금 다릅니다. 요컨대 편집자라는 것은 아주 조금 필자를 리드하는 배후여야 합니다.

작품을 선정하는 것은 무척 어려운 일입니다. 에세이집 같은 건 방대한 양의 글이 있어도 일생에 한 권이나 두 권, 많아봤자 그 정도인 경우가 많습니다. 거기에 실릴 글을 선정하는 것은 엄청 어려운 일이에요. 에세이집을 만들면 그 편집자의 실력을 바로 알 수 있습니다. 편집자는 독자가 가볍게 읽을 수 있는 흐름을 일단 만들어 둡니다. 좋은 편집자는 거기에 전혀 다른 것을 툭 하고 넣습니다. 그렇게 함으로써 그 책은 활기를 얻게 됩니다. 사실 정합성만을 추구하면 좋은 에세이집은 만들어지지 않습니다. 그 부분은 기술이라고 할 수밖에 없어요. 기술이면서 작품을 만드는 감성이라고 해야 할까요. 그렇기 때문에 선정하는 것 자체가 창조 행위이기도 한 겁니다. 시집과 에세이집의 경우는 또 조금 다르겠지만, 그 창조 행위에 관해 편집자가 '이건 내가 골라서 이렇게 구성했어'라는 것을 말하면 끝장이죠. 그게 미묘한 부분이에요.

학생 편집자도 인간이니까 대중성에서 벗어나 결국 '개인의 취향'이라는 게 있을 텐데요. 그것과 '팔리겠지'라는 감 사이에서 어떻게 타협하시나요?

<u>사토</u> 아, 어려워요. 좋은 질문이지만 그 대답은 '적당하게'예요. 대중성만을 추구하면 오히려 팔리지 않아요. 대박이다라고 생각해도 헛일인 경우도 많아요. 대박 날 만한 내용이 쌓이고 쌓이면 오히려 형편없어져요. 앞서 어딘가에 이상한 걸 툭 하고 배치하는 편이 더 좋다고 말한 것도 그 이유 때문이에요. 잘 팔리는 상품에 자기 취향을 넣어 보기도 하고요. 그런 일을 일상적으로 하고 있어요. 결국 이 문제는 모호하다고 할 수밖에 없어요.

<u>기타무라</u> 지금 한 질문에서 조금 형태를 바꾼 듯한 이런 질문도 있었어요. "편집자로서 작품에 개입할 경우 자신의 시점과 상정한 독자의 시점 사이에서 어떤 스탠스를 취하시나요? 순문학을 다루는지, 엔터테인먼트 문학을 다루는지에 따라 달라지나요?"라는 질문입니다. '내 눈으로 보면 이런데 독자가 보면……' 이런 상황에 어떻게 대처하시나요?

<u>사토</u> 엔터테인먼트 문학이라는 말은 영어권에서는 쓰지 않아요. 픽션(fiction)이라고 하죠. 순문학은 리터러처(literature)라고 하고요. 용어에 조금 위화감이 있지만 무척 좋은 질문입니다. 답하기 무척 어렵네요. 실제로는 한 사람의 편집자가 두 층으로 갈라져 있는 독자 양쪽을 의식하면서 작업해야 하는 케이스는 적을 겁니다. 다만 지금 잘 아시겠지만 일본에서 이른바 엔터테인먼트 소설과 순문학의 경계가 무척 모호해졌다는 게 재밌는 현상입니다. 그러한 사실을 제대로 파악하지 않으면 편집자로서 임무를 제대로 수행할 수 없습니다. 이 질문에 대해 제대로 답하

려면 십 년은 더 내공을 쌓아야 할지도 몰라요.

기타무라 "편집자는 정말 작가에게 조언을 하고 있나요?"라는 편집자와 작가의 소통에 대한 질문에 이건 하고 있다고 지금 말하셨는데, 그렇다면 "편집자는 작가에게 조언을 하는 힘 같은 걸 어떤 경험으로 키워 나간 건가요?"

사토 여러 장르의 책을 읽는 것 정도일까요. 저는 기본적으로 신서(新書)[3]를 가장 좋아합니다. 그래서 잡다한 지식이 엄청 많아요. 작가가 논점을 한참 벗어난 얘기를 꺼내면 "아차차" 하며 멈추게 할 만큼의 지식은 쌓여 있습니다. 스스로 자랑할 수 있는 건 이것밖에 없어요.

기타무라 좀 '불안한' 편집자가 작품을 좌우하는 경우도 있을 수 있나요?

사토 역량과 경험이 풍부한 편집자가 좌우하는 건 가능하다고 생각해요. 좋은 역량을 가진 편집자가 역량과 경험이 부족한 필자를 좌지우지하는 건 있을 수 있어요.

기타무라 역량이 부족한 편집자라면?

사토 그건 안 되죠. 그런 사람은 2년도 버티지 못해요. 눈을 보면 알 수 있어요. 역시 여러분은 책도 많이 읽고 경험도 풍부해서 그런지 너무 깊이 들어가서 어쩐지 일을 하는 듯한 기분이 됐어

---

3) 일반 단행본보다 작은 판형의 책으로 일반 교양서나 소설 등을 수록한 총서.[옮긴이]

요. ──싫은 느낌.(웃음)

신인상에 대해서

기타무라 지금 말한 부분에서도 조금 이야기나 나오는데요, "작가의 예술적 요구와 시장에서 요구하는 것이 맞물리지 않는 경우, 편집자로서 용기를 내야만 하는 상황, 이를테면 채산이 맞지 않는 작품을 절판해야 할 때, 그러한 상업적인 부분을 시야에 넣어야만 하는 탓에 가슴 아픈 경우는 없습니까?" 같은 질문도 있습니다.

사토 그러한 상황을 해결해 나가는 게 '편집자 업무의 묘미'라고 생각합니다.

기타무라 아, 묘미!

사토 묘미죠. 그러한 부분을 어떤 식으로 연출해 잘 나가는 작품으로 만들까, 절판되어 버린 작품을 어떻게 할까 같은 현실적인 문제 앞에서 편집자는 '작품 위주'로만 진행할 순 없습니다. 순문학을 하는 사람에게는 세상 모든 게 담겨 있는 단 하나의 예술 작품을 만들고자 하는 그런 주제가 있습니다. 판도라의 상자는 아니지만 세계의 전부가 담겨 있는 보물 같은 책 한 권, 그런……그러니까 쓰는 사람은 그런 한 권을 소중히 간직하고 있습니다. 이것은 궁극적인 주제라고 할 수 있는데요, 예술이라는 것은 애초에 그런 게 아니라고 왜 말하지 않는 걸까. 그러니까 예술이랄까, 소설은 독자가 없으면 성립하지 않습니다. 그 독자는 아마 오백 명……통계학에서 샘플링의 최저선은 오백이에요. 그래서 독자 오백 명이 있고, 그들이 어떻게 읽는지에 대한 데이터가 있어야 그것을 그래프로 만드는 게 비로소 가능해집니다.

저는 시장 규모에서 출판산업이라고 하는 업태를 종종 생각합니다. 출판업은 '매스'라고 말하는 최소한의 산업이라고 생각합니다. 냉장고를 예로 들면 냉장고 오백 대가 팔리지 않으면 투자금을 회수할 수 없는 것과 같은 세계입니다. 회사 규모나 어떤 작품을 다루는가에 따라 다르겠지만, 제가 다니는 회사의 경우 한 작품 당 삼천 부 이상이 아니면 일반적으로 내지 않습니다. 그러한 매스가 상정되어 있습니다. 즉, 작품인 동시에 상품이 되어야 합니다. 책이라는 것이 그러한 형태로 세상에 존재하는 이상, 그것은 피할 수 없습니다. '그 두 세계를 매개하는 편집자들의 존재'는 무척 중요합니다. 다리 건너편과 이쪽을 잇는 존재라고 생각합니다. 아마 피안(彼岸)과 차안(此岸) 같은 레벨로 이야기할 수 있지 않을까요.

기타무라 좋은 작품이라도 판매량 때문에 출간하지 못하는 작품의 경우 언젠가는 낼 수 있게 될 가능성도 있나요?

사토 있습니다. 편집자의 마음에 쏙 든 작품이라 원고가 대단하다고 아무리 말해도 한 사람뿐이라면 좀 어렵습니다. 하지만 편집장도 원고를 마음에 들어 한다. 하지만 잘 팔릴 것 같지 않다.

그래도 내 보자. 이럴 경우 나중에 반드시 성공할 작가라고 생각하며 세 번은 도전할 기회를 줍니다. 하지만 세 번째에도 실패하면 슬프지만 더 이상은 곤란합니다. 하지만 다음에 고단샤에서 나와 그 책이 잘 팔리는 경우도 있어요. 그건 그것대로 기쁩니다. 신초샤에서는 잘 안 됐지만 고단샤에서 잘 팔렸으니 다행이지 않냐고 하면서 약간 술을 마시고 크게 떠들어요. 그러고는 이렇게 얘기하죠. "다시 신초샤에서 내 줘요."

이런 부분은 뭐랄까 남자다운 의협심의 세계랄까…… 남자답다고 하기보다는 여자 분들도 의협심이 있으니까, 이건 일부러 하는 말이 아니라 정말 그래요. 요즘 남자는 의협심이 별로 없는 경우도 많아서요. 좀 실망하게 될 때도 있는데요, 제가 의협심의 세계라고 말한 건 치고박는 난투극 같은 부분이 있어서예요. 상사를 설득하고, 여기까지 해냈다고 편집자는 작가에게 말하고, 그렇게 해서 잘 되면 좋지만 잘 안 팔리게 되면 싸우기도 하고요. 다양한 싸움…… 한 5년 정도 지나면 그 일들이 그리워지기도 하죠. 운동부 같은 느낌일까요. 간단히 설명하기 어렵네요.

기타무라 의협심 얘기를 하셨는데요, 신초샤는 편집자 비율이 남성, 여성 반반 정도지요. 업무 내용도 같습니까?

사토 네, 전혀 다르지 않아요. 총무과가 이렇게 얘기하라는 소리를 했기 때문이 아니에요. 우리 회사는 여성 편집장 비율이 가장 높은 회사일 겁니다. 신초샤라고 하면 왠지 케케묵은, 남자 냄새나는 회사라는 이미지가 있는 것 같지만요. 하지만 여성 중역이

두 분이나 있습니다. 여성 편집장[4]도 많은 회사라 남녀차별 같은 부분도 거의 사라졌습니다. 여성 사원의 경우 지나칠 정도로 활약이 대단해서 시끄러워 죽겠을 정도예요. 하지만 최근 십 년 정도일까요. 그렇게 된 건.

여성 편집자도 남성 편집자도 임무는 같아요. 늦은 밤까지 일하고 퇴근하는 경우가 많습니다. 택시비가 나오니까 위험하지는 않지만 정신적으로도 육체적으로도 꽤 힘든 직장이에요.

기타무라 타사에서 책이 나와도 기쁘다고 하셨는데요, 작가 양성에 대해 어떻게 생각하십니까. 예를 들어 어떤 사람에게 장래성이 있다고 느껴질 때 어떤 식으로 세상에 작품이 나오도록 키우시나요?

사토 저는 신인상을 많이 만들었어요. 신인상을 만들면 우수한 재능이 무리지어 옵니다. 처음 '일본 추리 서스펜스 대상'[5]이라는 전설적인 신인상을 니혼TV와 함께 만들었는데요, 이 상의 제1회 수상자가 노나미 아사 씨, 와세다 졸업생이네요. 제2회가 미야베 미유키 씨, 제3회가 다카무라 가오루 씨입니다. 대단하

---

4) 여성 편집장에 대해 신문에서도 화제로 다뤘다. 『요미우리신문』 2007년 7월 3일, '편집장에 차례차례 취임, 20~30대 독자층 개척' 신초샤 『yom yom』 기무라 유카, 『별책 분게이슌주』 하나다 도모코, 고단샤 『메피스토』 구리키 히로미, 세 명의 여성 편집장을 소개. 「여성의 '편집 혁명' 소설지에 새로운 바람」이라는 제목으로 '새로운 소설을 낳는 최전선'이라고 기재되어 있다.

5) 니혼TV가 개국 35년을 기념해 창설한 새로운 미스터리 작가 발굴을 목적으로 한 문예상. 입상작은 영상화되며, 신초샤에서 단행본으로 출판되었다(1988~1994).

죠? 저는 처음에 여성작가는 이 부문에 잘 안 맞는다고 생각했어요. 하지만 제가 만든 상을 통해 대단한 사람들이 등장하는 통에 여성작가 지향이 되어 버려서 그게 지금까지 이어지고 있습니다. 확실히 대단한 재능은 적당한 기회만 제공하면 모여듭니다. 그 상을 통해 덴도 아라타 씨 등이 배출되기도 했어요.

다음에 만든 상이 '신초 미스터리 클럽 상'[6]이고, 이 상은 우리 회사가 상금 백만 엔을 모두 지급하는데요. 이사카 고타로 씨를 배출했습니다. 엄청나죠. 이사카 씨 외에 몇 명이 더 있어요.

그리고 '호러 서스펜스 대상'[7]이라는 상을 겐토샤와 함께 만들었습니다. 이런 이야기를 듣고 싶은 게 아니라고 말씀하실지도 모르지만, 신인을 키우는 장치를 만드는 것은 무척 힘든 일이에요. 호락호락하지 않아요. 호러 서스펜스 대상은 겐토샤, 아사히 TV, 신초샤가 진행했는데요. 언젠가 아침에 이를 닦으며 '상금으로 백만 엔밖에 걸지 못하는 상이라면 다들 응모하려고 하지 않겠지' 하고 생각했어요. 저는 이를 닦으면 여러 가지 생각이 떠오르곤 하는데요, 한 회사가 오백만 엔씩 내면 두 회사만 해도 천만 엔, 좀 더 내게 해서 육백만 곱하기 삼이면 천팔백만이죠. 그렇게 되면 상금을 대상에 천만, 특별상에게 삼백만 엔을 줄 수

6) 신초샤의 미스터리 시리즈명을 따서 창설(1996~2000).
7) 호러 소설의 새로운 재능을 발굴하기 위해 창설. 장편소설을 대상으로 한다. 출판권은 신초샤와 겐토샤, 영상화 권리는 아사히TV가 갖는다(2000~2005).

있어요. 상금 총액 일본 최고의 상이 되겠죠. 그게 떠올랐을 때에 무심코 무릎을 치다 새 바지에 치약이 튀어 갈아입었어요.

틀을 짜는 것도 쉽지 않지만, 일이 성사되도록 교섭을 하는 건 정말 힘들어요. 겐토샤의 대표 겐조 도루 씨는 대선배지만 옛날부터 약간 전우 같은 부분이 있어서 어찌어찌 설득했어요. 거기서부터 아까 말한 방송국 사람과는 겸사겸사 술자리를 가진 게 효과를 발휘해서 같이 하게 되었고요. 그렇게 고생을 거듭해 시스템을 만들면 편집자는 그 신인상을 통해 좋은 작가의 작품을 입수하게 됩니다.

젊은 작가

기타무라 "젊은 작가에게 부족한 게 뭐라고 생각하세요?"라는 질문도 있습니다. 최근 젊은 작가의 수상이 늘어나서 나온 질문일까요.

사토 지금 순문학 신인상 수상자는 삼십대 후반보다 더 나이가 있거나, 이십대 초반 정도의 세대로 나눠져 있죠. 열다섯 살 나이에 수상한 사람도 있습니다만. 신인상에 대한 질문은 아니지만 거기에 좀 연결해서 답하자면 신인상이라는 것은 작가를 세상에 배출해 키워 나가는 장치입니다. 중학생이나 고등학생이 타게 되면 그러한 장치로서 기능할 수 없다고 생각합니다. 작가에게 여덟 권이든 열 권이든 쓰고 싶은 것이 저장되어 있을 때

타는 게 가장 이상적입니다. 작가가 젊은 경우 아무래도 어렵지요. 그 다음이 힘듭니다. 두 번째 작품, 세 번째 작품이 어려워요. 작가에 따라 다르긴 하지만 노나미 씨나 다카무라 씨, 그리고 미야베 씨는 전혀 손이 가지 않았습니다. "쓰고 싶은 소재가 세 개 있는데 뭐가 좋을까요?" 그럴 때 "두 번째 소재로 써주세요" 하고 대답하면 그만입니다. 하지만 그렇지 않은 경우가 많습니다. 역시 어느 정도 세상을 넓게 보고 여러 경험을 하는 것이 필요합니다. 소설이라는 것은 예술 중에서 사회의 단편을 가장 정밀하게 묘사해야 하는 그릇입니다. 따라서 묘사해야만 하는 사람을 많이 알고 있다거나 묘사해야만 하는 사건 혹은 시스템을 많이 알고 있다거나 하는 것이 승부를 가릅니다. 젊은 작가는 그 점을 조금 더 확실히 공부해야 한다고 생각합니다.

기타무라 인생 경험이 필요하다는 이야기네요. 젊은 작가는 인생 경험이 당연히 부족하니까, 그럼 나이를 더 먹고 나서 써야 하는 건가요.

사토 그건 또 다른 문젠데요. 나이를 먹는다고 잘 써지는 것도 아니니까요. 아픈 곳을 찔렀네요.

기타무라 이 부분에 관련해 여러분들이 묻고 싶은 게 있을까요?

학생 최근 젊은 사람의 수상이 많은데요. 우수하기 때문에 수상하는 건지, 다른 작품보다 서투르지만 '젊으니까 화제는 되겠지'라는 상업적인 면을 고려하여 수상하는 건지 궁금합니다.

사토 양쪽 다일 겁니다. 화제성도 무시 못하니까요. 다만 심사위원인 프로 작가가 몇 명이나 보고 있으니까 괴상한 일을 저지를 수는 없어요. 편집부가 "젊은 재능에 기대를 겁니다"라는 식으로 개입할 수도 없습니다. 하지만 어쩌다 보니 그런 식으로 가게 되는 상황은 저항할 수 없는 거대한 힘이 작용했다고밖에는 할 수 없어요. 이사카 고타로 씨는 정말 천재라고 생각하지만, 이사카 씨의 데뷔를 장식한 수상작에 대해 저는 전혀 몰랐어요. 지금 「소설 신초」의 편집장인 저보다 책을 많이 읽는 후배 편집자가 그때 마침 옆에 있었어요. 이 친구가 함께 출장 갔을 때 "아무리 생각해도 이 작품은 남겨 두죠"라고 저를 엄청 설득했어요. "네가 그렇게까지 말한다면 남길까" 하고 최종 후보작에 넣었어요. 그 작품이 상을 탔는데, 그게 이사카 씨 작품이었어요.

기타무라 허수아비?

사토 네, 『오듀본의 기도』[8]였어요.

기타무라 그 작품은 후보에 오르지 못했을 가능성이 있었네요.

사토 그랬을 가능성도 있습니다. 제 속이 좁았다면요.

기타무라 이례적이었네요.

사토 이례적인 일이에요. 이런 일이 간혹 있어요. 이사카 씨는 그 다음이 정말 대단했죠. 미스터리를 이렇게까지 쓸 수 있나 하는 놀라움이 있었습니다. 저는 손바닥을 뒤집듯이 "이사카 씨,

---

8) 『오듀본의 기도』에는 허수아비가 등장한다.

이사카 씨" 하고 말하기 시작했어요.(웃음) 그 이후 『러시 라이프』나 『중력 피에로』를 쓰기도 했죠. 작가의 적성을 보면서 작품을 음미한다는 건, ……최선을 다하면 돼요. 단순히 그것뿐이에요, 결국엔. 그럴 듯한 말을 해도 전혀 도움이 되지 않을 때도 아마 있을 거라고 생각합니다. 하지만 최선을 다하면 됩니다. 여러 데이터를 그 작가에게 대입해 이렇게 해주면 가장 좋지 않을까 시도해 보기도 합니다. 그렇게 최선을 다하다 보면 그 작가의 실력이 늘어나는, 다마고치 같은 세계라는 생각이 듭니다.

작가의 성스러움

학생 반대로, 작가에 의해 편집자가 성장하는 경우도 있나요?
사토 물론 무척 많습니다. 인격이 변해 가니까요. 정말 저는 노나미, 다카무라, 미야베 씨 세 분께 감사드려요. 특히 다카무라 씨는 정말……. 작가와 이야기를 하면 자신이 점점 변해 가는 걸 알 수 있어요. 눈에 띄게 표정도 변해요. 비실비실했던 게 뭔가 상쾌한 느낌으로, 지금처럼요. (웃음) 아니, 이런 발상을 하는 사람이 있구나 하고 생각하게 돼요. 작가는 보통이 아닌 존재니까요. 하하키기 호세이 씨라는 작가가 있는데 이분은 정신과 의사예요. 『해협』, 『도망』 등의 소설을 썼고요. 이분이 말하길, 정신과 환자는 무척 강하기 때문에 정신과 의사가 그 세계에 빨려 들어가기 쉽다고 합니다. 자살률이 무척 높아요. 정신과 의사의 자살률이요. 그래서 정신과 의사는 환자가 하는 말을 무시하라는 말을 듣는대요. 무시하지 않으면 네가 죽을 수도 있다면서요. 작가도 일반인이 아니니까 그 영향력이랄까, 흡수력이 대단합니다. 편집자 쪽이 약하죠. 까딱하면 작가 한 명에게 푹 빠져서 거기에서 헤어나지 못하는 경우도 있어요. 작가의 흡인력은 강합니다. 좋은 편집자는 까딱 넘어갈 즈음 자리에서 일어나 "벌써 열한 시나 됐네요" 하고 집으로 돌아갈 줄 아는 편집자입니다. 그렇지 않으면 위험합니다.

기타무라 재밌는 질문이 있네요. "실제로 작가와 교류하면서 작품의 질과 작가의 인간성은 비례한다고 느끼시나요?"

사토 옛날에는 전혀 비례하지 않았어요. 요즘은 비례하는 케이스도 많습니다. 기타무라 가오루 씨나 미야베 미유키 씨나 인격적으로도 고결하고, 다카무라 씨도 그래요. 덴도 씨도 그렇고요. 작품도 좋고 인격도 좋은 사람이 많아졌어요. 옛날에는 그렇지도 않았는데요. 옛날엔 정말 힘들었어요.

기타무라 무용담은 꽤 들었어요.

사토 기분 나쁜 무용담은 얘기하기가 좀 곤란하네요.

기타무라 그렇다면 이것도 대답할 수 없는 질문이네요. "소통하기 힘든 작가는 있나요? 다른 사람에게 말하지 않을 테니 이름을 알려 주세요."(웃음)

사토 엄청 많아요. 말은 못합니다.

기타무라 "필자와는 어떤 식으로 커뮤니케이션하나요?" 개인적인 이미지인데, 편집을 하는 사람은 그런 쪽에 능숙하지 않나요.

<u>사토</u> 저는 술을 통한 커뮤니케이션에 강해요.

<u>기타무라</u> 술을 못 마셔도 작가는 할 수 있지만, 편집자는 아무래도 힘든가요?

<u>사토</u> 아니요. 지금은 전혀 그렇지 않아요. 옛날에는 술을 못 마시면 힘들었어요. 와세다의 귀중한 선배 중 후나도 요이치라는 소설가 분이 계신데요. 하드보일드, 미스터리를 주로 쓰는 오사와 아리마사 씨의 형님쯤 된다고 해야 할까요. 후나도 요이치 씨와 보낸 하룻밤을 이야기해 볼까요. 한번은 "사토, 11시에 와"라고 하시더라고요. "오전인가요?" "그럴 리 없잖아." 한밤중에 가니 "먼저 밥이다." 그렇게 아침 9시까지 네 끼를 먹었어요. 약간 출출해지면 불고깃집에 가고, 그 다음은 닭꼬치집. 저는 먹지 않았지만요. 닭은 못 먹어요. 마지막으로 라멘집에서 마무리할 즈음 날이 샜는데, 그때가 7시 정도였어요. 저는 밤새 너무 싫어서 미칠 것 같았어요. 그 와중에 마지막으로 "라멘이랑 챠슈랑 라오주 한 병"하고 주문을 하는 거예요. 그때, 저는 성스럽다는 생각마저 들었어요. 후광이 비치더라고요. 이 정도면 대단하다고 할 수밖에요. 후나도 요이치 씨를 실제로 모셔 오는 게 가장 좋겠지만, 처음 15분이 승부 지점이에요. 자칫 술에 취하면 곤란하니까. 그 즈음에 이것저것 설득하는 거죠. 하고 싶은 기획을요. 그러다 "음, 그럼 해볼까?" 하는 상황이 되면 성공이라고 볼 수 있습니다. 다음엔 쭉쭉 마시게 해서 끝을 봅니다. 나중엔 먹는

것밖에 생각하지 않아요.

기타무라 술이 깨면 기억하고 있나요?

사토 기억해요. 제가 수첩에 적어 둬요. 「주간 신초」 연재, 이런 식으로요.

기타무라 거짓말로 적어 놔도 모르잖아요. 취하게 만들면.

사토 그렇긴 하지만…… 아니, 후나도 씨는 그 정도로 바보가 아니거든요. (웃음)

일본은 문예의 나라

기타무라 "지금 현재 작가 중 후세에 인정받을 만한 사람은 누구일까요?"

사토 지금은 잘 팔리지 않는다는 의미인가요?

기타무라 글쎄요. 어쨌거나 후세까지 남을까라는 의미겠죠.

사토 지금 수준이라면 꽤 남지 않을까요. 자화자찬입니다만, 제가 '신초 미스터리 클럽'[9]이라는 기획을 낸 게 1988년. 왜 그 시리즈를 했냐면 일본 미스터리의 수준이 엄청나게 높아져서 해외 작품에 뒤지지 않게 되었다는 판단이 있었기 때문입니다. 그 전까지는 미스터리라고 하면 오락소설일 뿐이었습니다. 1990

---

9) 신초샤의 미스터리 장편소설 시리즈.

년 무렵부터(더 전이려나) 미스터리가 나오키상이나 야마모토상[10] 후보에 오르는 일이 많아졌어요. 그 무렵부터 나오는 엔터테인먼트 작품은 수준이 무척 높습니다. 최근에 작가 로저 펄버스 씨와 이야기를 나눴는데요, "일본 소설을 미국에 파는 사업에 돈을 투자해야 한다"고 역설했습니다. 이제 해외 진출을 적극적으로 모색해야 하는 시기에 접어든 게 아닐까 하는 생각이 들고요, 후세에 남을 만한 작품도 계속 나오고 있다고 생각해요. 지금 저는 소설 수준은 일본이 가장 높지 않나, 그렇게 생각해요. 일본은 문예의 나라이고, 일본 정치나 사회를 바꾸는 것은 문예밖에 없다는 생각이 듭니다. 시장에서 문예가 차지하는 비중은 18퍼센트입니다. 세계 최고 수준이에요. 높을수록 선진국이라는 의미는 아니지만, 영미권이 그 정도입니다. 그걸 넘는 나라는 없어요. 아시아는 대체로 8~9퍼센트 정도예요. 유럽은 출간 종수는 많지만 별로 팔리지 않습니다. 일본은 차례차례로 새로운 작가가 나오고 있고, 쓰고 싶어 하는 사람도 무척 많습니다. 문제는 독자입니다. 출산율이 떨어지고 있으니 해외에 진출할 수밖에 없지 않나 생각합니다. 이대로라면 보물을 가지고도 썩히게 될 겁니다. 말씀하신 질문을 가치라는 의미에서 하신 것이라고 한다면, 작품의 레벨이 높기 때문에 앞으로 쭉 후세에 남

---

10) 야마모토슈고로 상(신초문예진흥회 주최). 신초샤와 인연이 깊었던 소설가 야마모토 슈고로를 기념해 뛰어난 이야기성을 가진 새로운 문예 작품에 수여한다.

을 거라고 생각합니다.

기타무라 잡지 특집으로 "주제를 편집부 측에서 정해서 작가에게 의뢰하는 경우도 있나요?"

사토 있습니다. 하지만 그런 경우는 드물어요. 사회적으로 큰 붐이 일거나 해서 그에 대해 쓰지 않을 수 없을 때에 "원고료를 더 많이 드릴 테니까"라면서 의뢰하는 경우는 있을 수 있어요.

기타무라 이른바 '뭐뭐 특집'일 때는 '뭐뭐'를 쓸 수 있는 작가에게 부탁하는 것이군요.

사토 그렇습니다. 그렇더라도 장르 작가에게 부탁하는 거니까 조금 의미가 다르긴 합니다.

기타무라 "연재물의 경우 주제, 기간 등 외에 뭔가 협의하는 부분이 있나요? 모두 작가에게 일임합니까?"

사토 연재소설의 경우, 작가는 대체로 2회분 정도밖에 분량을 갖고 있지 않기 때문에 저희 쪽에서 줄곧 말씀을 드립니다. 연재 담당이 되면 재밌어요. 담당 편집자의 발언이 그대로 쓰여 있을 때도 있습니다. '그래도 프로이신데 조금은 가공하시지' 하는 생각은 들지만 재밌기는 해요. 하지만 재밌어하기만 할 수는 없습니다. 전체적인 톤이나 흐름을 보면서 자신이 말한 농담이 얼마만큼 소화되어 있는지 읽습니다. 훌륭하게 소화되어 있다면 '역시 대단하다'고 생각하고, 농담이 그대로 쓰여 있으면 '이 작가, 언제까지 버틸 수 있으려나' 생각하게 되죠. 이런 식으로 깊이 관계됩니다만, 관계되는 것을 기뻐하기만 할 수는 없습니다. 어지간히 조심하지 않으면 연재라는 것은 정말 요물이니까요. 단행본 중심 작가는 그 점을 경계해서 연재를 하지 않는 것이죠.

기타무라 저의 경우는 스토리는 대체로 정해져 있어요. 다만 무엇을 어디에 배치할지가 정해져 있지 않은 경우는 있어요. 연재 도중에 '아아, 이게 여기에 들어가는 건가' 하고 스스로 놀랄 때도 있습니다. 작가에 따라서는 정말 출발하고 나서부터 생각하는 경우도 있어요.

사토 연재는 그런 경우가 많아요. 다카무라 가오루 씨 같은 경우는 그 반대의 극단적인 예에 속합니다. 연재하고 있는 듯이 보이지만, 실은 사전에 이미 완성되어 있어요. 다카무라 씨도 때로는 연재 나름의 묘미를 맛보면서 쓰시면 좋겠다는 생각도 들어요. 이번에 하기로 했지만요. 순문학 잡지 『신초』에 내년 중반부터 연재소설을 시작하시는데요, 그때에 처음으로 움직이면서 움직이는 표적을 쏘는, 그런 경험을 맛보게 되기를 바랍니다.

잡학의 권유

기타무라 "편집자와 작가의 바람직한 관계는 무엇일까"라는 질문이 있습니다. 이미 대답이 나온 것 같기도 하지만요.

사토 바람직한 관계를 만들기 위해 편집자는 작가를 계속 자극해야 합니다. "이 책 읽으셨어요?"라고 물어보는 거죠. 화제가 되는 책이나, 저는 신서를 많이 읽으니까 『대나무 장대 장수는 왜 망하지 않는가?』 같은 책을 보여 주면서 "이 책 지금 쓰고 있는 글이랑 엄청 관련이 있어요" 같은 애기를 나지막하게 하면 작가는 "그 책 꼭 읽어야겠는데" 하면서 읽게 됩니다. 다카하시 데쓰야가 쓴 『결코 피할 수 없는 야스쿠니 문제』를 보여 주며 "이 책도 안 읽고 그 내용을 쓰는 거예요?" 하고 말하기도 합니다. 그러면 자극이 되겠죠. 인터넷 검색으로는 절대 찾을 수 없는 관련 서적인 셈이니까요. 작가 혼자 발상을 떠올리는 데에는 한계가 있으니 편집자와 함께 걸어가는 겁니다. 혼자 하기보다는 공동 작업이 훨씬 즐겁기도 하고요. 물론 거부하는 경우도 없지는 않습니다만.

학생 화제에서 벗어난 질문일지도 모르지만, 최근 어느 유명한 작가가 편집자와 크게 싸웠는데, 작가가 말하길 그 편집자는 이제 우리 집에 안 올 거라고 했다네요. 이런 경우 역시 편집자가 사과하러 가게 되나요?

사토 그건…… 그렇죠.

학생 70년대를 배경으로 한 원고를 보냈는데, 요즘 사람들 말이 아니라 당시 젊은이 말투를 사용하니 지금 독자는 못 알아듣는다는 편집자의 말에 싸움이 났다고 해요.

사토 애기를 들어 보니 작가 말이 맞는 것 같은데요. 꼭 사과해야겠네요. 말투가 다른 것 그 자체가 묘사의 일환인데, 그 편집자가 잘 몰랐던 모양이네요.

기타무라 그런 경우 정도를 조절하는 게 어렵죠. 저는 지금 2차

세계대전 이전 시대를 배경으로 한 소설을 쓰고 있어요. 전쟁 전의 분위기는 내고 싶지만 엄밀하게 옛말대로 쓰고 있지는 못해요. 과거 상류층 사람들의 자료를 보면 '입니다/습니다'를 붙이는 건 천박하다고 여겼다는 걸 알 수 있어요. 그렇다고 해서 완전히 옛날처럼 "다녀오셨사옵니까" 같은 느낌으로 전부 쓸 수도 없어요. 젊은 여성이 이야기하는 경우라면 '입니다/습니다' 정도로 쓰고 싶어져요. 어느 정도 타협하는 경우가 있어요. 교고쿠 나쓰히코 씨 같은 분도 그 시대라기에는 조금 이상한 부분을 일부러 넣기도 합니다. 이 부분은 간단하게 무엇이 옳고 그른지 판단할 수 있는 문제가 아닙니다. '이렇게 쓰고 싶다'라는 의도가 들어간 경우도……

<u>사토</u> 일단은 의도하고 썼음을 전제로 봐야 합니다. 말의 차이라는 건 무척 어려운 문제입니다. 엄밀히 말하면 얼마간 오류는 있습니다. 얼마 전 소설가 아토다 다카시 씨의 강연에서 들은 이야기인데요, 후지사와 슈헤이 씨는 시대소설이라 하더라도 "현대인을 쓰고 싶어서 그 시대 설정을 빌리는 거야"라고 말했다고 합니다. 그 시대를 장치로서 빌리고 있습니다. 시대 그 자체를 쓰고 싶은 게 아니라면 굳이 코스튬플레이 세계의 말을 그대로 쓸 필요는 없다고 생각할 수도 있습니다.

<u>기타무라</u> 이런 질문도 있었습니다. "잘 팔리는 책의 조건은 무엇인가요?"나 "이 작가의 이 작품은 잘 팔릴 거라고 자신만만했는데 예상이 빗나간 경우는 있나요?"

사토 늘 있는 일이에요. 40퍼센트 맞추면 대단하다는 말을 들으니까요. 잘 안 맞네 싶다가 맞는 경우도 있고요. '이런 책이 잘 팔린다'라는 공식은 없으니까요. 그런 걸 알면 여러분께 알려드리고 싶네요. 다만 이건 멋진 작품이고, 많은 사람이 읽으면 좋겠다고 생각할 때는 있어요. 그 중 절반 정도가 팔리는 것 같네요.

학생 출판업계 종사자의 눈으로 봤을 때 '글을 쓰고자 하는 사람이라면 꼭 읽어야 한다'고 생각하는 책은 뭐가 있을까요?

사토 학생은 어떤 글을 쓰고 싶은가요?

학생 굳이 따지자면 엔터테인먼트 계열이요.

사토 엔터테인먼트 계열이라면 뒤마의 『삼총사』는 읽었나요?

학생 네, 읽었어요.

사토 스티븐 킹의 작품이나 하야카와의 포케미스[11] 같은 책을 많이 읽으세요. 이건 일반적으로 하는 말이지만 특히 예전에 나온 책을 읽는 게 좋아요. 1970년대 정도에 나온 책을 많이 머리에 넣어 두면 좋을 것 같습니다. 그리고 발자크도 좋고, 미야베 미유키 씨의 애독서인 오카모토 기도의 『한시치 체포록』도 좋아요. 기도는 서양 책을 원어로 읽고 그대로 차용해 버렸어요. 그 시대에는 그러한 것을 거름으로 썼는데 시대소설 작가였지만 야마모토 슈고로는 발자크였죠. 무엇이 거름이 될지는 알 수

---

11) 포켓 미스터리의 약칭으로, 하야카와쇼보에서 간행되고 있는 미스터리 총서.

없습니다. 쓰려는 것에 너무 가까운 것을 읽는 게 아니라 조금 다른 곳에서 찾는 것이 좋습니다. 재밌는 발상을 얻기 위해 추천하고 싶은 것은 신서를 읽으며 잡학 지식을 많이 쌓아 두면 글을 쓸 때 단서로 활용할 수 있는 경우가 많을 거라고 생각합니다.

<u>기타무라</u> 여러분 '잡학' 부분만 기억에 남겨 두면 실수하는 겁니다. 처음부터 말했지만 사토 씨는 입사하자마자 『신초일본고전집성』을 담당했습니다. 그만큼 고전문학에 대해 깊은 전문지식을 가진 분입니다. 지금 가볍게 이야기하고 있지만 신초샤의 출판부장이세요. 교양인입니다. '자신의 중심이 되는 것을 가지고, 그에 더해……'라는 의미로 받아들여야 합니다. 전문적이고 깊은 교양에만 사로잡혀 있으면 융통성이 없어지기도 합니다. 넓은 시야를 갖지 못하게 되지요. '불역유행(不易流行)'[12]이라는 말도 있지만 현대를 살아가면서 현대를 상대하는 편집자는 '유행'의 부분 또한 갖춰야 합니다.

편집자에게 필요한 것

<u>기타무라</u> 시간이 거의 끝나가니까 약간 맥락이 다른 질문이긴 한데요. "편집자와 작가가 함께 작품을 만들 때 가장 해서는 안

---

12) 마쓰오 바쇼가 주창한 하이카이의 기본 이념. 시대에 따라 변화하는 것과 변화하지 않는 것, 이 양자가 시의 한 구(句) 속에 통일되는 것을 이상으로 삼았음.[옮긴이]

되는 행동은 무엇입니까?"

사토 처음에도 말씀드렸지만 '운반책이 되는 것' 아닐까요. 짧은 원고를 받았을 때 "감사합니다"밖에 말하지 않는 사람이 많다고 해요. 저는 절대 그래서는 안 된다고 모두에게 말하고 있습니다. 칭찬하거나, "여기는 조금……" 하고 조언하는 게 좋아요. 다섯 매 정도의 에세이를 받았다면 그 자리에서 체크합니다. 그렇게 하지 못하면 편집자가 아니에요.

학생 편집자에게 가장 필요한 능력은 무엇일까요?

사토 가장 필요한 능력을 고르기는 어렵지만 역시 글을 잘 쓰지 못하면 곤란합니다. 듣고 쓰든 뭐든 단시간에 써야 합니다. 문장 표현력은 무척 중요합니다. 창작을 하거나 소설을 쓰는 것과는 조금 다른 능력이라고 생각합니다만. 그리고 타이틀을 붙이는 능력도 필요합니다. 짧은 카피 능력도요. 책 띠지 문구를 만드는 것도 편집자니까요.

기타무라 사토 씨가 만든 띠지 문구 중에 데라야마 슈지의 단카를 인용한 게 있습니다. "이 한 몸 바칠 만한 조국은 어디 있는가" 원래는 교과서에도 실려 있을 만큼 유명한 데라야마의 단카입니다. "성냥을 긋는 찰나의 순간 바다에 안개 자욱해 이 한 몸 바칠 만한 조국은 어디 있는가"[13]에서 따왔습니다.

---

13) 데라야마 슈지의 영역 앤솔러지 『만화경 KALEIDOSCOPE』(우자와 고즈에, A·필덴 역, 호쿠세이도쇼텐, 2008년)에 의하면 '이 한 몸 바칠 만한 조국은 어디 있는가'는 'is there

사토 사사키 조 씨의 『스톡홀름의 밀사』였죠.

기타무라 그런 형태의 띠지는 이례적이었습니다. 전무후무할 거라는 확신이 있었던 거죠. 『책의 잡지』에 '사토 세이치로 혼을 담은 카피'라는 글이 실렸는데, 보통 편집자 이름이 나오는 일은 없으니까 그 칼럼을 봤을 때 깜짝 놀랐죠. 그만큼 좋은 평을 들었음을 알 수 있습니다. 받아들이는 편에서는 이 책에 '그 카피를 붙이다니'라는 비약에 대한 놀라움과 수긍이 있었던 것이죠.

사토 별 말씀을요. 결국 편집자라면 대인적인 교섭능력과 언어에 대한 능력, 그 두 가지를 갖출 수 있어야 한다는 것이겠죠.

기타무라 감사합니다.

---

a motherland/I can dedicate myself to?'라고 번역되어 있다.

13.
잡지 편집이라는 일

잡지 편집자에게 묻다:
게스트 가라키 아쓰시 씨(2006년 6월 12일)

전달하는 일

<u>기타무라</u> 오늘은 일본의 대표적인 문예지 중 하나인 고단샤『군조』(群像)의 편집장 가라키 씨[1]를 모시고 문예 현장에 대해 이야기를 들어 보겠습니다.

<u>가라키</u> 고단샤의 가라키 아쓰시라고 합니다. 『군조』 편집장을 1

---

1) 2007년까지 『군조』 편집장을 역임했다.[옮긴이]

년 좀 넘게 하고 있습니다. 직장 생활은 지금 18년째이고, 마흔한 살입니다. 나이를 말할 필요는 없겠지만, 각 회사의 문예지 편집장을 보니 저와 같은 세대가 많더라고요. 문예 잡지의 편집장은 저 정도의 연령인 사람이 하고 있다고 봐도 될 것 같습니다. 지금 문예 잡지라고 말씀드렸는데, 일반적으로 다섯 잡지가 있습니다.『군조』는 제가 있는 곳이고요. 신초샤에서 나오고 있는『신초』라는 잡지가 있는데, 이 잡지는 문예지 중 백이십 년이라는 최고의 역사를 자랑하고 있습니다.『군조』는 육십 년이니까 절반이네요. 그리고 분게슌주에서 내고 있는『문학계』, 슈에이샤가 내고 있는『스바루』, 가와데쇼보신샤가 내는『문예』가 대체로 5대 문예 잡지라고 일컬어집니다. 이 다섯 잡지의 특징은 무엇인가. 1년에 두 번 실시하는 순문학 신인상인 아쿠타가와상의 후보작은 거의 백 퍼센트 여기에 발표된 작품입니다.

한편 소설지라고 일반적으로 일컬어지는 것은『소설 겐다이』,『소설 신초』,『올요미모노』 등입니다. 그럼 여기에 실리는 소설 중에서 나오키상이 결정되나 하는 생각이 들 수도 있지만 그렇지는 않습니다. 나오키상은 단행본으로 나온 작품 중에서 고릅니다. 아쿠타가와상은 신인상이지만, 나오키상[2]은 중견 느낌이

---

2) 나오키 산쥬고 상(일본문학진흥회 주최). 고 나오키 산쥬고의 이름을 기념해 기쿠치 간이 아쿠타가와 상과 동시에 쇼와 10년에 제정. 대중문예작품 중 가장 우수한 작품에 수여한다.

나는 작가가 수상하는 경우가 많습니다. 아쿠타가와상보다는 아무래도 연령이 높은 분들이 수상하고 있습니다.

지금 말씀드린 것이 대략적인 기초 지식이고, 그러한 『군조』를 지금 제가 일 년 반 맡고 있습니다. 『군조』에 글을 쓰는 분은 이십대, 삼십대가 많기 때문에 젊은 층 독자가 많이 읽어 주셨으면 하고 생각하는데 쉽지가 않네요. 오늘은 어떻게 하면 젊은 분들이 많이 읽어 주실지에 대한 힌트를 오히려 여러분에게 배우게 된다면 기쁘겠다고 생각하며 왔습니다.

기타무라 전후에는 문예지가 난립해서 폐간되는 잡지도 많았다고 합니다. 그런 와중에 『군조』는 지금까지 이어져 왔습니다. 어떻게 『군조』가 지금까지 꾸준히 독자를 끌어당길 수 있었는지 편집자의 시점에서 이야기해 주시겠습니까?

가라키 문예지는 ——『소설 겐다이』 같은 소설 잡지도 사실 그렇지만—— 보통 회사에서 말하는 채산을 고려하지 않습니다. 원고료를 지급하고 직원들에게 월급을 주다 보면 경제적으로 성립할 수 없습니다. 그럼에도 육십 년 동안 이 잡지를 계속 만든 이유는 잡지를 통해 스타를 발굴해 내고자 하는 마음이 있기 때문입니다. 『군조』는 대대로 신인상을 무척 중시하고 있는 잡지입니다. 군조 신인상[3]의 경우 응모자가 무척 많아서 연간 천팔

---

3) 군조 신인상은 쇼와 33(1958)년에 우수한 신인 발굴을 목적으로 창설되었다. 소설과 평론 두 부문으로 나뉜다.

백 명 정도 됩니다. 『군조』를 통해 데뷔한 작가 중 바로 떠오르는 분은 ──『군조』 신인상 수상이 데뷔였다는 말에 이미 아시는 분도 많을 것 같은데요── 무라카미 하루키 씨와 무라카미 류 씨입니다. 그러한 분들을 배출한 상입니다. 사실 일본 이외의 대부분의 나라에서는 일반적으로 순문학이라고 불리는 것은 각 대학의 연구실 같은 곳을 중심으로 돌아가고 있습니다. 창작도 포함해서요. 거의 일본에서만 일반 민간기업이 문학을 배출하는 활동을 하고 있어요. 출판사인 이상 그 일을 소중히 여기고 싶고, 그렇기에 육십 년간 이어올 수 있었다고 생각합니다. 창간의 경위와 관련해서도 여러 가지 일이 있지만, 그건 지금 이 자리와는 맞지 않는 이야기라서 생략하도록 하겠습니다.

기타무라 많은 사람이 읽었으면 하는 마음이라는 건 단순하게 생각하면 많은 사람이 샀으면 좋겠다는 얘기와도 통합니다. 한편 문학은 팔리지 않는 게 당연하다는 견해도 뿌리 깊습니다. 그 점에서 이런 질문이 있었습니다. "잘 팔리는 내용을 만드는 건 어떤 것인가요? 어떤 일을 하게 되나요. 그러한 의식은 있나요?"라는 질문입니다. 문예지의 경우 답하기 어려운 질문일지도 모르겠지만.

가라키 잘 팔리는 내용 만들기가 불가능진 않습니다. 하지만 그게 문예지인가 하는 질문이 남습니다. 소설 같은 경우 예를 들어 인기 시리즈의 후속 작품을 실으면 그 시리즈의 독자가 많이 사줄지도 모릅니다. 하지만 『군조』가 그런 잡지여도 되는가, 그건 아니라고 생각해요. 『군조』라는 잡지는 늘 도전해야 합니다. 찬사와 비판이 반반 정도인 작품을 수록하는 게 바람직하다고 생각합니다. 모두가 "좋다"고 하는 작품도 수록하면 좋겠죠. 하지만 "이건 도대체 뭐지?", "뭘 호소하는 거지?" 하고 질문하게 되는 작품이 늘 실리는, 전위적인 잡지여야 한다고 생각합니다. 그 점을 먼저 고려하고, 그래도 역시 많은 사람들이 읽었으면 하는 마음이 있기 때문에 잘 팔릴 만한 내용을 고민하려 합니다.

기타무라 어떤 출판사에 다니고 있는 분이 있는데 남편은 전혀 다른 일을 하고 있다고 합니다. 하루는 이들 부부가 문예지는 어느 정도 손해를 보는지에 대해 이야기했다고 합니다. 잡지를 내면 손해를 봅니다. 연간 1억 엔 정도 손해를 보죠. 거꾸로 말하면 잡지를 내지 않는다면 1억 엔을 버는 셈이 되죠. 남편 분이 깜짝 놀랐다고 합니다. 보통 회사의 상식에는 없는 일이니까요. 하지만 『군조』를 내지 않는 고단샤, 『신초』를 내지 않는 신초샤, 『문학계』를 내지 않는 분게슌주는……

가라키 좀 아니지 않나, 싶죠. 만약 문예지를 내지 않는다면 그것은 더 이상 순문학은 하지 않겠다는 확실한 의사 표시가 되는 셈입니다.

기타무라 잘 팔리는 것이 그밖에 많지 않으면 버틸 수 없다는 얘기네요.

가라키 제가 전에 있던 부서는 잘 팔아야 하는 곳이기도 했습니다. 문예 제3이라는 고단샤 노벨스를 중심으로 하는 부서였는데, 히트할지 어떨지는 출간될 때까지 누구도 예측하지 못했습니다. 그래서 더 재밌었죠. 다만 경제적인 대차대조표에 관해서는 『군조』보다도 훨씬 엄격한 기준이 요구되었습니다.

기타무라 그런 와중에 편집자라는 직업에 대해 어떻게 생각하십니까?

가라키 저는 제품을 만드는 일이라고도, 제품을 파는 일이라고도 생각하지 않습니다. 문예 편집에 한정된 말이지만, 어느 작품을 무척 '좋다'고 생각합니다. 먼저 이게 기본입니다. 그 작품을 어떻게 '다른 사람에게도 좋을 것 같다고 생각하게 만들어 읽게 할 수 있을까' 이것이 편집자의 일이라고 생각합니다.

다른 사람에게 자신의 마음을 백 퍼센트 전달할 수 있다면 좋겠지만 백 퍼센트의 전달은 무리예요. 절반이라도 전달해서 그것을 쌓아 나간다면 작품이 세상에 퍼져 나갈 겁니다. 결국 만드는 것도 파는 것도 아닌 '전달하는 일'이 아닐까 생각합니다.

신인상에 대해서

기타무라 신인상에 관한 질문이 많았습니다. 군조 신인상에 대해 알려 주세요.

가라키 소설 부문과 평론 부문이 있습니다. 올해의 경우 평론 부문은 원고지 50매라는 제한을 두었는데요, 거의 연간 백 편 정도가 오고, 이 응모 수는 많아지지도 적어지지도 않습니다. 하지만 소설의 경우는 점점 늘어나고 있습니다. 작년보다 올해는 백오십 편이 늘어나서 천팔백 편이 넘었습니다. 최근 응모자의 직업란에 '무직'이라고 기재하는 분이 늘어났음을 느꼈습니다. 이건 상의 문제라기보다는 사회 구조의 문제가 아닐까 하는 생각이 듭니다.

학생 응모자의 프로필은 심사할 때 참고하십니까?

가라키 전혀 하지 않습니다. 저희는 심사위원에게 프로필을 보여 드리지 않아요. 이전 '메피스토 상'[4]에 관여하던 시절에 응모자 중에 스티커 사진을 붙여서 보내는 사람도 있었는데, 응모자의 용모도 관계없습니다.(웃음)

기타무라 여기에는 젊은 학생들이 많은데, 응모자의 연령은 어떻습니까?

가라키 응모자 연령을 통계로 내고 있지는 않습니다. 신인상 심사에는 먼저 예비 심사라는 게 있습니다. 예비 심사위원이라고 불리는 신진 작가, 평론가 분들에게 부탁드리고 마음에 조금이라도 걸리는 원고는 되도록 많이 올려서 편집부에서 읽습니다. 그렇게 올라온 원고를 본 느낌으로는 이십대, 삼십대가 압도적으로 많습니다. 십대도 있습니다. 열여섯 살 정도부터. 다만 그 연령대인 분의 작품은 아무리 도전이라고 해도 무언가 부족한

---

4) 미스터리 소설지 『메피스토』의 편집자만 응모 원고를 읽고 수상작을 결정하는 신인상.

부분을 느끼게 되는 경우가 많습니다. 상의 후보가 되는 것은 역시 압도적으로 이십대부터 삼십대, 서른 살 전후가 많지 않나 싶습니다.

기타무라 "신인상 심사할 때 앞으로 인기가 많아질 거라는 생각이 드는 작가와 자기 취향인 작가 중 어느 쪽을 선택합니까? 편집자는 자신이 좋아하는 것이 아니라 주목을 끌 만한 원고, 잘 팔릴 만한 원고를 우선해야만 할까요?"라는 질문이 있습니다.

가라키 '좋다'고 생각하는 작품에 팔릴 만한 화제성이 있다면 가장 좋겠죠. 어디까지나 작품을 우선합니다. 소설 그 자체에 화제성이 있는 경우도 있을 것이고, 필자에게 화제성이 있는 경우도 있습니다. 연예인이 소설을 썼는데 그 소설로 상을 받거나 하는 경우가 전형적인 사례입니다. 그러한 화제성은 플러스알파예요. 그 소설은 '전하기' 쉽습니다. 그 이상도 그 이하도 아닙니다.

기타무라 "신진 작가가 많은데, 그 중에서 힘이 느껴지는 작가는 누구입니까? 이것만큼은 꼭 읽어야 한다고 추천하고 싶은 작품이 있다면 알려 주세요"라는 질문이 있습니다.

가라키 군조 신인상 수상 작품을 추천하면 자화자찬처럼 보일 테니, 수상작은 제외하겠습니다. 이미 아쿠타가와상을 받은 사람도 제외하면 바로 생각나는 분은 이토 다카미 씨입니다. 소설의 완성도가 무척 높습니다. 지금 문예지에 일 년에 두세 편 소설을 발표하고 있는데요, '이럴 리 없었던 청춘소설' 같은 느낌으로 약간 쓸쓸함이 감도는 소설입니다. 그밖에 최근 일이년 사이에 데뷔한 작가 중 재밌었던 분은 작년 다자이 오사무상으로 데뷔한 쓰무라 기쿠코 씨. 그리고『문학계』로 데뷔한 아카조메 아키코 씨를 꼽을 수 있습니다. 아카조메 씨가 쓴 소설은 정말 엉망진창인 세계를 보여 줘요. 에세이도 거의 소설이라고 생각할 수밖에 없어요. 이런 일이 주변에서 일어날 리가 없지 않나 싶은 세계를 쓰고 있어서 무척 재밌었어요. 다음은 동인지 데뷔라는, 요즘에는 무척 드문 사례인데요, 니시무라 겐타 씨. 이 작가는 다이쇼 시대 남성 사소설의 전통, 즉 기무라 이소타나 가사이 젠조 같은 느낌을 이 시대에 재현하고 있어요. 술을 마시고, 심취한 작가를 위해 돈을 아끼지 않습니다. 심지어 그 돈을 자기가 버는 게 아니라 자기 동거 상대의 부모에게 뽑아내죠. 그 정도로 신세를 지고 있는 동거 상대를 사정없이 후려치는, 정말 지독한 남자를 그린 소설인데 묘하게 웃깁니다. 일본 사소설의 전통적인 흐름 속에서 현대에도 이러한 소설을 쓰는 사람이 있다는 흥미도 포함해 주목하고 있습니다.

학생 군조 신인상 중에서 꼽으면 자화자찬 같다고 말씀하셨지만 그래도 추천하고 싶은 신진 작가가 있다면 알려 주세요.

가라키 올해는 군조 신인상에서 세 작품이 나왔어요. 하나는 아사히나 아스카 씨의『우울한 해즈빈』이라는 소설입니다. 이 소설의 주인공은 스물여덟 살인가 그런데, 이 소설을 읽으면 '아, 일본은 정말 격차사회가 되었구나'라는 것을 실감할 수 있어요. 주인공은 도쿄대를 나온 여자예요. 외국계 기업에 다니며 커리어를 쌓아 나가려 하는데, 어찌된 일인지 인생이 조금씩 이상하게 꼬여 갑니다. 말하자면 자아 찾기 소설인데요, 다른 자아 찾기 소설과의 차이를 들자면 엄청나게 절실하게 다가온다는 점입니다. 이 작품을 읽은 어느 남성 신문기자가 "이 소설은 나에 대해서 쓴 소설이라는 생각이 들었다"라고 말하기도 했습니다. 이 점이 매우 중요한데, 응모하는 소설의 경우 '당신에 대해' 쓴 내용밖에 없는 경우가 많기 때문입니다. 그밖에 소설의 구조나 기술 또한 신인상 레벨을 뛰어넘는다고 생각합니다.

또 하나, 기노시타 후루쿠리 씨의 『무한의 하인』이라는 작품은 혼자 두문불출하는 남자가 온갖 망상을 펼치며 폭주하는 이야기입니다. 문체가 유머러스하고 '이런 짓까지 저지르는가' 하는 엉뚱함이 있습니다. 편집부 안에서도 의견이 갈렸는데, 여성 편집자의 평가가 더 높았어요. 그 후 여러 사람이 읽었는데 역시 여성에게 평가가 좋은 작품이었습니다. 평가가 갈리는 일은 무척 많습니다. 현재 군조 신인상은 합의제로 결정하고 있어서 편집장이 절대적인 권한을 가지지는 않습니다. 그래서 편집부원이 강력하게 추천하면 적어도 최종후보에 남을 가능성이 매우 높습니다.

후카쓰 노조미 씨의 『연막』이라는 작품은 평론가 가토 노리히로 씨가 평론가 생명을 걸고 이 작품을 추천한다고 말해 다른 심사위원을 열심히 설득한 작품으로, 무척 해석하기 어려운 작품이었습니다. 재밌게 쓰이기는 했지만 화자의 일인칭이 점점 빗겨나가는 작품입니다. 그 구조가 과연 무엇을 의도하는지, 말하자면 이 작품은 형태적 측면에서 백 퍼센트 작가 자신의 생각대로 되어 있는지에 대해 논의가 갈리는 작품이었습니다.

무엇이 좋은지를 판단하는 것은 정말 그 사람에 달려 있습니다. 편집부원 사이에서도 각각 의견이 갈릴 정도니까요. 최대한 읽고 관심을 가져 주면 좋겠습니다.

'자아 찾기 소설'과 '근거 없는 인기남 소설', 그리고

<u>기타무라</u> 훌륭한 작품이라도 지지자가 갈리는 경우는 있습니다. 한편 누가 봐도 형편없는 응모작도 있겠죠. 사전 검토하는 사람들이 '이런 원고가 많아서 곤란하다'고 하는 예로는 뭐가 있을까요?

<u>가라키</u> 방금 전 '자아 찾기 소설'이라고 말씀드렸는데, 이 종류가 너무 많아요. 여성이 쓰는 경우가 대부분입니다. 자아 찾기라는 게 지금 살고 있는 곳에서는 하지 않죠. 이를테면 홋카이도나 오키나와, 외국 같은 곳으로 가서 자아를 찾죠. 그게 어느 수준을 넘어 독자에게도 자기 자신의 이야기라고 느껴질 정도라면 좋아요. 더 넓게 일본인이 일본인을 찾는 소설이라면 그것도 그것대로 좋고, 혹은 인류가 인류를 찾는 소설이라면 그건 순문학이 아니라 SF가 되겠지만, 어쨌든 거기까지 도달한 작품은 별로 없어요. 일종의 미숙한 가라오케 같은 작품이 많습니다.

남자의 경우는 발표되어 있는 작품도 포함해서 '근거 없는 인기남 소설'이라고 부를 만한 게 많아요. 주인공이 그럭저럭 일상을 보내는데, 그럭저럭 여자에게 인기를 끌어요. 왜 인기가 있는지, 왜 인간적으로 매력이 있는지 그에 대해서는 전혀 알 수 없어요. '근거 없는 인기남'은 유감스럽게도 제가 지은 말이 아니라 소설가 마치다 고 씨가 붙인 말인데, '잘 맞아떨어지는 말이구나' 싶었어요. 제가 남자라서 그럴지도 모르겠지만 이쪽 계열은 여성의 '자아 찾기 소설'보다는 의외로 잘 읽힙니다. 하지만 여성 편집자의 경우 이런 소설은 전혀 머리에 안 들어오죠.

큰 틀에서는 대략 이런 식으로 남녀의 차이가 있는 것 같아요. 어느 쪽이라도 일정 수준을 넘으면 작가가 남자든 여자든 상관없이 좋은 평가를 내리겠지만, 그 정도까지 도달하지 못하는 수준에서는 아무래도 남녀라는 특성이 드러난다는 것을 요즘 절실히 깨닫고 있습니다.

학생 지금은 캐릭터 소설 등과 이른바 문예소설이 꽤 가까워지고 있다는 느낌이 듭니다. '근거 없는 인기남 소설'이라는 것도 그런 캐릭터 소설이나 애니메이션, 만화를 봐 왔던 이십대, 삼십대 세대가 점차 작가로 데뷔하기 시작했기 때문인 거죠. 그 중에서 그러한 편의주의적인 세계를 쓰는 사람이 엄청 불어난 게 아닐까 하는 생각이 듭니다. 한편으로 『군조』로서 캐릭터 소설과의 거리감을 유지하는 것은 어떤 느낌일까요?

가라키 다른 잡지 편집자는 어떻게 생각하는지 모르겠습니다.

저는 캐릭터 소설이라고 확실히 말할 수 있는 소설은 전형적인 엔터테인먼트 쪽에서 해야 할 일이라고 생각합니다. 캐릭터 소설이라면 예를 들어 역사소설, 시대소설, 특히 시대소설은 기본적으로 캐릭터 소설이죠. 캐릭터 소설은 최근 생겨난 게 아니라 옛날부터 죽 이어져 왔습니다. 신화도 캐릭터 소설이죠. 캐릭터 소설은 역시 거리를 두고 싶습니다만, 캐릭터 소설을 쓰는 필자의 그렇지 않은 소설이라면 저는 괜찮다고 생각하고, 그런 소설도 많이 나왔으면 합니다.

'근거 없는 인기남 소설'은 캐릭터 소설과 같은 뿌리를 두고 있다는 게 재밌어요. 그러한 토양이 이미 엄연히 있음에도 불구하고 거기에서 눈을 돌리고 '나는 쭉 일본 근대 문예만을 읽어 왔습니다' 같은 얘기를 하는 사람이 쓴 소설이 과연 지금 독자들의 마음에 꽂히는 소설이 될 수 있을까요. 물론 가능성은 있을 겁니다. 보편적인 문제라는 게 있으니까요. 하지만 지금의 캐릭터 소설이라는 것에 친숙한 사람들이 쓴, 지금까지의 선만으로는 표현할 수 없다는 마음이 담겨 있는 소설이 계속 나오면 좋겠다고 생각합니다.

기타무라 "상 같은 건 판타지 계통 소설에 평가가 좀더 엄격하지 않나요?"라는 질문이 있는데요.

가라키 판타지 계열 작품은 커다란 문제점이 있어요. 확연히 전에 나온 작품의 영향을 받은, 즉 카피인 사례가 거의 대부분입니다. 용어까지 톨킨이 쓴 말을 그대로 쓰기도 하죠. 그건 출판사가 바라는 소설이 아니에요. 말하자면 2차 창작물인 셈이죠. 쓴다면 읽어본 적도 없는 듯한 판타지를 써야 합니다. 그렇지 않은, 단지 자신이 그 세계에서 놀기 위한 작품이 너무 많아요.

학생 저는 읽을 때도 쓸 때도 소설 지문의 '묘사'가 잘 안 돼서 고민입니다.

가라키 확실히 젊은 사람이 쓰는 글은 세세한 묘사가 들어가지 않는 경우가 많아요. 그런 경향을 극단적으로 보여 주는 사람으로 미야자키 다카코 씨가 있습니다. 대화 중심으로 이야기가 진행되는 『소녀@로봇』이라는 작품이 미시마상 후보에 오르기도 했죠.

기타무라 묘사가 없는 게 '무기'가 될 정도의 재능이 있다면 좋은 거군요. 그 밖에 주의해야 할 게 뭐가 있을까요?

가라키 이중 투고를 해서는 안 된다는 건 상식입니다. 그걸로 만약 수상이라도 했다가는 대사건이 됩니다. 떨어진 작품을 가지고 다른 상에 응모하는 것은 상관없지만 그리 바람직한 행동은 아닙니다. 그 한 작품밖에 쓰지 못해서야 곤란하겠죠.

기타무라 응모하는 사람은 독서가가 많나요?

가라키 수상자와 이야기를 해보면 도스토옙스키 같은 대작가의 작품을 꿰고 있는 분도 물론 있지만, 굳이 말하자면 본격 미스터리 마니아 같은 분도 꽤 많아요.

기타무라 "신인 문학상의 최종 심사는 어떤 느낌인지 예를 들어 주시겠어요?"

가라키 심사위원 각자 소설관이 다르기 때문에 처음 세 명의 심사위원이 ×, ×, ×라고 해도 마지막 심사위원이 "저는 저의 평론가 생명을 걸고 이 원고를 추천합니다"라는 식으로 말하면 흐름이 바뀌기도 합니다. 자신은 평론할 수 없다 해도 누군가가 이 정도로 강렬한 마음을 갖고 있다는 것은 중요한 일이니까요. 평범한 △, △, △, △ 같은 작품은 절대 수상에 이르지 못합니다. ○, ○, ○, ○인 작품은 당연히 수상하겠지요.

기타무라 다양한 신인상이 있죠. 최근 마침 최종 심사에 남은 남학생과 이야기를 했는데, 왜 군조 신인상에 출품했냐고 물으니 시기가 응모하기 편해서라고 하더군요. 그럴 수도 있겠구나 싶었습니다. 그 이유는 생각도 못했어요.

가라키 시월 말이 마감입니다.

기타무라 그렇다면 학생으로서는 여름방학 동안에 써서 낼 수 있겠군요.

가라키 의도한 건 아니고 우연히 맞아 떨어진 거죠.

기타무라 "각 상의 특색을 고려해서 응모하는 편이 좋을까요?"라는 질문도 있습니다.

가라키 괜찮지 않을까요. 『군조』는 그렇게 특색이 극단적이지 않지만, 예를 들어 와타야 리사 씨를 배출한 『문예』는 역시 젊은 여성을 수상자로 선택하는 경우가 많다는 인상이 있습니다. 『신초』는 비교적 남성적인 느낌이 들고요. 안에 틀어박히는 유형의 남성적인 수상작이 많다는 인상이 있습니다. 『스바루』도 여성이 강세라는 인상이 있습니다. 『소설 스바루』라는 잡지의 신인상도 무라야마 유카 씨 등 여성 작가를 많이 배출하고 있어서, 역시 슈에이샤도 여성이 강하다는 느낌이 듭니다. 『문학계』는 그다지 뚜렷한 색이 없지만 『문학계』 신인상의 최대 장점은 아쿠타가와상을 주최하고 있는 회사이기 때문에 아쿠타가와 상에 가깝다는 점이겠죠.

새로운 작가와의 만남

기타무라 이런 질문도 있었습니다. "편집 프로덕션에서 아르바이트를 하고 있습니다. 모호한 질문이라 송구스럽지만 어떤 편집자가 좋은 편집자라고 생각하십니까. 그렇게 되기 위해 학생 시절에 어떤 걸 배워 두면 좋을까요?"

가라키 일단 자신의 일을 좋아하지 않는 사람은 절대 편집자를 해서는 안 됩니다. 역시 책 읽는 걸 좋아하지 않으면 힘들어요. 그리고 자신의 감동을 한 사람이라도 더 많은 사람과 나누고 싶다는 마음이 없으면 안 됩니다. 이것은 소설 이외의 책도 마찬가지라고 생각합니다. 만화도 그렇고, 잡지도요.

학생 시절에 무엇을 해두는 게 좋을까…… 음, 부끄럽지만 사실 저는 대학교 3학년 여름 전까지는 편집자가 되고 싶다고 생각한 적이 한 번도 없었어요. 아무 생각 없이 멍청하게 살고 있었으니 할 말이 없습니다만, 자신이 흥미를 느끼고 있는 것을 쫓는 게 가장 좋지 않을까 생각합니다. 저도 회사에서 자주 면접을 봅니다. 그때 면접관들이 하나같이 "요즘 학생들은 이게 좋다라는 감정이 느껴지지 않아"라고 말해요. 거꾸로 말하면 "이게 좋아"라고 말할 수 있는 자신만의 것을 제대로 갖고 있는 게 필요하단 얘기죠.

기타무라 편집의 매력이라는 의미에서 "작가나 라이터처럼 직접 자신이 쓴 글이 게재되는 것은 아니지만, 거리를 두고 글을 바라보거나 기획을 세우는 중에 느끼는 재미나 힘든 점은 뭐가 있을까요?"

가라키 신인상 응모 원고는 편집부 한 사람 당 대체로 백 편 정도를 읽어요. 만 매 이상의 원고를 읽게 됩니다. 그 중에서 빛나는 원고를 찾아냅니다. 빛나는 원고를 만나는 순간의 기쁨, '이런 걸 찾아냈다고!' 다른 편집자와 떠드는 순간의 기쁨은 무엇과도 바꿀 수 없습니다.

기타무라 그런 종류의 체험 중에 '육필 원고로 교고쿠 나쓰히코와 만났다'는 체험이 있군요.

가라키 『군조』를 맡기 전 부서에서의 일인데요, 지금부터 12년 전이네요. 골든위크[5]의 중간날이었는데, 어쩌다 출근했다가 전화 한 통을 받았습니다. "고단샤는 직접 원고를 가져가면 받아

---

5) 4월 말부터 5월 초까지 공휴일이 모여 있는 일주일.[옮긴이]

주시는지요?", 기본적으로 신인상에 보내는 게 좋다고 말씀드렸지만 신인상에 내기에는 매수가 너무 많다는 대답이었습니다. "읽어 보시지 않겠습니까?"라는 말에 "그럼 보겠습니다. 단, 지금은 바빠서 석 달 정도는 여유를 주셨으면 합니다"는 대화를 했습니다.

그렇게 해서 도착한 원고를 봤는데, 원고를 본 순간 읽지 않고는 배길 수 없는 기운이 뿜어져 나왔습니다. 한 장 두 장 넘기다 '이건 읽을 수밖에 없다'는 생각이 들어 다른 업무도 있는데 집에까지 들고 와서 끝까지 읽었어요. 흥분해서 곧바로 저자랄까, 투고자에게 바로 전화했습니다. 그런데 부인되시는 분이 전화를 받아 지금 일주일 간 출장 중이라고 말해 맥이 탁 풀렸어요. 당장 만나고 싶었는데 일주일이나 뭉개고 있어야 하니까요. 그런 원고를 만나고, 게다가 원고를 쓴 사람은 어떤 사람일지 궁금해하는 마음을 맛본다는 것은 무척 행복한 일입니다.

기타무라 그런 일이 무척 드물지만 일어나기 때문에 편집자 일을 할 수 있는 거군요.

가라키 그렇습니다. 백 퍼센트, 어떤 작품도 기대할 게 없다는 생각이 들게 되면 편집자를 그만두는 편이 좋다고 생각합니다. 어떤 작품을 나만 재밌어하는 경우가 가끔 있어요. 하지만 어떤 종류든 나름의 재미가 있는 작품이라면 퇴짜 놓기보다는 긍정적으로 덤벼드는 게 저는 편집자로서 좋은 자세라고 생각합니다. 너무 앞서나가다 핀잔을 듣게 되기도 합니다만. 지금 스스로 반성을 담아 생각하는 것이지만, 제가 맡기 전에 문예 제3부 부장 이셨던 분이 신본격추리라고 불리는 하나의 무브먼트를 만들었던 우야마[6] 씨였는데, 이분의 적극성은 대단했어요. 어느 작품에 대해 대부분의 편집자가 그 작품을 내는 건 식견을 의심할 수밖에 없다고 말하며 반대했지만 그런 작품을 당당하게 냈습니다. "대단합니다!" 하고 당당하게 말하면서. 그 무모한 용기와 편집자 정신은 역시 배워야 마땅하지만, 저는 아직 그 경지에 이르지 못했다는 생각이 듭니다. 편집자 중에는 자부심이 강한 사람이 많아요. 창피를 당하거나 실패하는 걸 싫어하죠. 하지만 그것을 두려워해서는 안 됩니다.

편집자의 일

기타무라 문학부는 여성 편집자가 꽤 많은데, 잡지 담당 편집자의 경우 정말 밤 11시, 12시, 날이 바뀌어 1시가 되어도 꽤 회사에 남아 전화를 받고 있어요. 어린 아이가 있다면 어떡하나 걱정이 됩니다.

가라키 옛날에는 신입사원을 향해 선배 여성 편집자가 "여성 잡지 편집자가 되면 기본적으로 아이는 낳을 수 없어요. 결혼도 못

---

6) 우야마 히데오(1944~2006), 편집자. 고단샤 재직 중에는 문예도서 제3출판부장을 역임했다. 편집자로서 공적을 인정받아 제4회 본격미스터리대상 특별상을 수상했다.

합니다" 하고 단언했습니다.

요즘엔 그런 일은 거의 없습니다. 고단샤의 경우는 아이를 낳은 여성 편집자도 많습니다. 제대로 출산휴가를 쓰고 복귀하는 사람도 많고요. 임신 출산 관련 복리후생은 꽤 충실해지고 있습니다. 지금 이십대 여성은 그런 면에서 일하기 편해졌다고 생각합니다.

기타무라 "편집이라는 일에 종사하면 문학의 새로운 길이랄까, 시대가 원하는 문학이 무엇인지 보일 것 같은데요, 자기 자신이 작가가 되어 직접 작품을 쓰고 싶다는 기분은 들지 않나요?" 이 질문은 어떠십니까?

가라키 아까 말씀 드렸지만, 역시 편집자란 '전달하는 일'을 하는 사람이고 저 자신은 그 능력에 특화되어 있다고 생각합니다. 창작은 별개의 일이라고 생각해요.

기타무라 "편집자와 작가, 저자와의 관계는 어떤 관계, 얼마나 깊은 관계인가요?" 요컨대 작품을 새로 만들어 내는 과정에 편집자의 역할도 포함된다고 생각하는데, 작가와 편집자는 어떤 관계일까요?

가라키 작가에 따라, 혹은 편집자의 유형에 따라 천차만별인데요. 어디까지나 작품을 만들어 가는 공정에 한한 이야기지만, 작품이 완전히 만들어지기까지 절대 타인에게는 보여 주고 싶지 않다는 분도 있습니다. 작품의 구축성이 높은 본격미스터리 같은 경우가 전형적인데, 작품 세부까지 빈틈없이 구상해서 소설을 써내는 유형의 작가분들은 마지막까지 보여 주지 않으려고 하는 사례가 비교적 많습니다. 그것과는 정반대로 쓰는 족족 보여 주지 않으면 성이 차지 않는다는 분도 있어요.

__기타무라__ 쓰는 족족 보게 되면 칭찬을 할 수밖에 없겠네요.

__가라키__ 아무래도 그 자리에서 "지루하네요"라고 말할 수는 없어요. 그건 편집자로서도 이상한 행동입니다. 유명한 만화가의 이야긴데, "내 원고를 어떻게 생각하나, 어쨌든 솔직한 감상을 들려줬으면 하네"라는 말을 들은 신임 편집자가 물론 칭찬을 하면서도 "이 부분이 조금…" 하고 말하니 갑자기 "그래?" 하면서 원고를 북북 찢어 버렸다는 일화가 전해 내려옵니다. 그 경계가 어렵죠. 경솔한 말을 해서는 안 되고, 대충 말해서도 안 됩니다. 그야말로 손발이 척척 맞아야 하는 부분이 커요. 하지만 편집자니까 그렇다기보다는 사람과의 소통이란 게 원래 그러한 속성이 있다고 생각합니다.

__기타무라__ 이 부분을 고치면 걸작이 될 텐데, 할 때가 있죠. 그런 경우는 어떻게 하십니까?

__가라키__ 그런 경우에는 많은 부분에 걸쳐 조언을 하기도 합니다. 이 부분을 앞으로 옮기고 이 부분을 삭제하면 어떨까요, 하는 식으로 설계도를 다시 만드는 정도의 작업을 하게 되는 경우도 있습니다. 작가 자신이 쓰고 싶다는 마음이 가득해 그것이 어지럽혀져 있는 겁니다. 제삼자의 눈으로 "당신은 이 설계도로 만들고 싶었던 거죠?" 하고 말해 보면 "아아, 정말 그렇네요" 하면서

작품이 순조롭게 수습되기도 해요. 작은 규모에서는 "역시 이 한 줄을 지우는 편이 더 좋네요", "이 부분은 너무 과하게 쓴 것 같아요", "이 부분, 뻔한 내용을 굳이 쓸 필요는 없지 않나요?" 혹은 "이 부분을 조금 더 추가하는 편이 의미가 더 잘 전달될 것 같아요" 같은 이야기도 자주 합니다.

조언 얘기가 나온 김에 한 가지만 더 얘기하자면 교고쿠 씨와의 일이 지금까지 기억에 남습니다. 선생님께서 저에게 의견을 구하셔서 "결말은 이렇게 되지 않는 편이 좋지 않을까요?"라고 말씀드렸습니다. 교고쿠 씨도 "그렇네요" 하고 인정해서 현재의 형태가 되었습니다. 원래대로였어도 좋지 않았을까 하고 문득 생각하기도 합니다. 하지만 그때 절대적인 신념을 가지고 말씀드린 거니까 후회는 하지 않습니다.

학생 매일 출근하고 나서의 일과가 상상으로는 짐작이 잘 가지 않는데요. 물론 편집장이시니까 바깥으로 나갈 일이 많으실 것 같은데, 어떠신가요?

가라키 잡지의 경우 의외로 줄곧 회사에 있어요. 단행본 부서에 있을 때가 출장이 더 많았어요. 단행본은 특히 사인회나 여러 프로모션 업무가 많아요. 아침에 출근하면 제가 도장을 찍어야만 하는 서류가 엄청나게 쌓여 있습니다. 그 다음엔 회의가 끝없이 이어집니다. 가장 기분 좋은 일은 원고를 읽는 것, 가장 싫은 게 회의입니다. 잡지 편집부는 회의가 없지는 않지만 원고를 읽는 시간도 있고, 비교적 회사에서 보내는 시간도 길다는 느낌입니다. 서류도 적은 수로 충분하고, 회의도 적어서 기쁩니다.

__기타무라__ 부서에 대한 얘기가 나왔는데요, "취직했다고 치고, 부서 배치와 관련해서 직원의 희망이 반영되나요?"

__가라키__ 희망을 늘 가지고 있다 보면 대부분 결국은 그 부서에 가게 됩니다. 처음은 전혀 다른 섹션에 배정되는 경우가 많아요. 고단샤는 이를테면 소설을 하고 싶어하는 사람에게 그것만을 하게 하는 게 좋다는 식으로 생각하지 않는 회사입니다. 젊은 나이에 여러 부서를 경험하는 편이 좋다는 거죠. 저는 첫 지망으로 아이돌 잡지를 만들고 싶다고 했습니다. 소설을 하고 싶다는 말 같은 건 한 마디도 하지 않았죠. 하지만 18년 동안 회사를 다니면서 16년간 소설을 만들고 있습니다. 지금 아이돌 잡지 부서로 가라고 하면 가고 싶지 않아요. 지금 고단샤는 아이돌 잡지를 만들지도 않지만요.(웃음) 희망을 갖는 것은 중요하지만 해보고 나서 알게 되는 것도 많으니까 너무 고정된 생각을 갖지 않는 편이 좋지 않을까요?

'문예'와 '엔터테인먼트'

__기타무라__ "문예 작품과 엔터테인먼트 작품과의 경계선이 모호해지고 있다고 생각하는데요, 무엇이 그 두 가지를 가르는 결정적인 차이라고 생각하십니까?"

__가라키__ 장르의 경계는 갈수록 나누기 어려워지고 있습니다. 비

교적 윤곽이 확실한 것은 역사소설, 시대소설 정도입니다. 문예 작품과 엔터테인먼트의 경계뿐만 아니라 미스터리 안에서도 경계가 모호하고, 연애소설도 역시 그렇습니다. 저는 굳이 선긋기를 할 필요도 없다고 생각합니다. 시마모토 리오 씨라고 군조 신인상을 수상했던 분과 이야기를 했는데, 그분은 교고쿠 나쓰히코 씨를 엄청 좋아했어요. 교고쿠 씨의 책과 『군조』를 함께 읽어 온 거죠.

'진선미(眞善美)'라는 말이 있습니다. 이 얘기는 올해 야마모토 슈고로 상을 수상한 우쓰키바라 하루아키 씨와 이야기를 했을 때 들은 건데요. 우쓰키바라 씨는 진선미 세 개를 모두 부정해 버리면 엔터테인먼트 소설이 될 수 없다고 말했습니다. 저도 동감했습니다. 그 세 가지를 다 집어넣으면 소설로서는 좀 멋이 없어지는 경우도 없지는 않습니다. 하지만 전부 부정해 버리면 그것은 엔터테인먼트가 아닙니다. 즉, '세상에는 좋은 것이 있다'는 확신이나 '나는 아름다운 것을 만들어 낸다' 혹은 '세상의 진실을 흔들지 않는다'는 원칙이 엔터테인먼트에는 있다고 생각합니다. '그런 건 없다'고 분명히 말해 버리면 그건 오히려 순문학이 된다고 생각합니다.

학생 『군조』가 신진 엔터테인먼트 작가를 기용하는 이유는 무엇입니까?

가라키 이케가키 신타로 씨의 소설이 '순수한 미스터리인가'라는 의문이 있었습니다. 이 분이 갖고 있는 주제성은 다른 형태로 표현해야 살릴 수 있지 않을까 하는 생각을 줄곧 해왔습니다. 그리고 사쿠라바 가즈키 씨는 라이트노벨 계열에서 무척 화제가 되고 있는 여성 작가입니다. 이 분이 동인지에서 발표한 작품을 보고 대단한 작품을 쓰는 작가라고 생각했습니다. 다른 장르에서 꼽자면 연극 쪽에서 극작가 및 연출가로 활약하는 모토야 유키코 씨. 어쨌든 저희 잡지에 글을 써 주셨으면 하는 분들께는 제의를 드리고 있습니다.

기타무라 엔터테인먼트 작가와 순문학 작가의 인상은 어떠세요? 차이가 있나요?

가라키 그런 질문 있었나요?(웃음) 인상은 역시 조금 달라요. 알기 쉽게 예를 들자면 순문학 작가는 비싼 술집으로 술을 마시러 가지 않아요. 비싸지 않은 술을 오랫동안 마시며 소설에 관한 이야기를 합니다. 엔터테인먼트 계열 작가 중에는 호쾌하게 노는 분들이 더러 있습니다. 다만 인간이니까 고만고만, 인간성이 전혀 다르거나 하는 건 역시 없어요. 어느 쪽도 아닌 사람이 사실 제일 많죠.

기타무라 이런 질문이 있네요. "영화화되면 얼마나 더 돈을 버나요?" 글쟁이라는 게 돈이 안 되는 직업의 대표나 다름없지만요.

가라키 소설이 영화화되는 건 굉장히 드뭅니다. 더 말씀드리면 소설만으로 먹고사는 분은 정말 손에 꼽을 정도이지만, 정말 손에 꼽을 만큼의 부호 순위에 나오는 분도 있긴 합니다. 하지만 신인, 특히 군조 신인상으로 막 데뷔한 분은 당연히 돈이 안 됩니다. 편의점에서 아르바이트를 하는 분도 많아요. 그리고 이 분은 평론가신데, 이시카와 다다시 씨라고 최근 무척 좋은 글을 많이 쓰고 계시는 분인데요. 『현대소설 레슨』이라는 책은 꼭 읽어 보세요. 이 분은 영화관에서 표 검사 아르바이트를 하며 십 년간 글을 쓰고 있습니다. 아르바이트를 관두고 평론가 활동에 전념해 주시면 좋겠다고 진심으로 바라는 분이지만 현실적으로는 어렵습니다. 지금 '영화'라는 말을 들으니 갑자기 그 분이 생각 났어요.

기타무라 "작년 어느 수업 중에 선생님이 요즘 투고하는 젊은이들 작품이 표현 형식에만 공을 들여서 내용은 제대로 된 게 없다고 말씀하셨는데, 실제 『군조』에 오는 작품도 그런 원고가 많은 가요?"

가라키 표현에 공들이는 건 전혀 나쁜 게 아닙니다. 다만 특이한 표현을 하기 위해 쓴 소설은 좋다고 할 수 없죠. 무언가를 쓰기 위해서는 필연적으로 이러한 방식으로 표현해야 한다고 자연스럽게 선택하는 게 가장 좋습니다. 예를 들어 단락의 길이. 표 줄바꿈이라는 방법이 있는데, 이케나미 쇼타로 씨의 소설을 보면 모두 마침표 다음에 줄을 바꿉니다. 이 방법은 소설 내용과 한 문장 한 단락이라는 방법이 무척 잘 맞습니다. 이에 비해 가나이 미에코 씨의 소설처럼 한 문장이 길어서 구점(句點) 사이가 긴 소설도 있습니다. 내용이 역시 그 문체를 요구하는 것이라고 생각합니다. 표현, 문장이라는 것은 어디까지나 '쓰고 싶다'는 것이 전제된 형태라고 생각합니다. 그러나 요즘 응모자들 중에는 그 마음이 적은 분들이 많다는 생각이 듭니다. 별 생각 없이 그저 작가가 되고 싶은 게 아닌가 하는.

기타무라 "실례되는 질문이지만 내용보다 광고 효과로 잘 팔린 작품에 대해서는 어떻게 생각하십니까?"

가라키 어떤 유형의 소설이 대대적인 광고를 통해 폭발적으로 히트하는 경우가 주기적으로 있는 것 같습니다. 그런 식으로 베스트셀러를 내고 싶어 하는 편집자가 있다는 건 좋다고 생각합니다. 저는 별로 그렇게 하고 싶지 않지만요.

기타무라 "타사 문예지, 즉 라이벌지를 의식하십니까?"

가라키 많이 합니다. 아무래도 같은 시기에 광고를 하고 같은 간행 형태를 갖추고 있다는 점에서 의식하지 않을 수가 없습니다.

기타무라 마지막 질문으로 정해 두었던 게 있습니다. "『군조』를 읽어 본 적이 없습니다. 처음 『군조』를 읽는 사람이 이 잡지를 즐기는 법이 있다면 알려 주세요."

가라키 좋은 질문을 해주셨네요. 『군조』 같은 문예지의 단편이나 중편은 좀처럼 단행본화되지 않습니다. 이 잡지에서만 읽을 수 있어요. 그것을 계속 작가와 함께한다는 마음으로 읽으면 더 재밌어집니다. 창작 합평을 하는데, 이것은 『군조』만이 아니라 『문학계』나 『신초』에 실린 작품에 관해 평자 세 명이 플러스도 마이너스도 얘기하는 기획입니다. 일반 서평에서는 읽을 수 없는 속마음이 나옵니다. 이야기하는 사람이 자기 자신을 걸고 말하고 있거든요. 이러한 것을 매호 읽으면 더 즐길 수 있게 됩니다. 기회가 있다면 한번 보시고, 괜찮아 보이면 다음 호도 보시면서 쭉 읽어 주시면 감사하겠습니다.

기타무라 감사합니다.

14.
작품에 어울리는 진실 — 표현과 개성

해석의 여지

간사이 출신인 학생이 혹시 있나요? 아아, 있네요. 라쿠고가 가
쓰라 시자쿠는 다들 아시겠죠. 그럼 영어 라쿠고도? 네.

돌아가신 시자쿠 씨는 가미가타 라쿠고(上方落語)[1]의 커다
란 기둥이었습니다. 영어로 라쿠고를 하는 실험을 하기도 했습
니다. 그렇게 되면 당연히 번역에 대한 문제가 나옵니다.

간단한 말이 어렵습니다. '아재'라고 부르는 말에 비틀거렸
다. 간토라면 '아저씨'. 하지만 '엉클'은 아니지 않나. 그래서 어
떻게 했나. 저는 짐작도 할 수 없었습니다. 그런데 말이죠, 별 생

---

1) 교토·오사카에서 창작된 라쿠고.[옮긴이]

각 없이 이 얘기를 했는데 그걸 듣고 분하지만 제 딸이 맞춰 버렸어요. 어떻게 맞췄을까요.

시자쿠 씨는 원어민에게 물어봤다고 합니다. "아재는 영어로 뭐라고 합니까?" 하고 질문했겠죠. 그 질문의 답은 "헤이, 유"였답니다.

뭔지 딱 알겠죠. 과연, 하고 감탄했습니다. '아재'라고 부를 때의 마음의 움직임은 그건가, 하고 깨닫게 됩니다.

∽

번역은 어렵습니다. 번역가 분들의 좌담회에서 'keyed'라는 단어를 어떻게 번역해야 할지 힘들었다는 이야기가 나왔습니다. 주차장에 차를 세우고 '열쇠로 잠갔다'라는 의미로 쓴 게 아니었습니다. 그럼 '열쇠'에는 어떤 의미가 있는가. 사실 이게 새로운 속어였어요. 주차된 차 표면에 열쇠로 상처를 낸다는 의미였다고 합니다. 이건 알 수가 없습니다.

번역은 이런 식으로 풍속이나 습관, 감성이 다른 집단 사이에서 말을 바꿔 옮겨야 하는 겁니다. 단순한 문제가 아닙니다. 단어 하나와 단어 하나가 교환 가능한 것으로 존재하는 게 아닙니다. 같은 사물을 가리키는 단어라도 말의 감촉이 미묘하게 다릅니다. 태양은 생명의 근원, '해님'이라고 부를 정도니까 어느 나라에서나 긍정적인 이미지일 거라는 생각이 들죠. 하지만 더운 나라에서는 싫어하기도 합니다. 뱀 같은 경우는 어디에서나 싫어하겠지 생각했는데 '뱀처럼 차갑다'라는 게 칭찬하는 말인 나라도 있다고 합니다. 이것도 더운 곳이네요.

표현에도 번역과 닮은 부분이 있습니다. 왜 이렇게 좋은 걸 모르는 거지, 하고 안달복달하는 경우가 있습니다. 하지만 와닿지 않는 건 와닿지 않아요. 아무리 능숙한 번역이라도 닮을 수는 있어도 같을 수는 없습니다. 당연한 일입니다. 하지만 표현의 경우 그게 묘미이기도 합니다. 이런 게 흥미로운 부분이죠.

∽

「백로 잡기」라는 라쿠고는 시자쿠 씨의 대표적인 레퍼토리 중 하나입니다. 이러쿵저러쿵해서 마지막에 주인공이 오사카 덴오지의 오층탑 위에 있게 됩니다. 떨어지면 큰일입니다. 스님들이 이불 네 귀퉁이를 붙잡고 "이쪽으로 떨어져, 구해 줄게"라는 표시를 합니다. "고마워" 하고 이불 한가운데로 떨어졌는데, 그 기세 때문에 귀퉁이를 붙잡고 있던 스님들이 딱 하고 머리를 맞부딪쳤다. 눈에 선하네요.

── 한 명을 구하고 네 명 죽었네.

이게 결말인데, 대단히 센세이셔널했어요. 잔인하다고 평한다면 요점에서 빗나간 겁니다. 리얼한 이야기가 아니라고 굳이 말하는 것도 이상합니다. 넌센스의 묘(妙)입니다. 이야기가 끝난 뒤, 스님들은 "저런, 이번에도 죽었네" 같은 말을 하며 자리에서 일어날 겁니다. 라쿠고가의 개성과 그런 결말이 녹아들어

유례없는 효과를 낳습니다.

하지만 나이가 들고 나서 이 부분이 변했습니다. 남자가 떨어질 때 트램펄린이 되어 뿅 하고,

— 원래 있던 곳으로 돌아가 버렸다네.

라고 공연했습니다. 무참하다는 생각이 들었습니다. 수준을 말하자면 바뀐 편이 확실히 질이 낮아졌습니다. '그럼에도 시자쿠 씨는 이렇게 하지 않을 수 없었구나'라는 느낌이 들었습니다. 즉, 저는 본래의 결말인 '네 명의 죽음'에 대해 시자쿠 씨의 섬세한 신경이 견디지 못했던 게 아닐까 생각한 겁니다. 이렇다면 수긍할 수 있습니다. 표현자와 충돌하는 심각한 문제니까요. 이야기는 요구하고 있지만 살아 있는 인간인 연기자는 견디지 못했습니다. 표현자는 이렇게 마음이 꺾입니다. 그 모순이 사무쳤던 거죠.

∞

그런데 말이죠, 신초문고에서 나온 라쿠고가 가쓰라 분친 씨의 『라쿠고적 웃음의 권유』을 읽었는데, 제 생각과 차이가 있었습니다. 시자쿠 씨가 이 레퍼토리를 미국에서 공연했는데, "네 명이나 죽다니 '노'라는 반응이 대부분이었습니다. 곤란했죠"라고 쓰여 있었습니다. 그래서 바꾸게 되었다는 겁니다.

그렇다면 일본에서는 원래대로 해도 상관없었을 겁니다. 두 개의 결말을 병행하며 사용했는지의 여부는 모르겠습니다. 어

쨌든 결말이 바뀐 계기는 제 생각과는 달랐습니다. 솔직히 좀 당황스러웠지만 제가 시자쿠 씨의 결말 변경을 앞에 두고 위에서 말한 것처럼 생각한 것은 사실입니다. 이것도 하나의 해석이라고 할 수 있겠죠. 인간은 이런 식으로 여러 가지를 생각합니다. 그래서 재밌는 거 아닐까요.

사실과 진실

최근 시인 다니카와 슌타로 씨와 구조 교코 씨의 대담을 보러 다녀왔습니다. 구조 씨는 데라야마 슈지[2]의 첫 번째 부인입니다. 그곳에서 「데라야마 슈지&다니카와 슌타로 비디오 레터」가 상영되었습니다. 비디오 초창기에 두 사람은 '이렇게 재밌는 게 나오다니' 하면서 바로 짧은 영상 작품을 만들어 교류했습니다. 회장에서는 구조 씨의 회상록도 팔고 있었습니다. 바로 이 책입니다. 『회상·데라야마 슈지 백 년이 지나면 돌아와』[3] 집으로 돌아가는 전철 안에서 읽기 시작했는데, 읽다가 도중에 '오옷' 하고 눈에 띄는 부분이 있었습니다.

구조 씨는 면허를 따고 "다니카와 슌타로 씨가 컨설턴트가 되어 차를 사게 되었다"고 합니다. 그 부분에서 데라야마를 포함

---

2) 1935~1983. 단카 시인, 시인, 하이쿠 시인, 연출가.
3) 데일리도호쿠신문사, 2005

한 세 사람이 중고차 판매점에 갑니다.

　블루그린의 폭스바겐에 나는 첫눈에 반해 버렸다.
　다니카와 씨의 운전으로 시승하면서 나는 남몰래 이 차다, 이 차로 하자고 결심했다.
　"좋은데 십오만 엔은 너무 비싸. 다른 걸로 찾아보자."
　딜러와 이야기하는 데라야마와 다니카와 씨의 목소리가 귀에 들어왔다.
　"엣, 왜? 무조건 난 이 차가 제일 좋아!"
　울먹이는 나를 보고 이번에 당황한 건 두 사람 쪽이었다.
　"그럼, 그걸로 할까."

　그런데 말이죠, 같은 에피소드가 마침 들으러 갔던 대담에서도 나왔어요. 대담에서 구조 씨는 예쁜 초록색 폭스바겐이 너무 마음에 들어 꼭 그 차를 사고 싶다고 생각합니다. 하지만 비싼 가격에 두 사람은 난색을 표하죠. 거기에서 구조 씨는 어떻게 했나. 펑펑 울어 버려 결국 그 차를 사게 됐다고 합니다.
　전철 문 쪽에서 나는 히죽거리고 말았습니다. 재밌죠. 울었나, 안 울었나. 여기에서 그걸 추궁하는 것은 역사가의 시점이죠. 표현의 경우는 그렇지 않습니다. 이 회상록의 구조 씨는 데라야마 씨를 도와 극단 '덴조사지키(天井桟敷)'를 운영했습니다. 그런 사람이 펑펑 울어도 물론 상관없지만, 책 전체의 톤을 생각하면

'울먹이는 나' 정도가 딱 맞습니다. 하지만 대담에서의 구조 씨는 장난기가 있는 분이셨습니다. 실제로 그곳에서 이야기를 나누고 있는 구조 씨에게는 '펑펑 우는' 게 어울렸습니다.

어느 쪽도 진실입니다. 이건 어느 쪽이라고 입증할 수 있는 것도, 해야 할 것도 아닙니다. 여기에서 말하는 것은 울었나, 안 울었나 같은 게 아니에요. 그런 것은 물을 수 없는 것이라는 말입니다.

∞

데라야마의 자작 낭독 음성이 남아 있습니다. 『현대가인낭독집성』(다이슈칸쇼텐)이라는 테이프입니다. 틀어 볼게요. 어떻습니까. 그야말로 '데라야마'라는 사람이 그대로 느껴지죠. 배경 음악도 포함해 훌륭하게 연출되어 있습니다. 실은 말이죠, '수업에서 이 얘길 들려줄까' 하고 생각하면서 집에 들어갔는데 TV가 켜져 있었어요. 딸이 녹화한 프로그램을 보고 있었습니다. 깜짝 놀랐습니다. NHK교육TV의 「앎을 즐기다」라는 프로그램이 었는데 마침 '데라야마 슈지'를 다루고 있었거든요. 재밌다는 생각이 들었습니다. 이런 일이 다 있네요.

한 달 전에 이 방송에서 시인 요시마스 고조 씨가 민속학자 '야나기다 구니오'에 대해 이야기한 적이 있습니다. 그 편은 끝까지 다 봤어요. 요시마스 선생은 와세다에서도 수업을 하고 계십니다. 구니오 씨에 대한 다른 이야기도 듣고 싶어서 들으러 갔어요. 다니카와 씨와 구조 씨의 이야기도 그렇지만, 어떤 마음으로 가는가. 단카 시인 이시카와 다쿠보쿠의 작품 중에 나오는 표현을 빌리자면 "자신이 인간이 모르는 말을 알고 있는 듯한 느낌이 든다"는 단카, 말하자면 그런 느낌으로 가 보면 인간이 모르는 말을 들을 수 있지 않을까, 그런 마음으로 갔고 결국 만족하며 돌아왔습니다. 다니카와 씨나 구조 씨의 이야기에서도, 요시마스 씨의 이야기에서도 만족했습니다.

∞

「앎을 즐기다」로 돌아가면, 소년 시절의 야나기다에 대한 유명한 일화가 나옵니다. 야나기다는 효고 출신인데요, 사정이 있어서 이바라키에 사는 형님 집에서 신세를 지게 됩니다. 형님 집에는 작은 사당이 있었어요. 모두 절을 하는데 안에 뭐가 있는 걸까 야나기다 소년은 궁금했습니다. 그래서 사람이 없을 때 사당을 열어 버립니다. 열어 보니 너무나 아름다운 옥이 있었습니다. 손바닥에 올려놓고 보고 있자니 하늘에 별이 나타나는 듯한 느낌이 들어 까무러칠 듯합니다. 그때 삐익 하고 직박구리가 울어 제정신으로 돌아옵니다. 만약, 그때 직박구리가 울지 않았다면 머리가 이상해졌을지도 모른다고 이야기합니다.

한 번 읽으면 잊히지 않는 이야기입니다. 이바라키의 이치카와라는 곳에 그 사당이 남아 있고, 야나기다 구니오 기념공원이 있습니다. 저는 한 번 가 봤어요. 이번에 요시마스 씨가 그 사당 앞에서 그 얘기를 했습니다.

요시마스 씨가 사당의 돌문을 엽니다. '아, 열어 버렸다'고 생각했죠. 물론 '허가를 얻어 하고 있습니다'라는 자막이 나왔습니다. 그야 그렇죠. 이야기를 듣고 있는 사이 또 가고 싶어져서 그후 직접 운전해서 이치카와에 가 봤습니다.

마침 바람이 강한 날이었습니다. 사당 앞에 서니 뒷동산의 나무들이 파도 치는 듯한 소리를 울렸습니다. '야나기다 소년이 그 옛날, 그리고 요시마스 선생이 조금 전에 여기에 있었구나' 하고 실감할 수 있었습니다.

∽

요시마스 선생의 「앎을 즐기다」가 4회로 막을 내렸습니다. 저는 긴장이 풀려 다음에 무엇이 방영될지 신경 쓰지 못하고 있었습니다. 그랬는데 웬 우연인지, 다음 편이 '데라야마'였습니다. '이것도 인연이구나' 싶어 봤습니다. 방송 마지막에는 데라야마의 어머니가 등장해 자식에 대해 이야기했습니다. 데라야마가 세상을 뜨고 2년째 되던 해의 필름이었습니다. 인터뷰어가 "데라야마 씨가 2년 전에 돌아가시고…"라고 말을 꺼내니까 어머니가 "죽지 않았어요. 여기에서 사라졌을 뿐이지, 어딘가에 있어요"라고 대답했습니다. 데라야마라는 사람은 사후에도 전화를 걸어 오거나 팩스를 보냈다는 이야기가 있는 사람이니까요.

그런데……. '뭔가 이상하다'는 생각이 들지 않나요. 네, 아까 들었던 데라야마의 낭독. 그 속에 이런 시가 있었죠.

팔린 밤의 겨울논으로 혼자 와서 묻는 어머니의 새빨간 빗을
죽은 어머니 위패 뒤 나의 지문 외롭게 녹아가는 밤이로구나.

데라야마의 어머니는 죽지 않았어요. 데라야마를 읽는 사람이라면 알고 있는 내용이겠지만 '어머니의 속박'이라는 것은 그의 커다란 주제의식이었습니다. 그것을 이야기하기 위해 데라야마는 작품 속에서 몇 번이고 어머니를 죽였습니다. 그러한 형태로 가장 잘 이야기할 수 있어서였겠죠.

텔레비전의 화제를 이어서 얘기하자면, TV도쿄에서 「미의 거인들」이라는 방송을 하고 있습니다. 네덜란드 화가 '요하네스 페르메이르' 회차가 재밌었어요. 페르메이르의 그림은 사실의 극치입니다. 「우유를 따르는 여인」이라는 유명한 그림이 있습니다. 달력 그림으로도 쓰여서 저는 예전부터 알고 있었습니다. 이 그림입니다. 리얼하죠.

그런데 「미의 거인들」에 의하면 사실 그대로 그린 게 아니라고 합니다. 미묘하게 다르다고요. 병에서 우유를 따르고 있잖아요. 이 각도라면 병 속의 우유가 보여야 한다는 거죠. 과연 그렇구나, 싶었습니다. 그것이 사실적이고 자연스러운 것이지만 그

런 말을 듣기 전에는 알 수 없었죠. 테이블의 형태도 평범한 사각이라면 이렇게 물건을 올릴 수 없습니다. 오각의 변형 테이블이 아닌 이상 이렇게 올릴 수 없다는 거죠. 이것도 수긍하게 됩니다.

현실 그 자체가 아니기 때문에 더욱 절실하게 전해지는 진실이 있습니다.

15.
'낭독하는' 묘미

(데라야마 슈지의 테이프와 함께 단카 시인, 소설가의 자작 낭독[1]을 들려주었다. 이에 더해 몇 명이 나카지마 아쓰시의 『산월기』를 낭독한 것을 비교해서 들어 보고 낭독자에게 있어 읽는 것이 이해하는 것이며 표현하는 것임을 확인했다. 그리고 기타하라 구니카 씨를 교실에 초대했다. −2006년 10월 23일)

내레이터 기타하라 씨 소개

<u>기타무라</u> 옛날에는 작가가 자신의 작품을 낭독하는 건 흔한 일이었습니다. 사교모임(살롱)에서라면 당연하고, 극작가라면 관

---

1) 단카 시인, 소설가의 자작 낭독 외에도 사사키 유키쓰나, 나카가미 겐지, 미타 마사히로의 자작 낭독 테이프를 들었다.

계자 앞에서 대본을 낭독했습니다. 디킨스[2] 같은 경우 너무 읽고 싶어 해서 견디지 못하는 유형이었습니다. 유료 낭독회를 열었는데 호응이 높았습니다. 열연을 했기 때문에 체력 소모가 눈에 띨 정도였죠. 그래서 죽음이 앞당겨진 게 아닐까 싶을 정도입니다. 목숨을 걸고 읽었죠.

만드는 사람뿐만이 아닙니다. 독자도 그렇습니다. 지금은 묵독이 당연하게 여겨지지만 옛날에는 음독을 많이 했습니다.

이 수업에서는 표현에 종사하는 분들을 모시고 이야기를 듣고 있습니다. 이번에는 낭독을 하시는 기타하라 구니카 씨를 모셨습니다. 목소리를 사용하는 일을 하시는 분의 이야기를 듣는 기회는 앞으로도 별로 없을 겁니다.

어떤 인연으로 모시게 됐냐면 마침 기타하라 씨가 제가 쓴 『이야기꾼 여자들』이라는 단편집을 보시고는 "시리즈물로 만들어 낭독하고 싶은데 허락해 주세요" 하고 연락해 온 게 계기가 되었어요. 기타하라 씨의 목소리는 이미 들어서 익숙한 목소리일지도 모릅니다. 앞에서 페르메이르에 대한 얘기를 했죠. 그 TV프로그램이 「미의 거인들」입니다. 메인 내레이터는 배우 고바야시 가오루 씨인데, 종종 기타하라 씨도 보이스오버[3]로 나

---

2) 영국의 소설가 찰스 디킨스는 1858년에 자신의 작품 공개 낭독을 시작했는데, 반응이 좋아 이에 너무 열중한 나머지 건강을 해칠 정도였지만 그만두지 못했다고.

3) 영화·텔레비전 방송 등에서 화면에 나오지 않는 인물이 들려주는 정보·해설.[옮긴이]

오십니다. 최근 '우메하라 류자부로' 편[4]에서는 다카미네 히데코 씨의 글을 낭독했습니다.

(그 부분의 영상을 보여 준다.)

이 밖에도 이곳저곳에서 눈에 띄게 활약하고 있습니다. 특이한 점이라면 일본 로켓 발사의 초읽기 목소리도 기타하라 씨였다고 합니다.

기타하라 네, 뉴스의 그 장면에서 제 목소리가 흘러나왔어요.

기타무라 좀처럼 할 수 없는 체험이네요.

낭독이라는 일

기타무라 우리들로서는 어떤 식으로 일하고 계시는지 모르는 부분이 많습니다. 먼저, 지금 구체적인 예로 나온 「미의 거인들」을 작업할 때에는 어떤 식인가요?

기타하라 통상의 경우와는 달리 이 경우에는 사전에 원고를 받습니다. 원고를 읽고 내 나름의 생각으로 진행을 했더니 연출자가 "감정은 필요 없어요. 전부 버려 주세요"라고 말하는 거예요. 그래서 담담하게 자제하며 읽었습니다. 마지막으로 완성본

---

4) 「미의 거인들」 TV도쿄. 우메하라 류자부로와 다카미네 히데코. 화가 우메하라 류자부로(1888~1986)는 여배우 다카미네 히데코를 모델로 그림을 그렸다. 화가에 대해 여배우가 글을 남기고 있다.

을 본 순간 인정할 수밖에 없었습니다. '과연, 이 정도의 장수 방송을 만들고 있는 분들은 다르구나. 내가 틀린 부분을 끌어내 줬어'라고 생각했습니다.

학생 내가 읽고 싶은 방식과 이렇게 읽어 달라는 주문 사이에서 갈등하는 경우는 없나요? 어떻게 타협하십니까?

기타하라 갈등은 거의 없어요. 자기 안에 절대적인 근거가 있으면 의견을 말하기도 합니다. 하지만 보통은 유연하게 대응해요.

기타무라 그런 점은 연극에서 연출과 배우 관계 같네요. 연출이 요구하는 대로 읽지 못해서 읽는 이를 바꾸는 경우도 있나요?

기타하라 그럴 때도 있어요. 제 경험을 말씀드리자면 전에 하셨던 분이 컨디션 조절이 잘 안 되셨는지 어떤 소리를 못 내셨어요. 그래서 아침 일찍, 아직 잠도 덜 깼을 때 전화를 받고 대역으로 들어간 적도 있습니다. 물론 현장은 여러 일이 일어나니까 "이걸로도 오케이가 나오는구나" 할 때도 있어요. 헐렁한 경우.

기타무라 덕 좀 봤겠네요?(웃음)

기타하라 아니요, 속으론 '말도 안 돼'라고 생각하지만 "네, 다음으로 넘어갈게요" 하는 경우가 많습니다. 아무리 생각해도 안 되겠다 싶으면 "죄송합니다. 다시 한 번 할게요"라고 합니다. 그럴 때 '역시 프로구나' 하고 생각해 주시는 경우도 있지만, '말이 많네'라고 생각하는 현장도 있죠. '팍팍 진행하고 싶은' 거죠. 스튜디오 빌리는 것도 다 돈이니까요.

학생 낭독은 악보를 보고 하는 연주와 닮은 것 같은데, 어떤 마음가짐으로 낭독하시나요?

<u>기타하라</u> 대부분 알고 계시는 작품은 하기가 오히려 힘들어요. 이미지가 이미 만들어져 있으니까요. 그걸 깨부수는 것은 어려운 일이죠. 그렇더라도 제 낭독을 듣고 무언가 선물을 가지고 돌아가시면 좋겠어요. 낭독이 되는 순간 글자의 세계와는 또 다른 세계가 보이기 시작하니까요. 제게 재밌었던 기억이 있는데요, 어떤 분이 아쿠타가와의 「거미줄」을 낭독하셨을 때입니다. '저렇게 웃기는 이야기였다니' 싶은 낭독이었습니다. '아, 이 낭독자는 다른 면에 조명을 비췄구나' 하는 마음에 부러워졌습니다.

<u>기타무라</u> 라쿠고도 그렇죠. 완전히 똑같은 라쿠고 서두의 짤막한 이야기도 명인이 하는 것과 초짜가 하는 건 무서울 정도로 다르게 들립니다. 사람에 따라 달라져요. 옛날이야기지만 도쿠가와 무세가 낭독하는 「미야모토 무사시」 같은 건 일세를 풍미했습니다. 무세의 '무사시'가 되어 버렸죠.

∽

<u>학생</u> 표현자로서 배우와 낭독자의 차이는 어떤 부분에 있다고 생각하세요?

<u>기타하라</u> 우선 제 직함은 내레이터, '읽는 이'라고 생각합니다. 크게 말하면 성우 일이죠. 경계선은 흐릿합니다. 내레이터라는 것은 그 중의 한 역할이라고 말하는 게 맞을지도 몰라요. 저는 낭독 강좌도 맡고 있습니다. 그곳에 연극 경험이 있는 분이 오시

면 그런 분은 일반인과는 목소리 내는 방법부터 다릅니다. 바로 알 수 있죠. 하지만 대사가 나올 때는 괜찮은데, 지문이 나오는 순간 평범하게 읽곤 해요.

기타무라 재밌는 이야기네요. 긴장이 풀려 낙차가 생기는 것이군요. 듣고 보니 그럴 법한 이야기네요.

기타하라 좋은 배우가 반드시 낭독을 잘하는 것도 아닙니다. 그래서 우리들이 더 열심히 해야 하기도 하죠. 내레이터 일의 경우 무대와는 전혀 다른 일도 있습니다. 카 내비게이션 시스템이나 현금인출기 음성 녹음 같은 게 그 예인데, 이런 일을 할 때에는 작은 부스 안에서 혼자서 읽습니다. 좁은 곳은 다다미 한 장 크기 정도니까 폐소공포증이 있는 분은 힘들어요. 가장 가혹했던 게 카 내비게이션인데 이건 내레이션이라고 할 수도 없어요. 십 몇만 단어를 석 달 걸려 녹음합니다. 단어만 계속되니까 욕구 불만이 쌓일 수밖에 없어요. '빨리 나에게 문장을 읽게 해줘요!' 이런 소리가 절로 나와요.

기타무라 고문이네요. 여러 세계가 있겠죠. 소설의 소재[5]가 되겠어요.

기타하라 꼭 써 주세요.

---

5) 이때 한 취재는 「사과의 향」이라는 단편으로 결실을 맺었다. 『1950년의 백 토스』(고단샤, 2007년)에 수록.

∽

학생 평소 보이스 트레이닝 같은 건 하시나요?

기타하라 요즘 성명(声明)[6]을 하고 있어요. 부처님께 들리도록 소리를 내는 건데, 기분도 좋아지고 목소리의 폭이 넓어져요.

기타무라 야구 선수가 타석에 서기 전에 무거운 배트를 휘두르죠. 그런 거라고 생각하면 될까요?

기타하라 '평소라면 사용하지 않는 양의 숨을 쉬어 둔다'는 의미에서는 그렇겠네요. 부하를 거는 것과는 좀 달라요. 유명한 것은 「환약팔이」(外郎売り)[7] 같은 거.

학생 (생글거리며 반응, 자신도 하고 있는 듯하다.)

기타하라 (그 학생을 향해) 그렇죠? (두 사람, 공감한다.)

학생 어린아이 목소리 같은 건 어떻게 내세요?

기타하라 너무 아이 같은 목소리를 내고 싶지는 않아요. 양념을 좀 치긴 하지만 기본적으로는 같은 목소리로 하려고 합니다. 목소리란 건 미묘해서 앉아 있는지 서 있는지, 살이 쪘는지 말랐는지에 따라 달라져요. 임신, 출산을 거치면서도 달라지죠. 그래서 보이스 샘플을 다시 만듭니다. 대체로 말투에 따라 바뀌는 것 같

---

6) 불교 의식에 사용되는 고전 성악.

7) 원래는 2대 이치카와 단주로가 초연했던 가부키 인기 교겐 중 하나. 배우나 성우 양성소, 아나운서 연수 등에서 암송하며 발성 연습이나 발음 연습에 사용한다.[옮긴이]

습니다. 하지만 아이가 없어도 엄마 역할은 해야 합니다.

∞

학생 왜 낭독이라는 일을 선택하셨어요? 어린 시절부터 읽는 걸 좋아하셨나요?

기타하라 목소리는 큰 아이였어요. 농구를 했는데 잘하지는 못해도 목소리만큼은 잘 나왔죠. 원래는 자연 속에서 몸을 쓰는 일을 하고 싶었어요. 제작 같은 거. 대학 시절에는 캐릭터 쇼에 동물 의상을 입고 탈을 쓰는 알바를 했습니다. 때때로 '언니' 역할을 하기도 했지만요. 거기에서 처음으로 작은 연예계를 경험했어요. 졸업 후 처음에는 무대 등을 설치하는 제작회사에 들어갔는데 잘 안 풀려서 그 다음에는 어린이집에서 일했습니다. 그때 인형극을 했는데 아이들의 반응을 보는 게 너무 즐거웠어요. 그 후 유랑 인형극단에 들어갔어요. 인형극에서 오빠, 언니 역할을 하는 것만으로도 아이들은 무조건 기뻐해 주는데, 그러다 보니 이번엔 속이고 있는 듯한 느낌이 들었어요. '아직 멀었구나' 하는 생각이 들었습니다.

내 몸을 사용해 표현하는 일을 하고 싶어서 고민하다가, 목소리를 쓰는 일로 좁혀서 오디션을 보고 지금 회사에 들어왔습니다. 성우 양성소는 셀 수 없이 많아요. 학생일 때는 아직 소비자니까 여러 양성소를 전전하는 사람도 꽤 있어요. 하지만 현장에서 실제로 부딪히면서 습득하는 게 훨씬 많습니다. 발전하기 위해서는 일을 많이 하는 게 중요하다고 생각해요. 하고 싶어 하는 사람은 얼마든지 있기 때문에 기다리고만 있어서는 안 됩니다. 직접 나서야 합니다.

기타무라 소설도 '언젠가 쓸 거야'라고 생각만 하고 있으면 아무것도 안 돼요. 직접 소설을 써서 여러 상에 응모하지 않으면 시작할 수 없습니다.

기타하라 연습을 하면 일이 들어오나, 잘하면 일이 들어오나 하면 꼭 그렇지만도 않아요. 전에는 활동적으로 척척 일하는 사람을 보며 왜, 왜, 나는 …… 하고 생각했지만, 이제는 슬럼프 같은 건 생각하지 않게 되었어요. 제가 하고 있는 무대 활동 또한 소중하니까요.

∽

학생 어린 시절 읽던 그림책에 '어머니께'라는 주석이 달려 있었는데, '감정을 담아 읽으면 아이의 상상력 발달에 좋지 않다'고 쓰여 있었습니다. 어떻게 생각하세요?

기타무라 저도 어릴 때 그런 부분을 많이 봤어요. 만드는 사람은 아이가 읽을 거라고는 생각하지 않겠지만 아이들은 그 부분까지 다 읽죠. (웃음)

기타하라 스토리가 있는 책을 읽을 때는 감정을 넣어 읽을 필요도 있을 것 같은데요.

기타무라 읽는 이의 해석을 너무 넣지 말라는 것이겠죠. 스스로 생각하는 힘을 길러야 하니까요. 하지만 무표정하게 읽는 엄마를 상상하면 무섭네요. 그런 식이라면 애니메이션이나 드라마는 좋지 않고, 스스로 책을 읽는 게 가장 좋다는 이야기가 됩니다. 일리는 있지만 일리일 뿐입니다. 다른 즐거움도 있어요.

학생 서점에서 손님을 상대하고 있어요. 바쁠 때에는 말이 빨라져서 손님이 알아듣기가 어렵다고 하세요. 천천히 알기 쉽게 이야기하는 비결이 있을까요?

기타하라 천천히 이야기하는 건 무서운 일입니다. 단숨에 말해 버리는 편이 마음 편하죠. 낭독을 할 때에는 '내가 이야기하는 걸 알겠습니까'라는 의미의 시간 간격을 두기도 합니다. 간격과 템포 조절은 어려운 문제예요.

학생 저는 잘 읽어 보려고 해도 억양 없이 딱딱하게 읽어 버려요. 어떻게 읽어야 듣는 이의 마음을 붙들 수 있을까요?

기타하라 평소에 말하는 방법과 비교해 생각해 보면 딱딱하게 읽는 게 무리하는 거죠.

기타무라 아, 그렇군요. 어깨 힘을 빼고 자연스럽게 읽으면 된다는 거군요.

기타하라 평소 말하는 속도로 읽으면 빨라요. 하지만 딱딱하게 읽으면서 내용을 전달할 수 있다면 그게 궁극의 표현일지도 모르겠네요.

학생 본인 목소리에 자신을 가지고 있나요? 자기 목소리에 대한 인식은 어떠세요?

<u>기타하라</u> 내 목소리는 역시 나만의 것이니까요. 내 목소리가 인상에 남아 '그 사람이 이 일을 해줬으면 좋겠다'라는 생각으로 의뢰를 받는 게 이상적이죠. 하지만 슬프다고 해야 하나, 이 일을 하다 보면 "누구누구 씨처럼 해주세요." 같은 의뢰를 받게 될 때도 있고, "기타하라 씨, 오늘 아침 라디오에 나오셨죠?" 같은 말을 들을 때도 있어요. 제 목소리를 닮은 사람이 있는 거죠. 제 목소리가 그 분 목소리를 닮은 건지도 모르겠지만.

<u>기타무라</u> 그런 식으로 여러 가지 주문이 오다가 드디어 읽고 싶었던 것이 오면 어떻습니까?

<u>기타하라</u> 엄청 기분 좋죠. 「미의 거인들」도 그랬어요. 학예사가 되고 싶었던 때가 있었던 터라 미술 관련 방송을 맡게 되면 기쁩니다.

<u>학생</u> 어떤 장르에서 자신의 특색이 잘 발휘되는 것 같으세요?

<u>기타하라</u> "오싹한 게 잘 맞는다"는 소리를 곧잘 들어요. (웃음)

<u>학생</u> 경험이 없는 사람들에게도 낭독을 추천하십니까?

<u>기타하라</u> 자기 자식에게 읽어 준다는 기쁨은 프로가 흉내 낼 수 없죠.

무대에서 낭독하다

<u>기타무라</u> 기타하라 씨는 무대에서도 낭독을 하고 계십니다. 이번에 「산월기」를 낭독하게 되셨는데요. 저도 「산월기」 낭독 테

이프는 여러 개 들어 봤는데, 여성이 읽는 일은 흔치 않습니다.

__기타하라__ 꼭 해주셨으면 한다는 의뢰를 받고 이 기회를 놓치면 할 수 없다는 생각이 들어 수락했습니다. 연습은 앞으로 하면 되니까 도전한다는 마음으로 해보려 합니다.

__기타무라__ 이제 여러 가지 준비할 것도 많고 마음가짐도 다잡으셔야겠네요. 저는 마침 노무라 만사이 씨가 나카지마 아쓰시 작품을 무대화한 「아쓰시」를 재연(再演)한다는 소식을 듣고 바로 보러 갔다 왔습니다. '낭독'이라는 표현을 하기 위해서는 먼저 여러 가지 표현물 또한 자기 것으로 만들며 '읽기'를 심화시켜 나가야겠지요.

__기타하라__ 네, 「아쓰시」에서는 노무라 만사쿠 씨가 「산월기」를 낭독했습니다.

__기타무라__ 만사쿠 씨는 만사이 씨의 아버님이시죠. 만사쿠 씨의 「산월기」 낭독은 레코드화되었습니다. 저는 수많은 낭독 중에 이걸 가장 좋아해요. 몇 십 년도 더 된 예전 녹음이지만요.

__기타하라__ 저도 만사쿠 씨의 낭독에는 감명을 받았어요.

__기타무라__ 그 「산월기」는 무척 주관적인 읽기라 독특했습니다. 일반적으로는 아까 얘기가 나온 그림책에 써 있는 '어머니께'라는 주석처럼 객관적으로 읽는 게 낭독의 왕도겠죠. 하지만 「산월기」라는 작품 그 자체에 그러한 주관적 읽기를 받아들이는 요소가 있습니다. 미야자와 겐지의 「쏙독새의 별」도 많은 낭독이 남아 있는데, TV에서 배우 나카무라 바이자쿠 씨의 낭독을 들었

을 때, 이 낭독을 들으면 아이들의 상상력은 늘어나지 않을 수도 있겠다는 생각이 들었습니다. 너무나 강렬해 그 껍질 속에 상상력을 가둬 버리게 될지도 모르겠더라고요. 하지만 이미 원작을 읽고 여러 낭독도 들은 후에 바이자쿠 씨의 낭독을 접하게 되면 '아아……' 하고 고개를 끄덕이게 됩니다. 일반적으로 낭독은 너무 감정을 넣어서는 안 된다고 합니다. 그것은 해석을 듣는 이에게 맡긴다는 의미로 소중하다고 생각합니다. 하지만 매력적인 하나의 표현이 그러한 일반론을 넘어 버리는 경우도 있는 법입니다.

기타하라 맞습니다. 제 경험을 말씀드리자면 「아쓰시」 무대에서 만사쿠 씨가 말하기 시작했을 때 느꼈던 절대적인 존재감이 그런 경우였습니다. 확실히 그곳에 호랑이가 있었습니다. 인간이었던 호랑이가 있었어요. 그것을 객석도 느끼고 있다고 실감했습니다.

∞

학생 무대에 서면서 얻은 게 있다면 무엇일까요?

기타하라 무서운 것이 적어졌어요. 어떤 의미에서 일은 자기 안에서 필요로 하는 것을 소화하는 작업, 무대는 필요한 것을 축적하는 작업이라는 느낌이 듭니다. 새로운 것을 하는 것은 중요하다고 생각해요. 선배들 중에는 자신이 얻은 것을 아까워하지 않고 후배에게 전수해 주는 분이 있어요. '왜 저렇게 잘하는 걸까'

그 사람이 늘 앞으로 나아가고 있기 때문입니다.

기타무라 혼자서 '읽는' 경우는 연출과 연기를 함께 하는 셈인데요, 무대에 설 때에는 연출이 따로 있나요?

기타하라 그때그때 달라요. 연출가를 세우지 않으면 감정이 전면에 나와 버릴 때도 있습니다. 무대에 서면 관객에게 어떻게 보여야 할지가 중요해져요. 보여 주는 낭독은 연출이 필요함을 절실히 느끼게 됩니다.

기타무라 객석의 반응에 따라 낭독 방법에도 변화를 주나요?

기타하라 바꾸지 않아요.

기타무라 그건 재밌네요. 무대에서 낭독을 하시는 다른 분에게도 같은 질문을 했는데 그분도 같은 답을 했어요. 저는 1인 낭독이라고 하면 아무래도 라쿠고를 연상하게 됩니다. 라쿠고는 어떤 관객층인지 라쿠고의 서두를 푸는 단계에서 판단해 말하는 방식을 바꿔나간다고 합니다. 그에 비해 역시 낭독은 연극에 가까운 걸까요.

기타하라 연출이 붙고 음악이 들어가도 낭독은 1인극과는 다릅니다. 움직임이 없습니다. 인간은 시각으로 60퍼센트 정도 정보를 얻기 때문에 낭독과 연극의 차이는 크다고 생각합니다. 낭독은 상상을 한정하지 않습니다. 저의 경우 연극 각본에서 배우의 동작을 지시하는 부분도 언어로서 살리고 싶다는 생각을 갖고 있습니다.

학생 장편도 낭독하시나요?

<u>기타하라</u> 낭독에서는 이십 분 정도 분량도 대작에 들어가요. 라디오 시대에는 연속물도 있었지만, 무대에서 하는 경우에는 관객이 계속 찾아 주실지 어떨지 알 수 없으니 현실적으로는 어렵습니다.

∞

<u>학생</u> 대본은 어느 정도 반복해서 읽으시나요?

<u>기타하라</u> 대본 한 번 보실래요? 이렇게 메모도 해가면서 수십 번 읽습니다. 평균 한 달 정도면 거의 머릿속에 들어갑니다. 백 번 연습이라고 말하는데요, 횟수가 전부는 아니라고 생각합니다. 작품과 너무 밀착되면 일단 거리를 두려고 하기도 합니다.

<u>학생</u> 지문을 읽을 때에도 감정이 들어갑니까?

<u>기타하라</u> 똑같이 감정을 들여 읽지는 않습니다. 달라집니다. 그 어떤 지문도 같은 게 쓰여 있지 않으니까요. 물론 그것은 감정을 담는다는 행위와는 또 다를지도 모르지만요.

<u>기타무라</u> 피아노를 치는 분과 이야기를 나누면서 '재밌다'고 생각했던 점이 있습니다. 피아노 곡에 반복이 있는 경우, 처음과 다음의 치는 법을 다르게 한다는 겁니다. 초심자라면 '아아, 같은 부분이 나왔다. 긴장을 풀고 칠 수 있겠어'라고 생각할지도 모릅니다. 하지만 그렇지 않습니다. 반복은 카피가 아닙니다. 지금 들으면서 분야는 완전히 다르지만 뭔가 통하는 게 있다는 것을 느꼈습니다.

학생 앞으로 어떤 일을 해나가고 싶으세요?

기타하라 시대물이요. 어렵다고 여기기 쉬운 일본문화의 변하지 않는 맛을 전하고 싶어요. 제 세대에서 기모노를 입고 낭독하는 사람은 적어요. 기모노를 입고 낭독하는 것도 해보고 싶습니다.

기타무라 기모노를 입으면 목소리 내기 불편하지 않나요?

기타하라 단단히 죄어져 힘들지 않느냐는 소리를 많이 듣는데, 실제로 입어 보면 통이 일자로 뚫려 있는 느낌이라 오히려 소리가 더 잘 나와요.

학생 어떤 목표가 있으세요?

기타하라 이 작품은 이 사람이다, 라는 말을 들을 수 있도록 되는 게 최종 목표예요.

기타무라 감사합니다.

16.
'사물'을 보는 눈―작가의 호기심

무엇을 어떻게 쓸 것인가

소설가 시게마쓰 기요시 씨는 여러분의 선배입니다. 이곳에서 수업도 맡고 있어요. '대학 교단에 서는 것'으로는 저의 선배입니다. 시게마쓰 씨가 말씀하셨습니다. "창작 지도를 했을 때 학생이 가장 괴로워하던 것은 '쓰고 싶은 게 없는' 것이었다"고요. 하지만 쓰고 싶은 거죠.

현재 문학계에서 높은 평가를 받고 있는 어떤 분도 이런 말씀을 하셨습니다. "젊은 시절 마음 깊은 곳에서부터 쓰고 싶다는 생각이 드는 건 없었다. 하지만 지금 어떻게 쓸 수 있는지 묻는다면……" 이에 대해 제대로 말하기 어렵다고 합니다. "말할 수 있을 것 같은데, 말할 수 없다."

전에도 말씀드렸지만 쓴다는 것은 근본적으로 그 사람 즉 자기 자신, 작가 자신을 쓰는 것입니다. 그것은 주의, 주장을 연설하는 것과는 다릅니다. 좀 전에 언급한 그분의 경우도 작품에 한 번만 봐도 분명히 알 수 있는 개성이 있습니다. '그것'이 매력적이라 쓸 가치가, 읽을 가치가 있는 것이죠.

저는 마흔이 가까워질 무렵부터 지금까지 살아오며 느꼈던 마음의 움직임 몇 가지가, 강에 진흙 덩어리를 씻으면 돌이 손에 남듯이 남아 '이것을 써 두고 싶다'는 마음이 강해졌습니다.

시게마쓰 씨는 오랫동안 기고가로 활동했습니다. 의뢰 받은 원고를 취재를 거쳐 글로 정리합니다. 그 일의 축적은 곧 인간을 아는 것──완전히 깨우치는 것은 어차피 불가능하지만──의 축적이었을 겁니다. 시게마쓰 씨는 그 일에 애착과 긍지를 갖고 있습니다. '쓰고 싶은 게 없다'는 화제로 옮겨 갔을 때 그는 "저는 라디오가 되고 싶습니다"라고 말했습니다. 자기 안에 있는, 평생을 걸고 말하고 싶은 것을 주장하는 게 아니라도, 무언가 전파가 도달한 것을 수신해 사람에게 들리는, 의미 있는 음으로 만들어 방송하고 싶다, 그런 의미겠죠.

단순히 생각해 보면 기고가는 의뢰자의 주문이 글을 쓰는 이유입니다. 하지만 시게마쓰 씨의 라디오가 되고 싶다는 말은 아마 그러한 차원의 이야기가 아닐 겁니다. 소재 중에 '외치고 싶은 것'이 잠들어 있습니다. 그것은 그대로 놔두면 읽는 이에게 전달되지 않습니다. 시게마쓰 씨는 필자로서 그 '외침'을 발견해

증폭시키고 들리는 음으로 만듭니다. 소설에 대해서도 똑같이 말할 수 있습니다. 세상에 있는 다양한 목소리, 외침이나 중얼거림을 수신해 소설의 형태로 만듭니다.

이렇게 되면 더 이상 '쓰고 싶은 게 없다'고 할 수 없습니다. 분명하지요. '시게마쓰 기요시라는 우수한 라디오' 그 자체가 쓰는 것을 욕망하고, 쓰고 싶은 것 그 자체라고 말할 수 있습니다.

∞

『우메메』[1]라는 책이 나왔습니다. 알고 있나요? 아아, 모른다고요? 우메 가요라는 젊은 사진작가의 사진집입니다. 신문 서평란에 나왔어요. 그곳에 작게 소개된 사진 한 장을 본 것만으로도 끌렸습니다. 그래서 사 왔습니다. 돌릴 테니까 한 번 보세요. 여기에 사진 몇 장을 복사한 게 있어요. 이것도 돌려 주세요.

사진을 찍는 사람은 셀 수 없을 정도로 많습니다. 그 중에서도 '일상 사진'을 찍는 사람이 많습니다. 보통 사람이라면 예를 들어 편의점에 가는 도중에 좌우를 둘러봐도 '표현의 대상이 될 만한 특별한 건 없어'라고 생각하겠죠. '극적인 것 따위 내 손이 닿는 곳에는 없어'라고요.

하지만 우메 씨가 카메라를 잡으면 달라집니다. 어때요, 이렇

---

1) 『우메메』, 우메 가요, 리틀모어, 2006. 첫 사진집으로 제32회 기무라 이헤이 사진상을 수상했다.

게 됩니다. 여기에 찍힌 거리도 사람도 우리와 멀리 떨어진 곳에 있지 않습니다. 하지만 특별한 것이 되어 있습니다. 아이의 이런 순간도 무척 매력적입니다. 신비로운 매력. 하지만 이거, 치밀하게 계산해서 구성한 게 아닙니다. 인위적으로 만들려고 해도 될 리 없습니다. 그곳에 있는 순간을 포착하는 겁니다. 연출할 수 없죠.

이 사진, 코인로커 앞의 군상들이 마치 로댕이 만든 조각처럼 보입니다. 서양미술관 정원에 있을 것 같습니다. 하지만 사실 그저 평범한 아저씨 아줌마들입니다. 공원의 고양이가 찍힌 이 사진, 그물에 다리가 걸렸습니다. 고양이에게 부탁해 포즈를 취하게 했을 리 없습니다.

우메 씨는 이러한 순간을 오려 냈습니다. 오려 낼 수 있는 가위를 갖고 있습니다. 소재도 주변에 있는 것, 카메라도 고성능 어쩌고 하는 대단한 것을 쓰지 않습니다. 이런 날짜 표시가 들어 있는 사진 같은 건 오히려 싸구려 카메라로 찍은 것 같죠.

즉, 좋은 카메라는 '우메 가요'입니다. 그녀 자신. 문제는 찍는 이의 렌즈에 있습니다. 같은 곳에서 같은 경험을 해도 이야기를 건져 올리는 사람은 따로 있습니다. 필요한 것은 소재를 보는 '나'입니다.

어떻게 해야 하나, 궁리하는 건 어렵습니다. 할 수 있는 사람은 그다지 생각하지 않아요. 자연스럽게 해버립니다.

∽

미야베 미유키 씨는 다들 알고 계시죠. 미야베 씨와 관련해서 재밌는 일이 있었습니다. 기타카타 겐조 씨의 시바 료타로 상[2] 수상을 축하하는 자리가 있었는데요, 4년 전 시바 료타로 상 수상자였던 미야베 씨가 그날 기념품을 전달하는 역할을 맡았습니다. 사회를 맡은 오사와 아리마사 씨가 "오늘은 기타카타 군이라고 불러도 좋다고 말씀하셨습니다"라고 말하면서 덧붙이기를 "기타카타 씨겠지만요" 하고 말했습니다. 시바 료타로상으로 따지면 미야베 씨가 먼저 탄 선배니까 으스대도 좋다는 뜻의 농담이었죠. 미야베 씨가 또박또박 걸어 앞으로 나왔습니다. 축하 인사를 하고 마지막으로 "언제까지나 매력적인 겐 짱으로 남아 주세요"라고 끝맺었습니다.

그 말을 들으며 저는 재밌다고 생각했습니다. "기타카타 군이라고 불러도 좋아". "기타카타 씨겠지만요"라는 말에 이어서 '겐 짱'[3]이라고 부른 겁니다. 흐름 자체도 재밌지만 이건 '그럼

2) 시바 료타로의 작가 활동을 기념해 문예, 학예, 저널리즘의 넓은 분야에서 창조적으로 주목을 모은 사람, 혹은 그 업적을 표창하는 상. 기타카타 겐조 씨는 『수호전』(전 19권, 슈에이샤)으로 제9회 수상.

3) 요시유키 준노스케 씨는 『마작하기 좋은 날』(마이니치신문사, 1977년)에서 삽화를 담당하는 후쿠지 호스케 씨와의 에피소드를 풀어 놓았다. 이야기의 진행과 함께 후쿠지 씨에 대한 호칭이 변화되어 간다. "호스케가……. 근데 포스케는……. ……나는 화를 내려는 게 아니야. ……포는, ……. 그건 그걸로 됐는데…… 포 녀석에게는……." 이 이야

이렇게 하자'라고 궁리해 낸 것도 아닙니다. 숨을 쉬는 것처럼 자연스럽게, 그렇게 된 것이죠. 그 점이 재밌었어요.

소재를 건지는 경우에도 타고난 표현자는 갈고닦으면 빛나는 것을 바로 골라냅니다. 하지만 실망할 일도 아닙니다. 그런 사람도 아기 때부터 그렇지는 않았습니다. 자세와 습관의 영향이 있는 것이겠죠. '내가 쓰고 싶은 것을 살릴 수 있는 소재는 없을까'라는 자세로 하루를 지내 봅시다. 그렇게 하면 보이는 게 있을지도 몰라요.

하이쿠를 짓기 시작하면 식물이나 새가 이전과는 다르게 눈에 들어온다고 합니다. 그런 것이겠죠. 사람은 같은 사람이지만 하이쿠를 시작하면서 비로소 '보이게 되는' 것이 있다는 것입니다. 돌 하우스라는 게 있죠. 돌 하우스를 꾸미는 게 취미인 사람은 무언가가 돌 하우스의 소재가 되지 않을까 늘 생각한답니다. 찻집에서 플라스틱 숟가락이 나오면 '이건 삽으로 쓸 수 있을 것 같은데', 기차역에서 파는 도시락에 들어 있는 도미 모양의 간장통을 보고는 '도코노마의 어탁(魚拓)으로 쓸 수 있지 않을까' 한다는 거죠. 저는 그 이야기를 듣고 '과연 그렇구나' 하고 생각했습니다.

기 조금 앞에 후쿠지 씨의 "포스케란 나를 가리키는 것이다. 평소 요시유키 씨는 나를 호스케라고 부른다. 하지만 엄청 재미없을 때에는 이런 식"이라는 얘기가 나와 이어지는데, 의도해서라기보다는 자연스럽게 이렇게 된 것이다.

취미가 없던 시절에는 굴러다니는 소재를 알아채지 못했을 겁니다. 적극적인 마음을 가지게 되니 보이게 되는 것이죠.

∞

사물에 늘 신선한 호기심, 관심을 갖고 있었던 작가로 모리무라 세이치 선생이 있습니다. 모리무라 선생의 이야기를 접하고 저는 깜짝 놀랐어요.

잡지에 나온 이야기인데요, 모리무라 선생이 산책을 하는데, 방범 카메라가 몇 대나 설치된 높은 담장의 집이 있었다고 합니다. 약간 무서운 분들과 관련이 있는 집이었습니다. 보통 '위험하네' 하며 멀리하겠죠. 하지만 모리무라 선생은 문득 이런 생각이 들었다고 합니다.

'이런 곳에서 수상한 행동을 하고 있으면 얼마 만에 반응이 나올까.'

그렇게 생각하니 반응을 체크해 보고 싶어 견딜 수가 없었죠. 메인 모니터 카메라 앞으로 가서 일부러 카메라에 찍히도록 하면서 저택을 찍었습니다. 두 장, 석 장. 찰칵, 찰칵.

상상하기 어렵죠. 모리무라 선생은 호기심을 충족하고 싶어 했고, 채우지 않고는 견딜 수 없었던 겁니다. ……5분이 지나도 아무도 나오지 않았습니다. 다 재고 있었어요, 선생님은.

한 번만 더 시도해 보자고 생각해 이번에는 감시 카메라를 바로 노려보며 셔터를 눌렀습니다. 그랬더니 건장한 체격에 머리를 빡빡 민, 전형적인 그쪽 계열의 사람이 나왔습니다. 트레이닝 웨어, 트레이닝 바지를 입은 채 말이죠. 6분 30초 만이었습니다.

"어이, 너 뭐하는 거야!"

"하아, 훌륭한 저택이라 사진을 찍고 있었습니다."

"보통 저택이 아니라는 걸 모르겠어?"

"죄송합니다. 그럼 하다못해 정원이라도"

쫓겨났습니다. 하지만 실력 행사는 없었고 "저리 가!"라는 말 뿐이었다고 합니다. 목덜미를 잡혀 카메라를 빼앗기고 필름을 빼앗길 줄 알았는데, 꽤 부드러운 대응이었다고 말씀하셨습니다. 놀라운 일이죠.

∽

그런데, 사실 이 이야기에는 복선이 있어요. 도쿄회관에서 모리무라 선생과 나란히 식사를 한 적이 있습니다. 어느 수상식 후에 몇 명과 함께 식사를 하러 가게 되었는데, 누군가가 "도쿄회관 명물인 카레를 먹으러 가자"고 했습니다. 저는 전날에 카레를 먹어서 다른 음식을 주문했습니다. 그랬더니 식사 중, 모리무라 선생이 왼편에서 이쪽을 힐끔힐끔 보는 겁니다.

"그거, 뭐~니?"

"아, 새우필래프요."

"흐음"

저는 입이 짧기도 하고 마침 배가 고프지도 않아서 죄송하지

만 절반을 남기고 말았습니다. 그러자 모리무라 선생이

"이제 그만 먹으려고?"

"네, 점심을 늦게 먹어서요."

변명을 하니 선생이 이쪽으로 손을 뻗어 "잠깐, 실례." 하고는 접시를 가져갔어요. 그리고 숟가락을 뻗었습니다.

"앗, 선생님, 제가 먹다 만……"

모리무라 선생, 전혀 동요하지 않고 필래프를 입으로 옮기며

"이 식당에서 이 메뉴는 먹어 본 적이 없거든."

가족이라면 몰라도 보통은 생각할 수 없는 일이죠. 저는 감탄하고 말았습니다. '어떤 맛일까'라는 탐구심, 그것을 충족시켜야만 했던 것이죠. 이제 와서 하는 얘기지만 '보통 분이 아니야!'라고 생각했어요.

저도 글 쓰는 사람이니까, 그 순간에 외쳤어요.

"이 얘기, 써도 되나요?"

"좋아!"

선생님께 바로 허락을 받았습니다. 에세이로 쓸 만하겠다는 생각이 들었거든요. 어쨌든 지금 여기에서 이야기도 하고 있습니다.

이런 복선이 있었던 겁니다. 그 후 잡지를 보니 아까 얘기가 실려 있었어요. 작가라면 당연하다고 해야 할까, 어쨌든 이 강렬한 '추구의 의지'에는 놀랄 수밖에 없었습니다.

'새우필래프의 맛'이나 '6분 30초'는 그렇게 자기 손으로 붙잡은 것입니다. 자신의 재료가 됩니다.

호무라 히로시 씨의 에세이 중 「치명적 발언」이라는 글이 있습니다. 『지쿠마』에 실려 있습니다.

대학 시절의 일입니다. '친구 한 명이 충격에 빠져 있었다. 여자 친구가 임신했을지도 모른다고 말한 것이다.' 친구는 호무라 씨와 함께 여자 친구를 찾아갔습니다. 그런데 그 자리에서 친구는 사람으로서 해서는 안 될 말을 하고 말았습니다.

"임신 안 했으면 뭐든 사 줄게." 그런데 그녀는,

……전혀 표정이 달라지지 않았다.

어라, 충격 받을 정도도 아니었던 건가 싶어 약간 안심했다. 그녀는 무표정인 채로 일어나서 부엌에서 물을 끓이기 시작했다.

그래, 이쯤에서 차라도 마시며 열을 식히려는 건가 싶어 나는 멍하니 기다리고 있었다. 친구는 이미 얼이 빠진 상태였는지 자신이 얼마나 졸렬한 이야기를 했는지도 모르는 모습이었다.

드디어 그녀가 돌아왔다. 변함없는 무표정.

하지만 손에 들고 있는 건 커피 잔이 아니라 세숫대야였다.

엥, 하고 생각한 순간, 그 속의 것을 그를 향해 끼얹었다.

'그 속의 것'이란 뜨거운 물이었다.

저는 딸을 가진 부모니까 그 정도로는 부족하다고 생각해요. 동네 한복판에서 조리돌림을 하고, 나무 기둥에 거꾸로 매달아 놓고 싶습니다. 하지만, 뭐, 그건 그거고 객관적으로 보면 무서운 이야기입니다. 어라, 차를 끓이는 건가 싶었던 느낌이 무척 무섭지 않나요. 물을 끓이던 소리가요. 그리고 다른 것도 아닌 세숫대야입니다.

호무라 씨의 에세이 중에는 우수한 단편소설로 읽을 수 있는 것이 꽤 있습니다. 이 글도 무척 소설적입니다. 이 에피소드는 아마 실화겠죠. 그렇게 생각할 수 있는 사실이 가지는 힘이 있습니다. 영화로 말하자면 한 컷 한 컷에서 스테레오타입이 아닌 인간이 보입니다. 또한 살아 있는 인간의 마음의 움직임이 느껴집니다.

사실은 이 「치명적 발언」이라는 글의 요점은 여기에는 빠져 있습니다. 지쿠마쇼보에서 에세이집으로 만들어 내겠죠. 어떻게 될지 궁금하다면 앞으로 나올 책을 체크해 보세요.

어쨌든 여러분의 생활 속에도 이러한 소설적 단편이 있을 것입니다. 자신이라는 렌즈를 적확하게 들이댄다면 포착할 수 있을 겁니다.

∞

포착하는 것에 대해 다른 사람의 이야기를 해보겠습니다. 탤런트 사토 에리코 씨. '사토에리'라고 부르기도 하죠. 저는 잘 몰랐는데 언젠가 『소설 스바루』라는 잡지를 보았더니 에세이를 연재하고 계시더라고요. 편집자가 의뢰했겠죠.

그 호 첫머리에 실린 사토 씨의 에세이 한 편을 읽어 보니 글의 첫머리와 마무리가 깔끔하게 조응하고 있었습니다. 그 울림이, 전에도 '자연'이라는 말이 나왔지만 자연스럽더라고요. 기교를 부렸다는 느낌이 들지 않았어요. 실제로도 그러지 않았을 거라고 생각해요. 아니, 단언컨대 그렇지 않았습니다.

그때 저는 오즈 야스지로에 대해 좌담을 나누는 NHK 방송 녹화 비디오를 봤습니다. 그 방송에 사토 씨가 나왔었거든요. 녹화만 해두고 보지 않는 동영상은 어느샌가 쌓이게 되지요. 여러분도 그렇지 않나요? 노후의 즐거움이라고 말하며 그대로 두고 있어요.

이 방송은 보기를 잘했어요. 무척 좋은 방송이었습니다. 아나운서가 "사토 씨는 영화를 이천 편 보셨다고……"라는 말을 꺼내자 "아니, 그렇게까지 많이 보지는 않았어요"라고 대답했습니다. 사토 씨, 굉장한 영화 마니아셨네요. 이를테면 「동경 이야기」에 대해서도 날카로운 지적을 합니다. 그러면서 "오즈는 트뤼포[4]와 닮았다는 생각이 들어요"라고 말합니다. 함께 출연한 영화감독 오바야시 노부히코 씨가 "저도 그렇게 생각합니다"

---

4) 프랑수아 트뤼포(François Roland Truffaut, 1932~1984). 새로운 영화운동인 누벨바그를 이끌었던 프랑스 감독.[옮긴이]

하고 말하니, "정말요? 오옷" 하면서 무척 기쁜 표정을 지었습니다. 그러고는 "오즈의 작품 중 무엇을 좋아하는지"에 대한 이야기로 옮겨갔습니다. 그녀는 「가을 햇살」을 좋아합니다"라고 말합니다. 이유를 물으니 "「동경 이야기」 즈음부터 새우등을 한 사람이 많이 나오니까요" 하고 대답했습니다.

과연, '예리한' 감각입니다. 자신이 느낀 것을 표현하기 위해 '새우등'이라는 한 마디를 포착했기 때문입니다. 본질을 이러한 한 마디 말로 휙 변환할 수 있는 겁니다. 그것도 고심해서 쥐어짠 게 아니에요. 그렇게 생각하게 되는 겁니다. '그냥 되는데?'의 세계입니다. 이천 편의 영화라는 '축적'과 이 '예리함'. 이것은 그야말로 에세이를 쓰기 위해 적합한 재능입니다. 편집자는 프로니까 무언가를 계기로 이러한 재능을 포착해 연재를 의뢰했던 거겠죠. 잘 알아냈네요.

방송에서 훌륭했던 점은 이 방송에 '오바야시 감독이 있다'는 것입니다. 즉, 배역의 묘입니다. 사토 씨가 예리한 학생이라면, 오바야시 감독은 선생님입니다. 그 예리한 칼 솜씨에 대해 이야기할 수 있는 사람입니다.

일반적으로 오즈 작품의 정점으로 일컬어지는 「만춘」, 「맥추」, 「동경 이야기」, 오바야시 씨는 이 작품들을 가리켜 "그야말로 새우등 3부작이라고 불릴 만합니다"라고 말합니다. 그 이유는 "그곳에 단념이 있기 때문입니다". "오즈 씨는 새우들이기에 더욱 정신의 등을 꼿꼿하게 펴려고 했다". 「만춘」은 연애영화예요" 하고, 단념과 정신에 대해 이야기합니다.

대단한 것은 이 말을 할 때 집어삼킬 듯이 오바야시 감독을 보는 사토 씨의 눈입니다. 몸을 기울여 집중해 듣고 있는 거죠. 그런 축복 같은 교감이 있습니다. 즉, 그곳에는 이상적인 수업이 있었습니다.

∽

소재는 개성에 따라 포착됩니다. 또한 쓰는 방식에도 개성이 있어야 합니다. 여러분이 학생 창작 평을 할 경우, 능숙하게 마무리된 작품에 높은 평가를 하곤 합니다. 하지만 노골적으로 말하자면 '초보가 쓰는 능숙함 같은 건 대단치 않은 것'입니다. 그 지점에서 벗어나는 것이 문제죠.

텔레비전에서 짧은 연극 관련 정보 방송을 보는데 마쓰이 루미 씨 특집을 하고 있었습니다. 누워서 뒹굴며 보다 중간부터 몸을 일으키고 말았습니다.

마쓰이 씨는 무대미술가입니다. 젊은 분이지만 지금 모든 연출가가 마쓰이 씨에게 무대 미술을 맡기고 싶어 한다고 합니다. 여러 무대가 소개되었는데, 그 중에 「피치포크 디즈니」라는 작품이 있었습니다. 이 작품으로 마쓰이 씨는 고전부터 현대극까지 연극 전 분야를 망라하는 요미우리 연극대상에서 스태프 상을 받았다고 합니다. 그런데 이 무대, 정말 말도 안 되게 대단한 무대예요.

먼저 객석에서 보면 중앙 3분의 1부분만 무대입니다. 놀랍죠? 정 가운데에서 둘로 갈라 양쪽을 다른 공간으로 만들었습니다. 하지만 무대 오른쪽과 왼쪽의 3분의 1부분이 없습니다. 완전히 가려져 있습니다. 그리고 객석에서 보이는 중앙에 방 하나가 만들어져 있는데, 이 방 안으로 들어갈수록 바닥이 밑으로 내려갑니다. 믿어지지 않죠?

저는 고등학생 시절 연극부였기 때문에 아마추어지만 몸에 밴 무대 상식이 있습니다. 마주보고 이야기할 때는 객석을 향해 시옷 자로 벌려 서야 한다거나 말이죠. 현실에서는 그렇게 하지 않지만 무대에서는 아무래도 몸이 그렇게 되어 버립니다.

무대 바닥도 그렇습니다. 수평이 아닐 때는 안쪽이 높아집니다. 관객이 보기 편해야 하기 때문에 그렇게 됩니다. 보이지 않으면 안 되니 거짓이라도 그렇게 됩니다. 하지만 「피치포크 디즈니」는 반대였습니다. 마쓰이 씨 스스로도 "이상하지요." 하고 말했습니다. 확실히 안정감이 떨어지죠. 그걸 노린 겁니다. 예술적 변형을 가해 강조된 묘한 원근감이 탄생합니다.

진기함을 자랑하기 위해서가 아님은 말할 것도 없습니다. 각본이 갖고 있는 폐쇄적인 느낌을 잘 읽고 이해해 연출가와 검토를 거듭해서 만들어 낸 것입니다. 힘없는 사람이 한다면 비웃음을 살 뿐이겠죠. 일단 허락받지 못할 겁니다. 이러한 무대를 만들 수 있었던 것은 얼마만큼 신용 받고 있는지에 대한 증명입니다. 그리고 그 기대에 부응하고 맙니다.

이것은 누구라도 알기 쉬운, '개성'에 대한 둘도 없는 예입니다. 이것을 보는 것만으로 마쓰이 씨가 제작한 다른 무대도 창의와 매력이 넘칠 거라는 걸 알 수 있습니다. 처음엔 흉내부터 시작하는 경우도 많을 겁니다. 무슨 일이든 그렇게 형태를 갖추는 것부터 시작합니다. 하지만 평가 받기 위해서는 결국 그 사람만이 만들 수 있는 것을 만들어야 합니다.

17.
'이해한다'는 것 — 특별한 능력

아카기 간코 씨에 대해

아카기 간코 씨의 글을 읽어 보겠습니다. 아카기 씨를 아시나요.
아동문학에 흥미가 있다면 어떤 형태로든 접해 본 적이 있을 겁
니다. 책 소개, 앤솔러지스트로 활약하는 등 여러 가지 일을 하
고 계신데, '책 탐정'이라는 일도 하십니다. 의뢰인 즉 '어린 시
절에 읽었던 그 책이 그립고 잊을 수 없다. 다시 한 번 손에 넣
고 싶다. 하지만 무슨 책이었는지 기억나지 않아', 이런 사람들
을 위해 조사해 알려 주는 것입니다. '책 탐정'이라는 작명이 좋
죠? 이십 년쯤 전에 이 일로 아카기 씨가 처음으로 화제에 올랐
습니다. 신문이나 NHK 등에서도 언급되었죠. 책과 관련된 현장
에 있는 분다운 활동입니다. 비슷한 일을 하는 경우는 그 후 다
른 곳에서도 발견했지만 처음 시작한 건 아카기 씨일 겁니다.

아카기 씨라고 하면 곧바로 떠오르는 게 옛날 쇼분샤에서 나왔던 「일상 기술」 시리즈 중 『아카기 간코의 'BOOK' 이야기─어린이 책이 최고!』 첫머리에 실린 에피소드입니다.

"아카기 씨에게 찾아온 사람이 깜짝 놀라 '뭐, 뭐하는 거야!' 하고 외쳤다. 내가 더 놀랐다."라고 간코 씨는 말합니다. "난 그저 밥 먹으면서 책 읽으면서 원고를 쓰고 있었을 뿐이라고!"

와아, 보통사람이 아니죠. 저도 밥을 먹으면서 책을 읽을 수는 있습니다. 해보라는 말을 들으면 먹으면서 원고도 써 보일 수 있습니다. 하지만 책을 읽으면서 원고는 못 씁니다. 그런데 아카기 씨는 그게 됩니다. 곡예도 뭣도 아닙니다. 해버리는 거예요. 음악을 들으며 수학 문제를 푸는 사람이 "훨씬 신기하지 않나? 적어도 책과 원고는 친구, 동료라고!!" 아카기 씨는 말합니다. 와아, 친구이기에 더 어렵지요. 식사를 하면서 양치질을 할 수는 없으니까요. 두 행위 모두 입을 쓴다는 점에서는 친구지만요.

먼저 이 글을 읽어 주세요.

「내가 아이였을 때」

☆음수대에서의 깨달음

아카기 간코

내가 아이였을 때, 그러니까 티 없이 귀여웠던 초등학생이었을 때,

줄~~~곧 책 속의 세계가 진짜고 살고 있는 이 세상이 가짜라고 생각했어. 지금 생각해 보면 거짓말 같은 이야기지만, 실화야 이거.

그래서 물론 그 생각에 빠져 있던 나는 그럴 리 없다는 건 꿈에도 생각하지 않았으니까(당연하지) 내가 그렇게 느끼고 있다는 것을 설명할 수 없었어. 뭐, 만약 설명할 수 있었다고 하더라도 그 이야기를 들어줄 만한 순진한 녀석은 내 주위에는 없었지만 말이야.

무슨 말하는지 알겠지? 그런 오해와 굳은 믿음이 어떤 불행을 불러오는지! 나에게도, 내 주변에도!

지금 생각해 보면 나도 이상하다는 마음에 어떻게든 앞뒤를 맞춰 보려고 했던 적도 있었어. 이를테면 정말 이 세상이 거짓이라면 배가 고플 리가 없잖아? 그런데 역시 배는 고픈 거야! 나는 어느 시기, 어떻게 해도 이해가 되지 않아서 이상하다, 이상하다 하고 생각하면서 음식을 먹었던 적이 있었어. 그렇지 않을 때에도 그쪽 세계는 진짜, 이쪽은 거짓이라는 굳은 믿음만이 존재했어. 다른 것은 아무것도 생각할 필요도 없이 부드럽게 양립했던 거야.

그러니까 말이야, 평소 생활하고 있을 때에는 그런 생각을 하며 살지는 않잖아? 인생이라는 건 무의식 속에서 스쳐 지나가는 법이니까. 막 이래. 그런 생각을 하게 될 때는 대체로 상황이 좋지 않게 돌아갈 때! 예를 들어 선생님께 혼났을 때 같은 때야! 그런데 나는 이쪽 세계는 가짜!라고 굳게 믿었으니까 전혀 아무렇지도 않았어. 책은 읽기 싫어지면 탁! 하고 덮으면 그만이니까. 그렇게 하면 문제는 정리

되니까. 혼나도 나는 아프지도 간지럽지도 않았던 거야.

그래서 나는 혼내는 상대를 어떤 때에는 신기하다는 듯이, 어떤 때에는 시끄럽다는 듯이, 또 어떤 때에는 재미있다는 듯이 말똥말똥 쳐다봤어.

선생님은 물론 기분 나빴겠지? 하지만 맹세하는데 그때 나는 왜 선생님이 나를 혼내는지 전혀 이해하지 못했어.

지금 생각해 보면 선생님을 동정하게 돼. 그래서 나는 혼나는 것도 질리면 갑자기 차분한 얼굴로 "자, 이걸로 끝내죠"하고 말하며 내 쪽에서 이야기를 끝낸 적도 있어. 여왕님이셨지.

물론 나도 이건 건방졌다고 생각해. 하지만 그때의 나에게 그 행동에 대해 이해시키는 것은 불가능했다는 것도 알아. 적어도 이쪽 세계가 가짜라고 내가 굳게 믿었다는 걸 모르는 한 무리였다고 생각해.

그래서 나는 그때 있었던 일은 거의 기억나지 않아. 내가 무엇을 느끼고 싶어 했는지는 기억나지만 선생님 이름이나 얼굴, 반 친구 얼굴 같은 건 거의 없는 거나 다름없어. 그 대신에 기억하고 있는 건 읽었던 책의 내용! 무엇을 언제 어떻게 읽었는지는 얼마든지 말할 수 있어. 그야 그게 내가 살았던 생활, 진짜 보람 있는 생활이었으니까!

카바 씨는 책을 읽으며 책에 나오는 걸 해보고 싶다는 생각을 했다고 하지만 나는 그런 것도 아니었어. 책 속에서 나는 바람이었어. 하늘 높은 곳에서 등장인물들이 움직이는 것을 내려다보는 거야. 때로는 아득히 먼 저편에서, 때로는 뺨을 쓰다듬을 수 있을 정도로 가까이에서.

나는 자주 톰 소여가 뱅글뱅글 굴리는 눈을 바라보았고, 엘마가 귤을 먹는 걸 봤고, 마르틴이 흑흑 흐느껴 우는 것도, 옆에 서 있는 선생님이 당황하며 그 모습을 바라보는 것도 봤고, 그런 것은 모두 나에게 있어서는 진짜 일어난 일이었어.

그래서 나는 무서운 이야기도, 슬픈 이야기도 싫어! 그야 그냥 이야기라면 상관없어. 하지만 누가 진짜 시체를 보고 싶어 하겠어? 전쟁터에 가고 싶어 하겠어?

* * *

내 생각이 변하게 된 건 중학교 2학년 봄이었을 때야. 확실히 기억하고 있어. 나는 신발장이 있는 어두운 곳에서 물을 마시자는 생각에 밝은 곳으로 뛰어나왔어. 그때 마치 번개를 맞은 것처럼 갑자기, 아니었구나! 이쪽 세계가 진짜였구나! 하고 깨달았어!

그런 거였구나, 이제 알았어!! 그래서 지금까지 뭔가 이상하다, 이상하다는 생각이 들었던 거구나. 이제 알겠어!! 이쪽 세계가 진짜였던 거야!

그래서 나는 그때 정말 멍해져 움직일 수가 없어서 그 사이 물을 먹으러 가려고 했던 것도 완전히 까먹어 버렸어.

그 후 내 인생은 변해 버렸어! 다른 사람이 어떻게 느끼는지 알게 되었거든. 그러고 나서야 겨우 내가 어떻게 느끼는지를 다른 사람에게 이야기할 수 있게 되었어!

그리고 아아, 이게 '자아의 발견'이라는 거구나 하고 멋대로 해석했는데, 맞는 걸까?

여하튼 그렇게 내가 이쪽 세계로 돌아와서 다른 사람과 소통할 수 있게 되었지만, 그렇게 되기까지 15년이 걸렸어. 하지만 지금은 옛날 세계도 지금의 나를 단단하게 받쳐 주고 있어. 다행이지 ♡

깨달음의 순간

아카기 씨의 손글씨로 쓰인 글입니다. 지금은 휴대전화, 컴퓨터 시대니까 이러한 형태의 글을 읽을 기회가 드물어졌습니다. 옛날 학교에서 나눠 주는 프린트는 물론 다 손글씨였습니다. 지금 초등학교 선생님들은 어떠시려나요. 이런 걸 보면 역시 인간의 숨결을 느낄 수 있습니다. 감정에 따라 글씨가 변하고 있죠. 손글씨의 경우 그것은 작위가 아니라 자연스러운 결과입니다. 따라서 글쓴이의 마음에 공감하게 됩니다.

이 글은 아카기 씨가 펴낸 『오징어』라는 잡지에서 가져왔습니다. 1983년에 아카기 씨가 연하장을 대신해 혼자서 만든 잡지입니다. 이렇게 잡지를 만들어 지인에게 나눠 줬는데, 반응이 좋아 그때부터 계속해서 만들게 되었다고 합니다. 퇴고할 수 없고, 초안 없이 바로 쓴다고 합니다. 말은 술술 나옵니다. 말을 내보내지 못하면 아마 '아카기 씨의 말'이 괴로워할 것 같습니다.

지금이라면 많은 사람이 블로그에 글을 씁니다만, 그 시절에는 그런 수단이 없었습니다. 저는 이 잡지 복사본을 도서관 사서에게 부탁해 받았습니다. 사람을 통해 전달된 것이죠. 보자마자 바로 "복사하게 해주세요!" 하고 외쳤습니다. 돌고 돌아 그런 식으로 퍼진 잡지입니다. 저도 지금 이곳에서 여러분에게 전달하고 있습니다.

자, '음수대에서의 깨달음'입니다.

인간은 태어나면서부터 어느 시점까지는 자신을 중심으로 세상이 돌아가고 있다고 생각합니다. 나도 그랬고 여러분도 그랬습니다. 하지만 지혜가 생깁니다. 사과를 깨물어 버린 겁니다. 성장하면 잠들어 있을 수만은 없습니다. 그래서 어떻게든 깨닫게 되고 맙니다. 그렇게 되면 불행이 시작됩니다. '그런 게 아니었구나' 하고 깨닫고, 슬픔의 순간을 맞이하게 됩니다. 지금은 더 이상 기억나지 않는다 하더라도. 누구나 '인간'이 되는 사이 어딘가에서 그 슬픔을 뛰어넘었을 겁니다.

그에 비해 아카기 씨의 경우는 조금 특별합니다. 하지만 닮아 있습니다. 마음속에 있는 고향과 같은 곳에 이와 닮은 순간을 누구나 갖고 있습니다. 지금은 잊어버렸을지라도. 그래서 공감할 수 있습니다. 그리고 이런 곳에 와서 내가 하는 이야기 같은 걸 듣고 있는 걸 보면 여러분들은 책을 좋아하지요? 그렇다면 이 감각에 대해 아카기 씨처럼 그렇게까지 극단적이지는 않더라도 말을 들으면 상상은 할 수 있을 겁니다. 특별한 개성이지만, 그 중에도 보편이 있습니다. 완전히 똑같지는 않더라도 아카기 씨 경우에서 볼 수 있는 '나의 세계를 가진다'는 것과 외부 세계와의 대립, 이것 또한 모두의 마음에 울림을 줍니다. 그러한 것에 대해 직설적으로 이야기하기에 강한 힘을 느낄 수 있습니다. 개성 그 자체이기에 흉내 낼 수 없습니다.

여하튼, 이 글에는 거짓이 없습니다. 꾸밈도 없죠. 괴로워하며 쓴 글이 아니라, 쓰지 않으면 괴로워지는 것입니다.

두근거림에 대해

다음으로 이 글을 읽어 봅시다.

내가 어렸을 때
"눈집"

올해는 도쿄에 꽤나 많은 눈이 내렸습니다. 지금 이렇게 쓰고 있는 동안에도 내리고 있어요.

내리는 눈을 보니 오랜만에 생각나는 일이 있는데, 제가 4학년인가 5학년 때 큰 눈이 내렸어요. 툇마루까지 닿을 정도로 눈이 쌓이는 건 태어나서 처음 봤던 저는 완전히 흥분해서 '눈집'을 만들자는 생각이 떠올랐어요.

그래서 하루 종일 마당에 쌓인 눈을 모아 열심히 만들었는데, 유감스럽게도 눈도 사랑 손도 모자라 겨우 제가 안에 쭈그리고 들어가 있을 정도의 작은 눈짐밖에 만들 수 없었습니다.

하지만 저는 무척 만족해서 다음 작품 시간에 그 일에 대해 썼습니다.

하지만 쓰는 사이 점점 흥분해서 그 작문이 완성된 시점에는 저는 무척 멋진 눈집을 만들어 안에서 놀기도 하고, 음식을 먹고 마시기도 하고, 초를 켜기도 했다는 내용이 되어 있었습니다. 물론 그게 진짜 일어난 일이 아니라는 걸 알지만 정말 푹 빠져들어 썼고, 그렇게 써진 글은 늘 완성도가 높았던 데다가 다시 읽어 보아도 잘 썼다는 생각이 들었습니다.

그래서 이 글도 무척 만족스럽게 제출한 후 그걸로 잊어버리고 있었는데, 어느 날 그 작문이 돌아왔습니다. 두근두근한 마음으로 펴 보니 마지막 부분에 빨간 펜으로 딱 한마디,

"거짓말을 써서는 안 됩니다"

라고 쓰여 있었습니다.

그때의 충격은 시간이 흐른 지금도 제대로 설명하기 어렵고, 당시에는 물론 비난하는 듯한 얼굴을 하다 씩 웃는 선생님에게 저는 아무 말도 할 수 없었습니다. 입을 열 수 없었습니다.

물론 선생님에게 악의가 있었던 건 아니고, 언제나 과장되게 이야기를 하고 싶어 하는 버릇을 타이르려고 했던 것이겠죠.

하지만 저는 그게 진짜 일어난 일이라고는 한마디도 적지 않았고, 만약 그렇다고 하더라도 그게 뭐가 그렇게 문제인지.

그 선생님은 제가 얼마나 즐겁게 그 이야기를 썼는지, 정말 그랬다면 얼마나 좋았을까 하고 생각했던 것을 전혀 알아주지 않았습니다. 선생님

은 그 작문 자체의 문장이나 단어 사용, 구성, 재미가 어떤 완성도를 보이는지에 대해서는 전혀 보려 하지 않았습니다.

그 이야기는 진짜 일어난 일을 쓴 게 아니라는 것 외에는 아무것도 보이지 않았던 거죠.

제가 그 한 줄로 인해 얼마나 상처를 받았고, 얼마나 괴로웠는지 아마 그 선생님은 알 수 없을 거예요. 선생님은 과장되게 말하면 저의 존재를 부정한 셈이니까요. 하지만 그 당시의 나는 선생님은 무조건 옳은 사람이라고 생각했고, 어째서 이렇게 괴로운 건지에 대해 다른 사람에게 설명할 수 없었어요. 저도 잘 몰랐거든요. 네가 옳다고, 그걸로 충분하다고 말해 주는 사람이 없었어요. 선생님도 본인이 틀렸을 거라고는 꿈에도 생각하지 않았을 것이고요.

물론 상처 받지 않는 인생이 좋다고 생각하는 것은 아니지만, 될 수 있으면 플러스가 될 만한 상처라면 좋겠다고 생각해요. 상대의 성장을 방해하는 상처는 내지 않았으면 하고요.

나는 이대로도 괜찮다고, 그때는 선생님이 잘못한 거라고 생각할 수 있게 되기까지 정말 몇 년이 걸렸는지 모르겠습니다.

꽤 오랜 시간 동안 눈을 보면 구역질이 났는데, 스스로도 왜 그러는지 알 수가 없었어요. 작문 사건 같은 건 까맣게 잊어버렸으니까요.

고등학생일 때 문득 그 일이 떠올라 아아, 혹시 그 일 때문일지도 모르겠다고 생각하면서부터 토할 것 같은 기분이 되는 건 없어졌지만, 지금도 눈을 보면 어떻게 해도 순간 기분이 나빠집니다. 으악, 하고 소리를 지르고 싶어지는 걸 보면 아직도 그 상처가 낫지 않은 것 같습니다.

솔직히 너무 가혹하다고 생각해요. 사람의 일생에서 얼마 되지 않는 즐거움을 하나 빼앗은 거예요. 그 선생님은. 이제 이름도 얼굴도 기억나지 않지만요.

그래서 저는 줄곧 눈 장난을 하지 않았어요. 하지만 올해, 눈집을 만들었어요. 16년 만에요. 같이 만들자는 말에 하긴 했지만, 하기 시작하니 집중해서 만들 수 있었어요. 그러니까 이젠 괜찮아요!

지금의 나에게 "거짓말 하지마!"라고 할 사람은 하나도 없으니까. 만약 있다고 하더라도 그런 사람은 바보니까 상대하지 않으면 그만인걸.

하지만 저, 역시 눈은 그렇게 좋아하지 않아요. 그토록 아름다운데……

그때, '눈집'을 만들자는 생각 같은 걸 하지 않았으면 좋았을 텐데. 그랬다면 이렇게 괴로워하지 않아도 됐을 텐데. 이제와 말해 봤자 어쩔 수 없지만.

이제 그때 얼마나 재밌었는지 더 이상 기억이 나지 않아요. 그 전에 고통이 먼저 몰려오니까.

선생님이 방해하지 않았더라면, 저의 황금 같은 기억 중 하나가 되었을 텐데, 어른이란 제멋대로죠.

마흔다섯 명 정도 있으면 그 중에는 자신과 다르게 자라는 아이도 있을 텐데, 그렇다고 그 아이가 틀린 거라고는 할 수 없다고 생각하는데 말이죠.

이제 어서 눈을 봐도 진심으로 즐거워졌으면 좋겠어요. 언제까지나 상처받은 채로 있을 수는 없잖아요. 이미 일어나 버린 일이니까요.

지금, 저는 제가 옳았다고 생각해요.

나는 지금 어쩌다 보니 교단 쪽에 서 있습니다. 한 계단 높은 곳에 있습니다. 어쩌다 보니 그런 거예요. 여러분 중에도 한 계단 위에 서서 무언가를 이야기하게 될 분이 있을지도 모릅니다. 이것은 무서운 일이에요.

적은 숫자는 많은 수를 이길 수 없습니다. 듣는 쪽에는 자신의 작은 저울로는 측량할 수 없는 상대가 반드시 있습니다.

내가 선생인데 아카기 씨의 작문을 받게 되면 기뻐했을 것 같습니다. 글 저편의 '두근거림'을 그대로 느낄 수 있었으니까요. 하지만 담임 선생님에게는 아카기 씨의 무척 소중한 '두근거림'이 전달되지 않았습니다. 알 수 없었습니다.

하지만 이 선생님도 괴롭히거나 상처를 주려고 했던 것은 아니었습니다. 그저 규율에 엄격한 좋은 선생님이었을지도 모릅니다. 허구는 악(惡)이라고 규정해서 잘 돌아가는 경우도 있겠지만, 그렇지 않은 경우도 있을 수 있습니다.

어려운 일이죠. 인간은 모든 일의 선생이 될 수는 없으니까요.

아카기 씨는 세월이 흘러 회복할 수 있었습니다. 그걸 알게 되어 안심했습니다.

이 「눈집」이라는 글은 책으로 나온 것을 본 기억이 없습니다. 손글씨 판 『오징어』에만 실려 있을지도 모릅니다. 저에게는 잊을 수 없는 글 중 하나입니다.

이 시점에서 '알 수 없다'는 것에 대해 생각해 보려고 합니다.

「아마데우스」

쌍둥이 쉐퍼 형제가 있습니다. 둘 다 유명한 극작가입니다. 앤서니 쉐퍼와 피터 쉐퍼. 피터는 「에쿠스」나 「아마데우스」 같은 작품을 만들었습니다. '아마데우스'는 모차르트를 가리킵니다. 볼프강 아마데우스 모차르트. 그가 등장합니다.

잠깐 모차르트의 곡을 켜볼게요.

(CD를 재생한다.)

자, 희곡의 주인공은 동시대의 작곡가 살리에리입니다. 당시에는 모차르트보다 유명했습니다. 음악 관계의 높은 직책을 맡고 있었어요. 이 두 사람의 갈등을 극으로 만든 게 「아마데우스」입니다. 대단한 평가를 받았죠. 영화화된 작품도 큰 성공을 거뒀습니다.

살리에리는 당시 모두가 부러워하는 지위에 있던 작곡가였습니다. 그에게 조그맣고 천박한 남자가 찾아옵니다. 추잡한 농담을 하고는 새된 소리로 웃어댑니다. 살리에리는 상대도 하지 않을 생각이었습니다. 하지만 그 남자가 작곡한 음악이 연주되는 것을 얼핏 듣게 됩니다.

그 순간, 번개를 맞은 듯한 충격을 받습니다. '천재의 선율'임을 깨달은 것이죠. 자기는 백 년을 들여 각고의 노력을 한다 해도 만들어 낼 수 없는 곡을 이 애송이는 가볍게 만들어 버립니다. 살리에리는 음악을 깊이 사랑했습니다. 어린 시절부터 음악에 평생을 바치려 했고, 다른 쾌락을 추구하려는 욕망을 끊었습니다. 여성의 사랑도 구하지 않았습니다. 그렇게 금욕적으로 생활했습니다. 그런데 이게 뭔가.

"아아, 신이시여. 저는 이토록 음악을 사랑합니다. 그런데 어째서 음악은 저에게 미소 지어 주지 않는 것입니까."

이것은 소설이라면 소설, 야구라면 야구, 그 밖의 여러 가지로 바꿔 말할 수 있습니다. 사랑하지만 그 대상이 나에게 미소 짓지 않는다는 것, 그런 것은 흔한 일입니다. 누구나 안고 있는 슬픔입니다.

살리에리는 야구라고 한다면 프로 1군 톱클래스에 소속되어 있는 것과 다름없습니다. 그런데 차원이 다른 자를 보게 됩니다. 그에게 '그걸 알 수 있는 재능'이 없었다면 괴로울 일도 없습니다. 하지만 하늘은 그에게 잔혹하게도 천재성을 가려낼 수 있는 힘은 부여한 것입니다.

지금 들려드린 게 그 장면에서 흐르는 곡입니다.

'이해한다'는 것

저는 「아마데우스」를 연극으로도 보고 영화로도 봤습니다. 그로부터 꽤 시간이 흘러 『모차르트 명곡 명반 101』(이시이 히로시·후지타 요시유키·와타나베 가쿠지, 온가쿠노토모샤)이라는 책을 읽었습니다. 「세레나데 제10번 플랫b장조」 이른바 「그랑 파르티타」 부분에 이렇게 쓰여 있었습니다.

희곡(더불어 영화) 「아마데우스」는 일세를 풍미했지만, 그 중에서 작가 쉐퍼는 모차르트의 재능에 살리에리가 박살나는 극적인 장면의 음악에 이 13관 세레나데의 제3악장 아다지오를 사용했다. 이것은 무척 효과적으로, 이 악장의 신비성은 어차피 천재만이 떠올릴 수 있는 것인 만큼 한 방에 살리에리를 쓰러뜨리기에 충분한 펀치였다. 그 장면에서 이 음악이 울릴 때에 보는 나의 등줄기도 오싹해졌다. (이시이 히로시)

나는 이 부분을 읽으며 '아아, 이게 이해한다는 것이구나' 하는 생각이 들었습니다. 방금 전에 들려드린 게 이 「그랑 파르티타」의 「아다지오」입니다. 이런 곳에서 조금 들려주는 정도로는 부족하겠지만, 여러분은 '아, 이것이야말로 과연 신의 손이 만들어낸 것이구나' 하는 생각이 드셨나요? 예비지식 없이도 특별하다고 생각하셨나요?

그렇게 받아들일 수 있는 사람이 몇몇은 있을 거라고 생각합니다. 나는 그렇지 못했어요. 「그랑 파르티타」는 전에도 들은 적이 있었지만, 특별한 감명을 받지는 못했습니다. 극이나 영화를 봤을 때에는 거꾸로 '살리에리가 충격을 받고' 있으니까 '그 정도로 대단한 것이구나' 하고 받아들였던 겁니다. 그러나 이시이 씨 같은 분에게는 장면의 무서움, 절대적인 미에 대한 경외심이 명확하게 와닿는다고 말할 수 있습니다. 음악이 울리기 시작한 순간, 즉 살리에리의 표정이 변하기 전에 '보는 나의 등줄기도 오싹해졌다', 그러한 경험을 할 수 있는 사람의 내면에는 '이론을 뛰어넘는 이해'가 자랍니다.

이것이 '이해한다'는 것입니다.

이처럼 제가 음미할 수 없는 것을 음미할 수 있는 사람이 있는 것은 분명합니다. 여러분도 책이나 그림, 음악, 풍경 등 여러 가지 것을 앞에 두고 '와닿는다'고 느끼는 경우가 있겠죠. 반대로 '명백히 이렇다'고 생각되는 것이 다른 감상자에게는 가닿지 않아 안타까움을 느낀 적도 있을 겁니다. "왜 이해하지 못하는 거야?" 하고 묻고 싶어지죠.

'이해할 수 없다'는 것은 우리가 일상적으로 체험하는 것입니다. 다른 사람이 칭찬하는 소설을 읽어도 어디가 좋은지 잘 이해되지 않습니다. 그런 경우 젊은 시절에는 공격적이 되기도 했습니다. 손이 닿지 않는 포도는 시다고 생각하는 것처럼 말이죠. "별 것도 아니네!" 하고 내뱉듯이 말하면 기분이 가라앉기도 했고요. 하지만 이러한 예를 보게 되면 '이해할 수 없는' 저편에 '사실은 좋은 게 있는 게 아닐까' 하고 생각하게 됩니다.

어떤 사람이 칭찬하는 것이라면 사실 '좋은 것'일 가능성이 높습니다. 「아마데우스」의 경우 쉐퍼는 틀림없이 '이거다'라고 생각해 「그랑 파르티타」를 배치했던 것이겠죠. 그리고 그 무게를 감당하는 사람이 있습니다. 그렇다면 '이해한다'는 것은 부러운 일입니다. 내가 음미하지 못하는 것을 음미하는 사람이 있는 것입니다.

세월이 흐르면 예전에 이해할 수 없던 것을 이해하게 되기도 합니다. 음악으로 말하자면 모차르트를 열심히 듣게 되면 말입니다.

물론 '이해할 수 없다'는 것도 하나의 개성입니다. 모든 것을 이해하는 사람은 없습니다. 있다면 이상한 일이죠. 아무리 뛰어난 평론가라도 읽을 수 없는 글은 얼마든지 있습니다. 이해의 영역이라는 것은 사람에 따라 다른 각자의 성역입니다. 어떤 우수한 포수라도 외야 플라이는 잡을 수 없습니다. 그렇기에 많은 사람이 받아들인다는 것에 의미가 있는 것입니다.

하지만 잡을 수 없는 공을 자신에게는 인연이 없는 것이라고 생각하며 전혀 쫓지 않는 것도 사실은 안타까운 일입니다. 특히 수비 경험이 적을 때에는 말이죠.

이해할 수 없는 것을 전부 부정하는 것이 아니라 경의를 가지고 바라보다 보면 무언가가 보이게 될지도 모릅니다.

읽기라는 표현

그런데 말이죠, 여기에서 재밌는 게 있습니다. 그것은 이 '신의 음악의 울림'을 '이해할 수 없는' 사람은 이 극을 '이해'할 수 없느냐 하면 결코 그렇지도 않다는 것입니다.

「아마데우스」가 평판을 얻을 무렵 천재와 범재의 대립, 천재 앞에 선 범재의 비극이라고 소개한 사람이 있었습니다. 하지만 형태만 본다면 그렇지 않습니다. 이것은 천재와 수재의 이야기입니다. 범재였다면 모차르트의 절대적인 재능을 발견할 수 없었을 테니까요. 살리에리는 사회적으로 성공한 사람입니다. 제일선의 작곡가입니다.

그렇긴 해도 이 극은 수재만 음미할 수 있는 이야기는 아닙니다. 그런 비교를 넘어 모든 사람의 보편적인 슬픔을 관통하기 때문입니다. 여기에도 저기에도 있는 평범한 인간은 물론, 천재라고 하더라도 이곳에 있는 괴로움과 무관하지 않을 것입니다. 그것을 자신의 이야기로 헤아리는 것에 음악적 감수성은 절대 조건이 아닙니다. 「그랑 파르티타」도 뭣도 모르지만 '이건 내 이야기다'라고 생각하는 사람이 있을 것입니다. 산을 오르는 길은 하나가 아니고, 받아들이는 것 또한 하나로 정해져 있지 않습니다. 음악으로 말하자면 같은 곡이더라도 여러 가지 연주가 탄생합니다. 책은 악보, 읽는 이는 연주자입니다. 같은 책에 대해 자신도 모르게 우러러보듯 읽게 되는 경우가 있습니다.

지금 표현에 대해 이야기하고 있습니다만, 우리들은 표현이라고 하면 아무래도 '쓰는' 것으로 한정하게 마련입니다. 읽는다는 것은 자신이 어떤 곳에 서 있는가, 자신의 위치를 나타내는 행위에 다름없습니다.

우리는 글을 쓰며 '나'를 나타냅니다. 동시에 '당신'을 읽음으로써 또한 '나'를 표현하는 것입니다.

후기

|

강의를 마치며

처음에 말씀드린 것처럼 이 책에 소개한 것은 일반론적인 수업 절반, 전체 강의의 4분의 1 정도입니다.

그밖에 이러한 것도 해보았습니다. 마침 신초문고에서 현대 작가 스물여덟 명의 엽편소설집이 나올 즈음이었습니다. 아직 학생들이 보기 전이었습니다. 학생들에게 수록 작가의 이름을 열거하며 '누구 작품을 읽고 싶은지' 물어봤습니다. 수록 작가 중에는 저도 있었지만 제 이름은 뺐습니다. 결과 발표. 득표 순으로 여섯 명 정도를 골라 작가 이름을 숨기고 프린트했습니다. 누구의 작품인지 모르는 상태입니다. 여기에 제 작품도 넣었습니다. 수업에서 도마 위에 올리는 것이니까 자기만 강 건너 불구경 하듯 할 수는 없습니다. 학생들에게 가차 없는 의견을 말하게 했습니다. 문체만 봐도 '이건 누구누구의 작품이다'라고 자신 있게 말하는 애독자도 있어서 재밌는 시간이 되었습니다.

또, 신진 인기 작가의 글을 읽고 그에 대해 느낀 점을 쓰게 한 다음 그 감상을 프린트해 검토하는 시간도 가졌습니다. 활자로는 전달하기 어려워 영상을 사용한 수업도 시도했습니다.

'어떤 걸 해볼까' 머리를 짜내는 것은 무척 힘들었지만 즐거운 경험이었습니다. 사라지고 마는 시간을 지금 이렇게 문자로 붙들어 두었습니다. 정리한 것을 다시 읽으니 교실에서 함께했던 학생들의 모습이 새삼 눈에 떠오릅니다.

와세다 글쓰기 표현 강의

지은이 기타무라 가오루 | 옮긴이 조소영 | 발행인 유재건 | 편집인 임유진 | 펴낸곳 엑스북스
등록번호 105-91-96264호 | 주소 서울시 마포구 와우산로 180 (4층 402호)
대표전화 02-334-1412 | 팩스 02-334-1413
초판 1쇄 인쇄 2018년 4월 1일 | 초판 1쇄 발행 2018년 4월 5일

엑스북스(xbooks)는 (주)그린비출판사의 책읽기·글쓰기 전문 임프린트입니다. 이 도서
의 국립중앙도서관 출판예정도서목록(CIP)은 서지정보유통지원시스템 홈페이지(http://
seoji.nl.go.kr)와 국가자료공동목록시스템(http://www.nl.go.kr/kolisnet)에서 이용하실 수
있습니다. (CIP제어번호: CIP2018006407)
ISBN 979-11-86846-26-1 03800